Ronso Kaigai
MYSTERY
293

ブラックランド、ホワイトランド

H. C. BAILEY
BLACK LAND, WHITE LAND

H・C・ベイリー

水野 恵［訳］

論創社

Black Land, White Land
1937
by H.C.Bailey

目次

主要登場人物

レジナルド（レジー）・フォーチュン……医師。ロンドン警視庁《スコットランド・ヤード》犯罪捜査課の科学顧問
デュドン将軍……退役軍人。フォーチュンの友人
シーモア……ダーシャー警察本部長
バブ……ダーシャー警察警視
ジェームズ（ジム）・トレイシー……地主
アリソン……ジェームズの娘
チャールズ……ジェームズの息子
フランシス・アストン……地主
アストン夫人……フランシスの妻
ジャイルズ……フランシスの息子
ウィリアム（ビル）・ブラウン……資産家
ブラウン夫人……ウィリアムの妻
コープ……銀行家
ウェルネ卿……資産家
イライジャ・ホーク……密猟者
シドニー・ローマス……ロンドン警視庁《スコットランド・ヤード》犯罪捜査課部長
アンダーウッド……ロンドン警視庁《スコットランド・ヤード》犯罪捜査課警部補
クェット……ロンドン警視庁《スコットランド・ヤード》犯罪捜査課巡査部長
サミュエル・ヘイル……法務次官

ブラックランド、ホワイトランド

第一章　巨人の骨

本書で語られる事件は、みずからの初期の代表作であるとフォーチュン氏は考えている。もし機会を与えられたなら彼は、生まれながらの人間《ナチュラル・マン》（自然の人。霊的に目覚めず本能のまま行動する人。新約聖書「コリントの信徒への手紙」より）が生来具有する邪悪なものと向き合い、改めて決着をつける能力に自信を深めたのは本件以降だと述懐するだろう。

さらなる説明を許されるなら、悪意の連鎖というべき原始的かつ野蛮な力によって引き起こされた本件に対して、彼は奇妙な親愛の情を示すはずだ。事の発端は地中深くに埋もれていた。それは数千年にわたって続く肥沃な土地をめぐる争いの産物であった。かろうじて惨禍を逃れて生き延びた人々は、有史以前から存在する強欲や憎悪といった負の遺産に翻弄され、その地に縛りつけられてきた。そして二十世紀のいま、かつてなく平和でのどかな田園地方に生きる彼らを再び惨劇が襲う。フォーチュン氏は彼らをギリシャ悲劇の登場人物――一族の歴史のなかで苦悶する哀れな人々、血の呪いによって定められた運命の隷属者――になぞらえる。そのうえで彼は自分自身について、悲劇の幕切れに現れて事態を収拾する機械《マシーン》じかけの神のような存在であったと控えめにつけ加えるだろう。実際には、手遅れになる前に駆けつけて有効な手立てを講じるのだが。

その地を訪れたとき、フォーチュン氏はみずからの助けを必要とする悲劇が存在することを知らなかった。とはいえ、彼が招かれたのはある種の運命であり、その土地の成り立ちに遠く由来する。本件が極めて毒性の強い事件であるだけでなく、最終的に自身が解毒剤の役割を果たしたこともすべて自然の摂理だと彼は考えている。ダーシャーの海岸線が砂を含んだ石灰や青色石灰岩で形成されていなければ、事件はまったくべつの様相を呈していたか、そもそも事件など存在しなかったかもしれない。崖に亀裂が生じることも、クリスマス・シーズンの雨で崖崩れが起きることもなく、ひいてはデュドン将軍が巨人の骨を発見することもなかっただろう。

フォーチュン氏を実際に招いたのはデュドン将軍であり、それは運命だの宿命だのとはいっさい関係ない単なる思いつきだった。かつての部下によれば、将軍は騎兵隊のすぐれた指揮官であったという。目下、彼の情熱を二分しているのは、膨大な量の刺繍をすることと、信じがたいことを信じることである。後者の趣味を追求する場として将軍は過去を好む。フォーチュン氏が初めて将軍に興味を持ったのは、ノアの大洪水が大西洋を形成したとする証拠を将軍が提示し、慎み深い正統派の科学者たちを熱狂させ、大論争を巻き起こしたときだった。友情が親愛の情に変わったのは、将軍が甘いものに目がないと知ってからだ。

デュドン将軍が信じるもののなかでとりわけ自説を固持して譲らないのは、この世にはかつて巨人が存在したという考えだ。その根拠として真っ先に挙げるのは、神の子らは人間の娘たちを妻として迎え、〈当時もそののちも地上には巨人《ネフィリム》がいた〉という「創世記」の一節だが、それだけでは飽き足らず、自宅を構えるダーシャーから独自の証拠を引っぱりだしてみせた。かねてからダーシャーは絶滅した爬虫類――詩人いわく〈原始時代の竜のたぐい（ヴィクトリア朝を代表する英国の詩人アルフレッド・テニスンの詩集『イン・メモリアム』より）〉――の貴重な化石を数多く産出してきた。そうした化石をデュドン将軍も竜と呼び、竜と闘う巨人がダーシャーに存在していた証しに他ならないと考えている。なおも疑義を唱える頭の固い連中には、ふたつの証拠を挙げてみせる。ひとつ目は草刈り後の丘の斜面に出現する白い人型、通称〈ロングマン〉だ。いつからそこにあるのか定かでないが、明らかにそれは巨大な爬虫類から土地を守った巨人をたたえる肖像だと将軍は主張する。そしてふたつ目は、小高い白亜の丘の頂に穿《うが》たれた複数の竪穴、かの有名な〈巨人の墓〉である。

フォーチュン氏はこうした話を聞かされるたびに、さらなる調査を推し進めるよう控えめな励ましの言葉をかけてきた。この後押しが思いがけない成果を上げたと知ったのは、クリスマスの家族団欒を抜けだして、年末の請求書の束からデュドン将軍の興奮冷めやらぬ手紙を見つけたときだった。臀部《ハンチス》と呼ばれる丘の向こうの崖崩れ跡で、巨人の骨を発見したという。

手紙を読んだフォーチュン氏は低く口笛を吹いて、「〈神が歓びをくださるように、紳士がた、どんな不幸も身に降りかからぬように（ディケンズの小説『クリスマス・カロル』より）〉」とつぶやき、すぐに返信の電報を打った。ちょっとした気晴らしに、将軍の招きに応じてその世紀の大発見とやらを拝みにいくことにした。未知の世界に身を投じるのは心躍るものだ。

ダーシャー行きの朝食つき急行列車は、スピードもなければ人気もなかった。フォーチュン氏がその便を選んだのは、鉄道会社が提供する食事のなかで朝食が一番ましだと知っていたからだが、マーマレードを断ってコルスバリー経由の車両に戻るとき、彼の淡い期待は完全に打ち砕かれていた。車室《コンパートメント》には空席が目立った。すでに席を確保している乗客は彼を見ると、他の旅行客をうとんじるいかにもイギリス人らしい反応を示した。ブラインドを閉めきって車室を独り占めしているちゃっかり者もいた。

死体でも隠しているんじゃなかろうか。のぞいてみたい衝動をぐっとこらえて、彼は一人用の座席に身を沈め、葉巻を吸い、やがて眠りに落ちた。目が覚めると、十二月の白っぽい陽射しのもと、ゆっくりと車窓を流れていくダーシャーの風景が見えた。畑の黒い土は油を流したような光沢を放ち、青々と茂る冬草を牛の群れがのんびりと食んでいる。平坦な土地が何マイルにもわたって続き、視界をさえぎるものは背の高い樹木だけだが、鯨の背を思わせる灰色の禿げ山が背後に連なっているせいで風景に奥行きはない。

フォーチュン氏を乗せた列車が、黒い泥が堆積した幅の広い土手と、油性インクのごとく緩慢に流れる川を越えてコルスバリー駅に停車したとき、禿げ山のなだらかな稜線が間近に迫って見えた。

レジーが車窓から丸い顔をのぞかせるや、甲高い叫び声が耳に飛びこんできた。「フォーチュン！」騎兵隊の隊長だったころ、将軍は部下から信心深い騎手《ジョッキー》と呼ばれていた。ひときわ小柄で、カモメのように声が高く、忠実なテリア犬のようにすばしこい。これらの利点を最大限に活かし、ポーターや挨拶を交わす地元民の足のあいだをすりぬけて、レジーと彼のスーツケースのもとへ駆けつけると、将軍は早口でまくしたてた。

レジーの来訪を心から嬉しく思っていることを最初の五百語で語り、車にたどりつく前に千語を費やして世紀の大発見について熱く語って聞かせた。いつしかレジーの目は将軍を離れてさまよい、ブラインドをおろしていた車室から出てきた男を追いかけていた。他の客が全員降車するのを待っていたのだろう。男は駅の出口に背を向けてそそくさと待合室へ入っていった。ちらりと見えたピンク色の大きな顔は、おのれを恥じているようだった。

「すぐに現場へ行きたいだろうね」将軍は息をつくひまもなくしゃべりつづける。「クラブでサンドウィッチでもつまんでいこう。婆さんばかりだが、悪い店じゃない」高笑いしながら、ポーチに勢いよく車を乗り入れた。

時代遅れの煤けた店内では、男たちがくつろいだ様子でシェリー酒をすすっていた。小柄な将軍がレジーを連れて早足で通りかかると、おどけた口調で呼びかけてきた。「やあ！　巨人退治のジャック《ジャック・ザ・ジャイアント・キラー》（ケルト民族系英国民話の主人公）じゃないか。今日の巨人相場はどんな具合だね。新商品は入荷したのか。もったいぶると買い手が逃げちまうぞ！」

冷やかしの言葉をかけてきたのは三人組の客だった。将軍は歩みを止めた。「ふん、馬鹿ばかしい。ものの価値ってのはわかるやつにはわかるものだが、まあ、あんたらには無理だろうな。レジナルド・フォーチュン氏を知っているかね、シーモア」将軍がちらりと視線を向けたのは、態度もいでたちも尊大な役人然とした禿げ頭の男だった。「わが州警察の本部長殿だよ、フォーチュン」冷ややかな笑みを浮かべて言うと、挨拶を交わす間を与えずにすたすたと奥の食堂へ向かった。三人がレジーに歓迎の言葉をかけることはなかった。

「見てのとおり、あれがこの村の知的レベルだ」怒りがおさまらない将軍は、声を張りあげてサンドウィッチとシェリー酒を注文した。「鼻持ちならない男でね、あのシーモアってやつは。警官だからって偉そうに。わしを巨人退治のジャックと呼んだ男がいただろう。あれはコープといって、軽口を叩かせたら右に出る者はいない。したたかな男でね、銀行家なんだ。一族がここで商売を始めてかれこれ百年、身なりも考え方も爺さんそっくりだよ。金と馬のことしか頭にない」

レジーはうなずいた。コープは見るからにそういう男だった。肉づきがよくて肌は浅黒い。光沢のある生地で仕立てたダブルのジャケットに、鳥の目模様のアスコットタイとキツネの牙のタイピンをつけ、チン・ストラップ（馬勒の鼻革と喉革をつなぐ革ひも）を懐中時計用のポケットからのぞかせれば、絵に描いたような乗馬愛好家のできあがりだ。しかし、馬好きの銀行家や尊大な警察官よりも、サンドウィッチのハムのほうがレジーにはずっと興味深かった。そのハムには個性があった。

将軍の非難の矛先は、すでに第三の男に向けられていた。もうひとり、無表情な赤毛の男がいただろう、あれはトレイシーといって、気難しくて扱いにくい男だ。何かというと人の気持ちを逆なでする。でも、まあ、彼のことは大目に見てやろう。哀れな男だ。州で一番肥沃な土地を所有しながら、喜びのない人生を送っている。あれで、つらい経験をしているんだ。

レジーが黙って耳を傾けていると、将軍はダーシャーの奇想天外な巨人伝説を得々として語りはじめた。ふたりを乗せた車がコルスバリーの幹線道路をはずれたときも話は続いていた。道は平坦な黒土の農地のあいだを走り、農地の向こう、海と西の方角には白亜の丘が連なっている。レジーの丸い顔には、大人が語る夢物語に魅せられた子どものような、驚きと期待に満ちた表情が浮かんでいた。将軍によれば、このあたりの農地を育んだ熱帯雨林には、その昔、巨大な竜が棲んでいて、同じころ巨人たちは丘の上を住処としていた。そのわずか数億年後に自分が同じ場所にいることに、将軍は純粋な喜びを感じ、今後の調査の行方に胸を躍らせていた。

しかし、突如として現実に引き戻された。「黒い土地と白い土地だよ」と言って将軍は黒い大地を示し、それから白く輝く白亜坑を示した。「どうだね、違いは一目瞭然だろう。ダーシャーには〈黒い土地と白い土地はいつの時代も争いの種である〉という言い習わしがあってね。この地にまつわる永遠の真理だときみにもわかるはずだ。黒い土地は恐ろしいほど肥沃で、これほど農業に適した場所はない。とうもろこしを育ててもよし、牛を飼ってもよし。一方、白亜で育つのは羊くらいのものだ。それだからこの地へ移り住んだ者はみな、他者を押しのけ、黒い土地をわがものにするために戦う。それは歴史のなかで繰り返されてきたことだ。あらゆる紛争や内戦や征服の記録から見てとることができる。ノルマン人しかり、サクソン人しかり、ケルト人しかり。ケルト人が同様の目的で石器時代人や穴居人と戦ったのも疑問の余地はない。いさかいの原因は黒い土地と白い土地以外にもあるなんてわかりきったことは言いっこなしだよ」

「言うわけないでしょう、そんなこと」レジーは心得顔で応じた。「欲望。生きるための戦い。人間は前進する生きものだからね。〈遥かなる尊い帰結を目指して（前出のテニスンの詩集『イン・メモリアム』。結びの一節のもじり）〉」

「立派なものだろう」将軍が示したのは黒い大地を睥睨する大邸宅だった。黒っぽい石造りの重厚な建物で、正面に背の高い列柱がそびえたち、堅牢そうな塔が脇を固めている。トレイシーが暮らすパックドン館だ。トレイシーの一族はノルマン人とともにこの地に押し寄せ、谷間の平らな一等地を強奪し、その後も常に勝者として貪欲に奪いつづけた。奪われたのはアストンの領地だった。アストン家の起源はサクソン人の時代にまで遡る。かつては広大な黒い土地を——多少の増減はあれ——所有していたが、何年も前に隅へ追いやられ、現当主のアストンには自由に動かせる土地はほとんど残されていない。冷血漢のトレイシーは、哀れなアストンが一年も持たずに破産するほうに賭けている。

車は坂道をのぼりはじめた。「次は白い土地だ」将軍の講釈は続く。「白亜の丘がいくつも見えるだろう。海岸沿いに尾根を形成していて、アストンが暮らすエルストウ邸はこのすぐ先だ」

エリザベス様式の石造りの屋敷が見えてきた。シンメトリーをなす半円形の出窓がやわらかな陽射しを反射している。しかし、窓の大半は薄汚れた鎧戸を閉ざし、煙突からひと筋の煙が立ち昇っているだけだった。緩やかに傾斜する庭園には樹木が一本もない。無人の門番小屋は朽ちて、蝶番のはずれた門扉が外壁に立てかけてある。「哀れなもんだ。見るに耐えん」将軍の声はかすれていた。「美しい屋敷だったのに、いまじゃ手の施しようもない。平気でいられるアストンの気が知れんよ。何年も前に売りに出すべきだったのに。プライドが高すぎて頭がどうかしちまったんだ。手放すくらいなら破産したほうがましだって言うんだから。で、この有様だ」

車は平坦な尾根の上を、青く輝く海に向かって走り、ほどなく停止した。「よし、ここからは歩いていこう、フォーチュン。まずは土砂崩れを起こした崖の上を案内するよ。どうやって崩れたのかわかるだろう。そのあと発見現場におりてみよう。こっちだ」将軍はでこぼこした草地をせかせかと歩いていく。浜辺に打ち寄せる波の泡や濁った海水が見える場所まで来たとき、ふと歩みを止めた。「おや、あそこに人がいるぞ。誰かな」背の高い男が崖の上に現れ、続いて女が姿を見せた。ふたりは崖のきわをゆっくりと歩いていた。将軍は足を速め、大きな声で呼びかけた。「おーい、アストン、おーい！」

男と女は振り向いてこちらをじっと見た。レジーがその男のやつれた端正な顔を見るのは二度目だった。列車や駅のホームで人目を避けていた乗客だ。「やあ、デュドン」男は無愛想に応じると、帽子に軽く触れ、女を伴って再び歩きはじめた。

「何か見つかったかね？」将軍は背中に呼びかけた。

「きみと一緒にしないでもらいたいね」いらだった笑い声が返ってきた。

「聞いたかね」将軍はレジーに向かってぼやいた。「あれがアストンだ。見てのとおり――」

「ええ、あなたとは相容れないようだ」

「ここの連中には探究心ってものがないんだ。それはそうと――」将軍は話をもとに戻した。「こうして海岸近くまで来ると、崖全体が崩れやすくなっているのがわかる」足元の草地には大小様々な亀裂が走り、大きな割け目の奥には崖を構成する地層が見える。帯状に伸びる白亜の層、点在する砂利の塊、最下層には黒い粘土のようなものが堆積している。将軍が長広舌をふるう構えをみせると、レジーは辛抱たまらず簡潔に要約した。

「まさしくあなたの言うとおり、何が起きたかは一目瞭然だ。石灰や砂利は青色石灰岩の上に堆積する。地面に染みこんだ雨は青色石灰岩に達すると行き場を失い、崖の表面から浸みだす。雨水は砂利を押し流して空洞を作り、結果として崖に亀裂が生じる。それは絶え間なく繰り返される。大量の雨が長く降りつづいたときは急激に砂利が押し流されて、大規模な崖崩れを引き起こすことも。その結果を見にいこうじゃありませんか」

デュドン将軍のおしゃべりは続く。滑りやすい隘路を浜辺へとくだりながら、なおもレジーに講釈を垂れ、熱っぽく訴えかけた。土砂崩れで地中深くから現れた地層は極めて古く、巨大な爬虫類や竜とほぼ同時代のものであり、大規模な地殻変動があったことを考えれば、発見されたものにいかなる制約も課すべきでない。

「むろん、言わずもがなだ。制約も制限もしませんよ」

驚いたカモメの群れが将軍そっくりの甲高い声で鳴きわめき、いっせいに崖から飛びたった。

第二章　象

崩れた土砂に埋め尽くされた浜辺へやってきた。石灰と砂利の小山が緩やかに起伏しながら百ヤードにわたって広がり、満ち潮を薄いスープのような黄褐色に濁らせている。

「すごい量の土砂だ」レジーは驚きの声を上げ、しばしその場にたたずんでいた。「まるで恐るべき過去を、世界の始まりを見ているようだ。〈地は形なく虚しくて、流れる水が地を覆いたりき（旧約聖書「創世記」冒頭の一部）〉――それはそうと、巨人を掘り当てた場所はどこです？」

土砂の上を歩きながら将軍は早口で説明した。崖が崩れたと聞くや一目散に駆けつけて、あたり一帯を隈なく捜索したが、その物体が出てきたのは崖の近くの最下層だった。ほら、ちょうどあのあたりに大きな骨が突きでていたんだ。お手柄だろう？　そりゃあ、もちろん運もある。だけど、わしがこの手でつかみとったんだからね。迅速に人手を集めて土砂を掘り返し、目当てのものを見つけた。

レジーは土砂を突っついたり、手に取って眺めたりしながらぶらぶらと歩きまわった。

「たしかにこれは相当古い」独り言のようにつぶやいた。「森林砂礫層だ。おもしろいものが見つかる可能性はおおいにある」丸い顔には戸惑いと驚きが表れていた。

デュドン将軍は愉快そうに笑った。「やっぱり鋭いな、きみは。おもしろいものを見つけたんだよ。さあ行こう。きみに見てほしいんだ」いまにも駆けだしそうな将軍を尻目に、レジーは手に取った少量の砂利を熱心に検分していた。車に戻ると、その砂利を慎重に封筒にしまった。それを見た将軍は、「サンプルを採取したのか。万事に抜かりがないね」と満足そうに言った。

「ああ、証拠物件Aだ」

海と平行に延びる尾根を走るあいだも、将軍のおしゃべりはとめどなく続いた。こんもりとしたふたつの丘、あれが臀部《ハンチス》だ。えらく趣味の悪いコンクリートの新しい家、白いガスタンクみたいなやつは、けちな商売で財を成したブラウンが建てたものだ。あの家のせいで地元の住民から毛嫌いされてる。ブラウンはこの州を買い占めることにやたらと熱心でね。縁もゆかりもないよそ者だが、むろん共存することはできる。あそこの海沿いの土地もいまじゃ全部ブラウンのものだ。おかげで助かったよ。崩れた崖を掘り起こすのをすんなり許可してくれたからね。あれがアストンの土地だったら、けんもほろろに断られていただろう――かつてはアストンのものだったんだ、借金の形《かた》にとられて売り飛ばされるまでは。アストンはいまだにそのことを根に持っている。

実際、妙な話だよ。由緒ある地元の名士ふたりが――アストンとトレイシーが、猫と犬みたいにいがみ合っているなんて。トレイシーはいやがらせにアストンの土地を買おうとしたが、ビル・ブラウンに鼻先からかすめとられてしまった。トレイシーはひどく腹を立てていたし、それを言えばアストンもだ。その一件があってから、彼らはいままで以上に憎み合うようになった。そしてブラウンは、ひまつぶしなのかなんなのか、アストンの息子とトレイシーの娘のご機嫌とりに精を出しはじめた。あの男は人にとり入るのがうまい。典型的な成りあがり者だ。金に物を言わせるやり方を心得ている。

コール川の蛇行する黒っぽい流れが前方に見えてきた。「ここが白亜の終わり、川が海に流れこむ場所だ」将軍の説明は続く。「もう少し上に行くと〈巨人の墓〉として有名な白亜坑がある。どうだね、巨人の骨が見つかる条件はそろっているだろう？　いまは白い土地から黒い土地を再び見おろしている格好だ。さあ、着いたぞ」紫陽花に彩られた私道に車を乗り入れ、赤煉瓦の一軒家の前で停止した。「ここだよ、作業場へ行こう」

案内された大きな木造の小屋には、見たことのない多種多様な道具がそろっていた。コンクリートの床の上に土が山を成し、レジーは将軍にせかされながらその山を迂回して作業台にたどりついた。「これだよ」将軍の甲高い声が誇らしげに響いた。琺瑯の皿の上に、形も大きさも色合いも微妙に異なる黄褐色の物体が乗っていた。「取りだすのに難儀したよ。なにしろ古いものだから脆くて、触れただけで壊れてしまう。ともあれ、どう見てもこれは骨だろう。持ち主は見あげるような巨人だったにちがいない」

「ふむ、そのようだね」レジーは一番大きな塊を手に取って付着した土をこすり落とした。「疑念を差しはさむ余地はない。これは本物の古い骨で、持ち主は大型の生きものだ」

「巨大な、だろう？　それは大腿骨で、しかもごく一部にすぎない」

「たしかに、足の一部だ」レジーは他の骨も丹念に調べはじめた。だが、観察を続けるにつれて熱っぽい真剣な顔つきは、夢見るような虚ろな表情に塗りかえられていった。ふたつのグループに分けた骨を悲しげに見つめ、「なんてことだ」と言ってため息をつくと、困ったような不機嫌な顔で将軍に向き直った。「あなたが発見したものは」小さめの塊をふたつ手に取ってみせた。「なんだと思いますか」

「うんうん、そのふたつはとりわけ興味深い」将軍は含み笑いをした。「ひとつは背骨の一部か何かで、もうひとつは歯――馬鹿でかい歯だ。そいつの持ち主はどれほど大きいんだろうな、フォーチュン」

「巨大だろうね。たしかにこれは椎骨にちがいない。しかし残念ながらしっぽの一部だ。それとこっちは歯であることは間違いないが、人間のものじゃない。持ち主は象だ。現存する象ではなく――」

「そんなはずはない!」将軍が金切り声を上げた。

「いやいや、あるんですよ。南方象《エレファス・メリディオナリス》といって、大昔に絶滅したマンモスの一種だ。残念でなりませんよ、あなたを落胆させることになって。だが、手柄であることに変わりはない。すばらしい発見だ。博物館に展示されてもおかしくない」

このなぐさめの言葉は、将軍のショックを和らげて余りあるものだった。絶滅した象の骨は――将軍の夢はもろくも崩れ去ったが――彼にとって本物の巨人の骨に匹敵するほどの、巨人が存在した時代を裏づける有力な証拠となった。竜と象と巨人が三つ巴《どもえ》の戦いを繰り広げる世界。将軍はさっそく夢中になって新たな物語を紡ぎはじめた。

「まさに。情景が目に浮かぶようだ」レジーは話をさえぎって言った。「しかし、あなたが発見したのは後ろ足としっぽと臼歯の一部だけではない」先ほど仕分けしたもうひとつのグループを示した。

「これはなんだと思います?」

「そっちも骨だろうね。こまかい骨。同じ象の小骨か、あるいは同時代の他の動物の骨か」

「まあ、たしかに骨ではある」レジーの口は重かった。「由々しき事態ですよ。将軍、これは絶滅した象の骨じゃないし、同じ時代のものでもない。いまもしぶとく生き延びているべつの科の生きもの。人間の――ごく普通の人間の骨盤とあごの骨の一部だ。しかもさほど古くない。十年ほど前に生きていた男の子の骨です」

「何を言いだすかと思えば、フォーチュン！」将軍の甲高い声はかすれていた。「いや、しかし、そんなことありえない！　ああ、そうか、きみも人が悪いな。からかうのはやめてくれ。冗談にもほどがある」

「残念ですが、将軍」レジーは憐れむように微笑んだ。「からかってなどいないし、冗談でもない。痛ましい事実です」

将軍は怒って早口でまくしたてた。「もうたくさんだ。わずか十年前に生きていた少年が、高さ二百フィートはあろうかという崖の最下層の、大昔に堆積した土砂のなかに埋まっていたなんて、そんなたわ言を信じると思っているのかね」

「もちろん、思いますとも。人は証拠を信じるものだとわたしは常々考えている。楽観的なんですよ。しかし今回の場合は証拠を提示するまでもない。あのとおり崖にはいまも深い亀裂が入っている。そうした亀裂は昔からあるとあなたは言った。十年ほど前のある日、十五歳前後の少年が亀裂のひとつに転落した。転落時の生死は定かでないが、その子はそこから脱けだすことができなかった。崖は絶えずひび割れ、動き、崩れつづける。少年の亡骸は地殻変動によって押しつぶされ、象の骨と同じく地中深くの土砂と混ざり合い、崖崩れによって一緒に地表に現れた」

「信じられん」将軍は目を丸くした。「少年が――わずか十年前に――たしかなのかね？」

「ええ、間違いありません。一、二年の誤差はあるとしても、現代の少年です」あごの骨片をつまみあげ、そっと手のひらにのせて問いかけた。「どうしてきみは崖の裂け目に落ちてしまったのかね。生きたまま落ちたのかい？」

将軍が身震いをした。「おい、そんなこと言わないでくれ、フォーチュン。むごすぎる」

「そう思いますか?」レジーの丸い顔には好奇心以外の感情は表れていなかった。「いままでこの子の身を案じる者はいなかったのか。この近辺で少年が姿を消したことに誰も気づかなかったのか」

「十年前と言ったね」将軍は眉根を寄せた。「わしが移り住むかなり前のことだ。それにしても――そうだ、思いだしたぞ、フォーチュン！　あの海岸でトレイシーの息子が行方知れずになったんだ。大事なひとり息子がね。たしか十二年ほど前のことで、しかもその子はきみが言うくらいの年齢だ。学校が休みで帰省していたとか。事件性があったとは聞かないが。トレイシーはあのとおり情の薄い哀れな男だから、いまだに噂の種にされている。なんでも、息子が死んで人が変わったらしい。あんなに気難しい男じゃなかったそうだ。その子は海で溺死したと誰もが信じていて、トレイシー自身も疑義を唱えたことはない。だが、死体はいまに至るまで見つかっていない。少年の行方も真相も闇のなかだ」

「やれやれ」レジーは長い指で少年のあごの骨を優しくなで、ため息をついた。「一寸先は闇とはよく言ったものだ。墓場から出てきた原始の象に、厄介な仕事を押しつけられるなんて思いもしなかった。これは愉快な仕事じゃない。それだけはたしかだ」

将軍のとりとめのないおしゃべりを制して、警察に電話をかけるよう促した。

「先ほどの尊大な本部長に、フォーチュン氏から大切な話があると伝えてください。何を訊かれてもそれ以上のことは言わないように」そう言うと、腰を落ちつけて骨の検分にとりかかった……。

第三章　アリソン・トレイシー

作業場へ戻ってきた将軍は頭から湯気を立てて怒っていた。「くそったれめが。どこまで傲慢なんだ。いますぐきみを連れてくるなら五分だけ時間を割いてやろうだとさ。まったく何様のつもりだ」ヘッドライトのまばゆい光と、クーペの光り輝く長い車体が窓辺をかすめたかと思うと、タイヤを軋ませて一台の車が停止した。ふたりの人間が飛びおり、作業場のドアが勢いよく開いた。「やあ、お邪魔しますよ」よく通る声が室内に響いた。「将軍閣下はご在宅かな。ほら、いたぞ、お嬢さん。来てごらん。大事な骨を渡すまいとうなり声を上げて威嚇しているところだ」

場違いに陽気な訪問者は、豪奢な毛皮のコートに身を包んだ小柄な男だった。毛皮になかば埋もれた長くて肉づきのいい顔は、さも楽しそうに笑っているものの、小さな目はどこか遠くを見ているようだ。あとから現れた若い娘は、乗ってきた高級車にそぐわないラフな身なりをしていた。彼女のツイードの上下は、野山を歩きまわるために作られたものであり、実際、身体によくなじんでいた。豊かな胸とあふれんばかりの生命力を持つ彼女に、その服装はよく似合っていた。

「どんな具合ですか、隊長」小柄な男は一方的にしゃべりつづける。「噂の巨人殿は？　お茶の席で話題になりましてね、わたしがひとっ走り行って、そいつの嘴《くちばし》を拝んでこようってことになったんですよ。そしたら、ここにいるアリーお嬢さんが興味津々で――彼女らしいでしょう？――それで連れてきたわけです」笑みのない目がレジーの存在をとらえた。「ひょっとしてお邪魔だったかな」

「いや、べつにかまわんよ」将軍は無愛想に応じて、フォーチュン氏にウィリアム・ブラウン氏とアリソン・トレイシー嬢を紹介した。

「お会いできて光栄です」ブラウンは熱のこもった口調で言った。「科学者でいらっしゃる?」

「そうではないのですが」レジーは曖昧に応じつつ、トレイシーの娘を観察していた。奇妙な輝きを放つグリーンの瞳が、レジーの記憶にとりわけ深く刻まれた。もっとも、彼女が発する色はそれだけではなかった。帽子からこぼれた巻き毛や首の後ろで編んだ髪は父親と同じ赤銅色。滑らかな乳白色の肌がともすれば敬遠されがちな髪の色を引きたて、魅力的に見せている。頬はバラ色。熱っぽい真剣な顔は好奇心できらきら輝いていた。

「ゴリアテを見せて」娘が催促した。「ダビデも見つかったの?(旧約聖書「サムエル記」に、第二代イスラエル王ダビデはペリシテ人の巨人戦士ゴリアテを倒した、とある)」

将軍は息を呑み、言葉に詰まった。

「礼儀というものを知らないようだね、ミス・トレイシー」レジーが言った。

「いや、たしかに、失礼しました」ブラウンがあっけらかんとして笑った。「なにしろ興奮しているものですから。それで、隊長、何を見つけたんです? もったいぶらずに見せてくださいよ」

「頼む、ブラウン、勘弁してくれ」将軍はしどろもどろに言った。「詳しいことは言えないが。フォーチュン氏とわしは約束があってね。こうしちゃいられない。いますぐ――」

「意地悪!」娘は口をとがらせて将軍を睨みつけた。「見せてくれたっていいじゃない」

「意地悪で言っているわけじゃないさ」レジーがとりなした。「いまは都合が悪いんだよ、ミス・トレイシー」

「どういうこと？　何か問題でもあるわけ？」娘は眉をひそめた。「ただの大きな化石みたいなものでしょ？」

「とにかく、お嬢さん、いまはだめだ」将軍は娘に歩み寄った。「さあ行こう。ほんとうにもう出かけないと」彼女を戸口へ促しながら、ブラウンに目配せをした。

「わかりましたよ、隊長」ブラウンが言った。

「巨人がいるなんて、あたしは信じないから」アリソンがわめいた。

「駄々っ子みたいなことを言わないの」ブラウンは笑った。「さあ、もう行こう」

アリソンは制止を振りきって作業台へ突進した。「これがそうなの？　まあ、なんて小さい巨人かしら！」少年のあごの骨片をつまみあげ、手のひらの上で転がした。

将軍が悲痛な叫び声を上げた。「よせ、アリソン、触るんじゃない！」

「史上最少の巨人ね！」笑いながらブラウンを振り返った。「ジャイルズが言ってたわよね、こんなの全部嘘っぱちだって」

「ジャイルズは言いたいことがたくさんあるからね」ブラウンが応じた。「おいで、おてんば娘さん」

「ジャイルズというのは？」レジーがたずねた。

「ジャイルズ・アストンよ」アリソンはつっけんどんに答え、上気した頬がさらに赤くなった。

「ああ、なるほど。それを返してもらえるかな」レジーは彼女から小さなあごの骨を受けとった。

「ありがとう、ミス・トレイシー。さようなら」

「さよなら。楽しかったわ」アリソンはぷいと顔をそむけると、将軍に向かって「哀れな人」と言い捨てて立ち去った。

ブラウンはしばしその場にとどまって、将軍の狼狽ぶりとレジーの落ちつき払った様子を小さな目でいぶかしげに見ていた。「ふむ。失礼しますよ」と言ってアリソンのあとを追いかけ、やがて彼らを乗せた車はエンジン音を響かせて走り去った。

将軍が手で顔をぬぐった。「なんてことだ、フォーチュン。あの子は自分の弟の骨をもてあそんでいたんだぞ。そうと知っていたら、いずれ知るときが来たら――」

「察するに余りありますね」レジーがつぶやいた。

第四章　ガラス片

ダーシャー州警察本部の建物は中世の城を模して十九世紀に建造された。曲線や凹凸の多い薄暗くてだだっ広い部屋で、現本部長が最高位に任命されたのも、これと同じ判断ミスによるものである。そんな部屋でもったいをつけてみても滑稽に見えるだけだが、本人はそのことに気づいていない。レジーとデュドン将軍が訪ねてきても、本部長は書類から顔を上げようとしなかった。

「お邪魔して申し訳ありませんが」レジーはおっくうそうに言った。「調べていただきたい死亡案件があります」

本部長は禿げ頭を悠然と起こし、レジーを見すえた。「なんですと?」

「失礼」と言ってレジーは手近な椅子を引き寄せて腰を下ろし、本部長の机の上にアタッシェケースを置いた。「証拠をお持ちしました」

本部長は将軍に視線を移した。「これはいったいどういうことだね、デュドン」冷ややかな口調でたずねた。「要点だけ言いたまえ。わたしは重大事件で手いっぱいなんだ。あんたの夢物語につき合っているひまはない」

「ふん!　昨今の押しこみ強盗流行りで手いっぱいってわけか」将軍がきんきん声で応戦した。「手いっぱいじゃなくて持て余しているんだろう。言っておくが、わしの研究は夢物語などではない。目覚ましい成果を上げているんだ。先刻紹介したとおり、こちらはフォーチュンさんだ。発見した化石について意見を聞くためにここへ――」

「それで、たしかに死んでいるという意見をちょうだいしたわけか」本部長は鼻で笑った。「実に喜ばしい。続きを聞かせてくれたまえ。そいつは巨人の化石だとフォーチュンさんも認めているのか。調べてほしい死亡案件とはそのことなのか」

「いいえ、これは笑い事ではありません」レジーがため息をついた。

「そうとも。笑うなんて不届き千万。職務怠慢と言われても文句は言えないぞ、シーモア」将軍は元軍人らしい厳しい口調で戒めた。「まずは話を聞きたまえ。われわれは検討の結果、ひとつの結論に達した。すなわち、わしが発見した巨大な化石は、巨人よりもさらに大きな生きもの、象のものであると――」

本部長の尊大な高笑いが話をさえぎった。「お祝いを言わせてもらうよ。想像力豊かな脳みそをお持ちだこと。象とはね、恐れ入るよ。しかし、どうせならもっと想像の翼を広げてみたらどうだ、デュドン。どうして鯨じゃないんだ?」

「証拠に基づいているからですよ。時間を無駄にするのはやめましょう」レジーはアタッシェケースを開いた。「崖崩れ跡から出てきたのは象の骨だけではなかった。男の子の骨が混じっていたのです。ときに、本部長に就任されてどのくらいですか」

本部長は表情のない目でレジーを見た。

「十年以上経つだろうね、シーモア」将軍が口をはさんだ。

「それは好都合だ。これを見てください」レジーはあごの骨を差しだした。「あなたの在任中に死んだ少年の骨です。心当たりはありませんか」

土が付着した骨を本部長は目を細めてじっと見た。「ほう、しかしこれは相当古いものだ。ただの化石じゃないか」

「いいえ、違います。せいぜい死後十年といったところだ。ゆえにあなたが責任を持って捜査しなければならない。なぜこの子は崖に埋まっていたのか。どうして死んだのか」

本部長はぎょっとして顔を上げた。頬が引きつっている。改めて骨の上に身を乗りだし、眉をひそめて眺めまわした。「ふん！　どこからどう見ても大昔の化石だ」見るからに安堵した様子で言った。

「警察の出る幕ではない」

「おやおや」レジーは大げさに驚いてみせた。「それはいけませんね」

「何がいけないと言うんです？　決めるのはこのわたしだ」

「たしかに決定権はあなたにある。だからこそ訪ねてきたのです。証拠をよくよく検討したうえで判断してくださることを期待して。あなたを買いかぶっていたようだ」

「これは証拠などではない」本部長は憤然として言った。

「聞き分けの悪い人だ」レジーは悲しげに微笑んだ。「どうしてちゃんと見て、ちゃんと考えようとしないのです？　ここにあるあごの一部と、骨盤の一部と、それ以外の骨のかけらも全部、十年ほど前に死亡した十五歳前後の少年のものです」

「それはあなたの考えだ」

「他に選択肢はありません。違う意見を求めるだけ無駄ですよ――どの専門家に訊いても答えは同じ。少年の骨は今回の土砂崩れによって崖の最下層から押しだされた。したがって少年は崖の無数にある亀裂のひとつに転落し、奥深いところまで入りこんだと考えられる。死因を示唆する痕跡はなし。殺害後に放りこまれた可能性もある。十年から十二年ほど前のことです。同じころ、あなたの管轄内で少年が行方不明になったのを覚えていますか。そう、思いだしていただけたようですね」

本部長は口をぽかんと開けて虚空を見つめた。

「いつ思いだしました？　これは証拠ではないと断言される前ですか」

「まったくもって驚かされますな！　何を言いだすかと思えば、見当違いもはなはだしい」本部長は一瞬言葉に詰まった。「いいですか、これは前代未聞の椿事ですぞ」

「たしかに前代未聞ですね。職務を遂行するよう警察官を説得するのに、これほど苦労したことはない。何か問題でもあるのですか。あなたの頭のなかには、崖崩れが起きたあたりの海岸で忽然と姿を消したトレイシー少年が浮かんでいる。同じ場所で発見された同年代の少年の骨をわたしはお見せした。そのうえで捜査をやり直す必要はないと判断されたのなら、間違っているのはあなただ」

「それは脅しですか、フォーチュンさん」

「まさか、とんでもない。あくまでも仮定です。この件をもみ消すことはできませんよ」

本部長は高らかに笑った。「あなたの言うことを真に受けたら――」

「そのほうが賢明でしょうね」

「いいかげんにしたまえ」本部長は高潔な警察官らしく声を落とし、おのれの正当性を主張した。「わたしがもみ消さなければならないものとはなんです？　そんなものは存在しない。言いがかりもいいところだ。トレイシーの息子はかわいそうなことをしたが、あの一件に事件性を疑わせる点はひとつもなかった。あなたは事実関係をご存じない」ベルを鳴らしてバブ警視を呼び、「詳しい経緯を聞けば」と言葉を継いだ。雄弁に語ることで自信をとり戻しつつあった。「おのずと理解していただけますよ、フォーチュンさん。息子を失った悲しみを遺族に思いださせるのは、残酷なだけで得るものなどない。何も語ることのできない骨のかけらをめぐって大騒ぎするなんて愚の骨頂だ」

「そう思われますか」レジーは微笑んだ。「彼らは多くのことを語ってくれますよ、注意深く耳を傾けさえすれば。骨というのは――まあ、理解するには相応の知識が必要ですからね。しかし、これならあなたにも理解できるかもしれない」そう言ってポケットから取りだしたのは、彼が証拠物件Aと名づけた砂利の入った封筒だった。「見てください。崖の最も深いところ、森林砂礫層から採取した砂利で、ひじょうに古く、骨に付着しているのと同じものです。なかにガラスの破片が混じっていた。現代の製品で、極めて薄い。同じガラス片が骨にも付着していました。少年と一緒に落下したのでしょう」

本部長は小さく舌打ちをした。「紙みたいにぺらぺらじゃないか」声にいらだちをにじませ、怪訝な顔でレジーを見た。「これがなんだと言うんです?」

「わかりませんか」レジーはため息交じりにつぶやいた。「では、バブ警視に登場願いましょう」

第五章　バブ警視

現れたバブ警視を見てレジーは目を瞬いた。どこかで見かけた気がするがそんなはずはない。これといって目立つところのない、小太りでこざっぱりとした外見の男だった。浅黒い肌、生真面目そうな顔、何よりも規律を重んじるタイプだ。

「ああ、警視。チャールズ・トレイシーが死亡した案件の捜査責任者はきみだったね」本部長が言った。十年以上前の出来事についていきなり問われても、バブ警視は驚いた様子を見せなかった。「事の顛末を簡潔に説明したまえ」

「承知しました」バブ警視は淀みなく言葉を継いだ。トレイシー少年は復活祭の休暇で帰省していた。鳥の巣を観察するのが好きで、珍しいカモメが産卵にやってくるあの崖の上がお気に入りの場所だった。

「そういう少年だったのか」レジーがつぶやいた。「そういえば、今日、ハジロウミバトを見かけたな」

バブ警視はレジーに敬意のこもった一瞥をくれたあと、少年がその鳥の名を口にしていたことを認めた。トレイシーの息子、チャールズが出かけたのは、四月十五日の朝。晴れていたが、ときおりにわか雨がぱらつくこともあった。チャールズは昼食をたずさえ、猟場番にはいつものようにウミバトの卵を探しにいくと言っていた。崖の上を歩くのは危険だと注意されたのは、それが初めてではない。そして彼は帰ってこなかった。日没後に捜索が始まり、翌朝、警察に失踪の届け出がなされた。目撃者はひとりもおらず、採卵箱だけが波に洗われ、壊れた状態で発見された。チャールズは崖から転落し、遺体は沖に流されたものとして捜査は終結。数年後、財産分与に関してチャールズを死者と見なすことが法廷で認められた。

「その子の服装は?」レジーがたずねた。

バブ警視はつややかな髪をなでつけた。「わたしの記憶では、セーターとフランネルのズボンだったと思います」

「すばらしい記憶力だ」レジーは微笑んだ。「コートは?」

「着ていなかったはずです」

「採卵箱にガラス製品は入っていなかったかな——例えば、試験管とか」

「そういうものは、ガラスのたぐいは、いっさい入っていませんでした」バブは不思議そうにレジーを見た。「その意味するところを教えていただけませんか」

「ああ、いいとも。すなわちそれは、外出後の少年を見かけた者がいて、その人物は彼がどうやって死んだか知っていることを意味する。そしてそれは溺死ではない」

「なぜそう言えるのか自分には見当もつきません」バブは抑揚のない口調でつぶやいた。

「可能性のひとつとして言及されることすらなかった?」レジーは眉を吊りあげた。

「それはつまり犯罪の可能性ですか」たずねる口調は依然として平板だった。「ありませんね、自分の知るかぎりでは」バブは後押しもしくは指示を求めて本部長を見た。

「頭をよぎることも？」レジーは食いさがった。

「あるわけがない」すかさず本部長が口をはさんだ。「疑いをはさむ余地はどこにもなかった。おい、どうした？」黙ったままのバブに声を荒げた。

「おっしゃるとおりです」バブが答えた。

「その少年の骨が見つかったと聞いたら驚きますか」レジーはバブにたずねた。

感情を表に出さないたちらしく、バブは驚いた様子を見せず、発見されたものを見せてほしいと言い、それがチャールズの骨だとどうして断言できるのかとたずねた。十二年前の——厳密に言えば、次の春で十二年前の——ことなのに。

「まさしく」本部長が力強く同調した。

「ええ、わたしの言ったとおりですね」レジーは本部長をさえぎって言った。

「言ったとおり？　あなたはおおよその時期を言っただけで、残りはただの憶測——馬鹿げた妄想じゃないか」

「調べたくないものは全部、妄想で片づけるんだな、シーモア」デュドン将軍が横槍を入れた。

バブが咳払いをし、レジーは「たしかに」と言って微笑んだ。「〈小さき手をもて友だちを、掻き裂くことをなすなかれ（英国の神学者アイザック・ワッツ作、友だちと仲よくするよう子どもたちに説く賛美歌の一節）〉——小競り合いはやめて、事実を検討しましょう。トレイシー少年は日常的に崖の上を歩きまわっていた。警視、その彼が草のはびこる崖の亀裂にあやまって転落すると思うかね。否。到底ありそうにない。あやまって転落したとはわたしは思わない。しかし、彼の遺体は崖の地中深くに埋もれていて、その一部が崩れた土砂と一緒に表に出た。それがこれだ」

バブは骨をじっくり観察したあと、慎重に言葉を選びながら言った。「人間のものと考えるべきでしょうね。成長しきった大人のものではない。わたしに言えるのはそれだけです」

「誰だってそれ以上のことは言えないさ」本部長が同調した。

「いやいや、もっと言えることがあるでしょう。明らかな事実をなぜ認めようとしないのです？　これはチャールズ・トレイシーと同年代の少年の骨であり、チャールズが行方不明になったのと同時期に崖に埋もれたものだ」

「あなたはお医者様ですか」バブがたずねた。

「ああ。この手の問題には精通しているつもりだ」レジーは控えめに言った。「おそらく他の誰よりも。わたしの名はフォーチュンです」

「これはお見それしました」バブがうやうやしく言った。

「どういたしまして」レジーは微笑んだ。「やる気と知性を持ち合わせた警察の手伝いをするのは、いつだって楽しいものだ。この骨がトレイシー少年のものとどうして断言できるのか。簡単なことだ。十二年前にあの崖で行方をくらましたのは、トレイシー少年しかいないからですよ。そしてわたしが提示した医学的証拠は、少年の失踪に何者かが関与していることを示唆している。チャールズはガラス製品を所持していなかった——時計を除いて。ところが、彼の骨と一緒に微細なガラス片が発見された。見てのとおり、時計のガラスにしては薄すぎる破片があごの骨に刺さっている」

「たしかに薄い」バブが認めた。「ものすごく薄い。なんなのか見当もつかないな」

「まったく思いつかない？」レジーは物憂げに目を伏せた。

「どこかから持ちこまれたものであることは間違いない」バブは考え考え言った。「実験に使うガラス器具のようなもの。例えば、試験管とか。そういうものをトレイシー少年が所持していたとは考えにくい。だからあなたは、誰かが関与していると考えているのですね」

「ふん！」本部長が盛大に鼻を鳴らした。「どこぞの収集家が落としたのかもしれないだろう。あんたじゃないのか、デュドン」

「わしは試験管なんぞ持ち歩かん」将軍が言い返した。「持っていそうなのは誰だ？」

「石器時代の科学者じゃないのかね？」本部長は鼻でせせら笑った。

「単に落としたのなら」バブが言った。「ガラスの破片は、気の毒な少年のあごの骨に刺さらないでしょうね。もっと激しくぶつかったり転げまわったりしないと」

「そう。つまり犯罪行為があったということだ」レジーがつぶやいた。「あなたの事件ですよ、本部長」

「すばらしい想像力をお持ちですね、フォーチュンさん」本部長は皮肉たっぷりに言った。「たしかにあなたは驚くべき事件を提示された。しかし実体はどこにもない。現実離れした筋書きをでっちあげて、それ以外の可能性を否定するとはお話になりませんね。おかげで愉快な三十分を過ごすことができました」当てつけがましく書類に視線を落とす。

「なんて聞き分けの悪い人だ。それを言うなら『愉快な』ではなく、『示唆に富んだ』三十分でしょう。それに否定しているのはわたしではない、あなただ。十二年ものあいだ、ろくに捜査もせずに安易な結論に飛びついて、他の可能性を否定してきた。莫大な資産の相続人である少年が忽然と姿を消した。それなのにあなたは、事件性を疑う者はひとりもいなかったと言う。悪い噂は立たず、陰口を叩く者もいない。そんなわけないでしょう。あなただってわかっているはずだ」

本部長は椅子の上で尻をもぞもぞさせた。「疑念を抱く理由はなかったと言ったんですよ」

「ええ。あなたはそう決めつけた。いったい何を根拠に？　少年は誰ともけんかしたことはないし、トレイシー家の人々はみな優しくて親切で誰からも好かれており、過去の遺恨など存在しないという証拠がどこかにあるのですか」

「それこそ根拠のない中傷ですぞ！」本部長は声を荒げたものの明らかに腰が引けていた。

「驚いたな、フォーチュン」将軍が口をはさんだ。「きみはわかっているのか――」

「彼だってわかっているのさ」レジーは言った。「むろん愉快な事件でない。本部長としての面目は丸つぶれだ。疑わしい点はいくつもあったのに見て見ぬふりをして、動機のある人々の捜査を怠った」

「嫌疑をかけるほどの証拠はなかったんですよ」本部長は躍起になって言い訳した。

「あなたはそう言うでしょうね。しかし実際は、初めから見つける気がなかったんですよ。犯罪行為があった証拠はないと決めてかかっていた。それがいまになって証拠が出てきたものだから、あなたとしては立つ瀬がありませんよね。今度は行動を起こさないわけにはいきませんよ」

「行動を起こすと言われても、いったい何ができるというんです。こんなちっぽけな骨のかけら、なんの役にも立ちゃしませんよ」

「それはあなたの思い違いだ」レジーは微笑んだ。

「いまさら何ができるのか教えていただきたいものですな」

「興味深い質問ですね」レジーはなかば閉じた目で本部長をじっと見た。「可能性にいかなる制約も課すべきでない。何が起こるかわかりませんよ――十二年前と同じように」そう言って小さく身震いした。「多くの力が働いています。よくない力が。しかしながら、するべきことは明白です。崖崩れ跡を徹底的に捜索する。さらなる手がかりが見つかるかもしれない」

「ああ、ええ、なるほど」本部長は見るからに安堵していた。「いや、たしかにそれはやるべきですな。警視、明朝、現場へ出向いて徹底的な捜索を行いたまえ」

「同行しよう」レジーが言った。「その後、事件を一から洗い直すことになるだろう」

「結果に照らして再検討するわけですな」本部長は威厳をとり戻しつつあるが、レジーと目を合わせようとしなかった。

「ええ、そういうことです。では、失礼します」レジーは去り際にバブに声をかけた。「明日十時にあの崖で？　結構」バブの丸顔をしげしげと見た。「前にどこかで会ったことがあったかな」

「ないと思いますよ」バブが答えた。「このあたりには自分に似た男が大勢いますから」

第六章　女神のカメオ

翌朝、レジーが到着したとき、海からの冷たい霧が崖の上に流れこんでいた。レジーは首をすくめてコートの襟をかき合わせ、地面を踏みしめて行ったり来たりしながらこの世の邪悪さを呪い、おのれの厄介な義務感と警察の義務感の欠如を嘆いた。崖は渦巻く霧に呑みこまれ、すべてが灰色にぼやけて輪郭を失い、どこで陸地が終わり海が始まるのか定かでなかった。

接近する音とともに黒っぽい塊がぬっと姿を現した。車だ。バブ警視と体格のいい警察官ふたりがスコップを手に降りたった。フォーチュンさんは時間に正確ですねとバブが言った。レジーは不機嫌なうなり声を漏らすと、バブの腕をつかんで歩きはじめた。「命令が撤回されたのかと思ったよ」

バブはその言葉の意味を深く考えないことにした。「郊外の住宅を狙った連続強盗事件のせいで足止めを食らいまして」申し訳なさそうに言う。「プロのギャングのしわざじゃないかとわたしは睨んでいます」

「ほう。では、強盗が頻発しているというのはほんとうなのか」レジーはつぶやいた。「これは失礼。疑心暗鬼になっているものでね。今回も何もせずにすませるための口実じゃないかと心配していたんだ」

十二年前だって何もしなかったわけじゃないとバブは思った。むろん地元の名士がらみの事件は扱いが難しい。捜査には細心の注意が求められる。

「多くのものが見落とされた。そう、見落としたのはきみたちだ。べつに非難しているわけじゃない。この世はかくも悲しく愚かしいものだ。それはそうと、きみはどの程度まで把握していたのかね。ここへは前にも来たことがあるのか?」

バブは湿った冷気にさらされて赤らんだ丸顔をレジーに向けた。表情は抜け目がなくどこか滑稽だった。「ありますとも」

「ああ、そうか」レジーが小声で言った。「やっとわかったぞ」

「いったいなんのことですか」

「ほら、昨日きみにたずねただろう、以前どこかで会ったことはないかって。誰かに似ている気がしたんだ。思いだしたよ、この先のクラブで見かけたコープという男だ」

「銀行家のコープさんと?」バブは表情を緩めた。「似ているところはあるかもしれませんね。考えたこともなかったけれど。なにせ自分と彼にかぎらず、ありふれた外見なもので。この地を起源とする者はみんなこんな感じです。コープさんの祖先も、お爺さんが銀行を正式に設立する前からここの住人だった。わたしと同様に彼も言うなれば土着民だ。見た目がわれわれと違うのは、地主階級と新参者だけです」

「もとをたどればみな兄弟というわけか。なるほど合点がいったよ。話を戻そう――きみは当時このあたりを徹底的に捜索したと言ったね。つまり、トレイシー少年はウミバトを探すためにこの崖へやってきたと考えているわけだ」

バブは渦巻く霧の向こうに視線をめぐらせた。「ここか、この近くのどこかに。この場所のことなら自分の手の甲みたいに知り尽くしています。隅々まで調べましたから」

「そして何も見つからなかった。そもそもこの場所を捜索しようと考えた理由はなんだね」

またしても意味深な一瞥が返ってきた。

「鋭いですね、フォーチュンさん。当時ここはアストンさんの土地だったのですが、トレイシー少年と口論をしていたという噂がありました。なんでも、トレイシー少年がアストンさんの土地に不法侵入して、それをけしかけたのが父親のトレイシーだったとか。あのふた家族はどっちもそんな調子でいがみ合っているんです」

「ふむ、なるほど。再び口論になった可能性はある。しかし証拠はない。捜査は行われたのかね」

「抜かりなく行ったつもりです」バブは上司に報告する部下さながらに生真面目に答え、簡潔に事情を説明した。内容はデュドン将軍から聞いていたとおりだった。海岸沿いの土地はかつてアストンのものだったが、ごく最近、債権者によって売りに出され、その大半をブラウンが買いとった。アストンは最後まで手放すまいとしていた。トレイシーも土地の入札に参加していた。

「驚いたな」レジーはつぶやいた。「その情報はどこから?」

「土地の売買についてはもっぱらの噂です。では、ちょっと行ってみましょうか、フォーチュンさん」崩れた崖の亀裂のそばを通った。「向こうに見えるフェンス。いまはあれがアストンさんの土地との境界です。しかし、そう長くは持たないだろうと言われています。あっちの土地も多額の借金の抵当に入っていますから。いくらアストンさんが金策に奔走しようと、返済するのは無理でしょう」

「なかなかの情報通だね。興味をそそられる話だ。で、バブ警視はどんなすばらしい結論を導きだすのかな?」

「わたしは事実をお伝えしているだけです。性急な結論は望んでいません」

「そうだと思ったよ。きみは石橋を叩いて渡るタイプだ。しかしながら、これだけは言える。アストンは運のいい人間ではない」

「それは間違いありません」バブは率直に認めた。「アストン家は長きにわたって没落の道を歩みつづけている」

「その一方でトレイシー家は繁栄の一途をたどってきた。当然ながら、それは憎しみを生む。だが、わたしが考えているのはそのことではない。アストンがこの崖を手放すまいと躍起になっていたことは周知の事実だ。そして他人の手に渡った直後に崖崩れが発生し、埋もれていた少年の骨があらわになった。まことに運が悪い」

「そういう意地の悪い見方をすることもできます。でも、証拠にはならない。わたしに言わせれば、トレイシー親子のあいだにもいざこざがあったことを思いだすべきです。息子の死によって父親が得をしたことも。莫大な財産が彼のものになった」

「ああ、そうらしいね。その話も親切な人たちが教えてくれたよ。トレイシー家もアストン家も庶民からあまり好かれていないようだ。それにしても、きみはすばらしく公平だね」

「本音を言うと」バブはためらいがちに言った。「わたしは当時もいまも納得していないんです」

「そうこなくちゃ！」レジーは声を弾ませた。「一緒に仕事をするのが楽しくなりそうだ。さっそくとりかかろう。そもそもの発端からだ。十二年前きみが捜索したときと崖の上の状態は大きく変わっていないらしいが、どうだね？　崖のきわには至るところに割れ目があって、人間の身体がすっぽり入るくらい大きな亀裂がフェンスのこちら側にもあちら側にも数多く見受けられる」

「おっしゃるとおりです。以前フェンスはありませんでしたが。ブラウンさんが土地を買ったときに設置したのです」

「ああ、なるほど。どうりで新しいと思った。少年を割れ目に落とした人物は、月日が経つにつれてどこに死体が埋もれているかあやふやになる。もしそれがアストンだとしたら、フェンスの向こう側の土地をなんとしても手放したくなかったはずだ。そして犯人が誰であれ、崖崩れで死体がどうなったのか自分の目で確かめたいと思うだろう。アストンが見にきていたよ、夫人と一緒にね。見たところ大きな収穫はなかったようだ。目ぼしい骨は、ありがたいことに将軍があらかた回収してくれたからね。アストンは手に何も持っていなかったし、デュドン将軍以外の人間が掘り起こした形跡もなかった。だが、アストンが先手を打った可能性もある。では、そろそろ下へ行ってみよう」

「そうしましょう」バブは連れの警察官ふたりを呼んだ。「フォーチュンさん、あなたはアストンさんが怪しいと思われているようですね」

「とんでもない。それは誤解だ。わたしはいかなる偏見も持っていない。バブ警視と同様にね。ただ、いやな予感がする。この事件はどうも虫が好かなくてね。愉快な事件じゃない」

太陽が力を増すにつれて霧が晴れはじめた。まばゆい陽射しが海原を照らし、切りたった崖が霧のベールの下からゆっくりと姿を現す。バブは浜辺を埋め尽くす石灰や砂利の山を眺めまわした。「ずいぶん盛大に崩れたな。こんな大量の土砂のなかで、デュドン将軍はよく目当てのものを見つけましたね。奇跡と言っていいくらいだ」

「ああ、いや、そうじゃない。合理的な捜索を行った結果だよ。将軍は初めから崖の麓、つまり最も深い地層に狙いを定めていた。見たまえ。掘り返したのはあのかぎられた一画」レジーは先に立ってそこへ向かった。「誰も手をつけたことのなかった場所だけだ」

「なるほど、そういうことですか」バブは感心した様子で言った。

レジーは足元の砂利を見て眉をひそめた。「なんとこれは」手袋をはずしてしゃがみこんだ。

「今度はなんです?」バブが近づいてきた。「新たなガラス片ですか」

レジーは立ちあがり、差しだした手のひらにはピンク色の小さな平べったいものがのっていた。

「いや、ガラスではない」中指でひっくり返した。「女神だよ。盾とかぶとで武装した女神アテナだ。いやはや」レジーはバブをじっと見た。その表情は険しく憂いを帯びていた。

「しかし、これはいったいなんですか」バブがたずねた。

「おや、バブ。わからないのか。女神の浅浮き彫り《ローレリーフ》細工を施したカメオだよ。指輪からはずれたんだろう。上等なものではない。貝殻を彫ったものだ」

「ということは、つまり、どういうことでしょう?」バブは戸惑いの笑みを浮かべた。「最初にあなたは骨に付着した奇妙なガラスのかけらを発見し、今度はそれらと一緒に埋まっていた古い指輪の一部を見つけた」

「いや、そうじゃない」レジーはいらだたしげに言った。「よく見たまえ。これは古いものではないし、骨と一緒に埋まっていたのでもない。ここへ持ちこまれたのはごく最近だ。泥がこびりついていない。しかも、とりわけ重要なのは、昨日は存在しなかったということだ。わたしが調べたあとで置いたにちがいない。これは由々しき事態だ」

バブはぴんと来ていない様子だった。「つまりあなたは、何者かがここを歩きまわって、指輪の石を落としたと考えているのですね。でも、いったい誰が? 陽が射している時間はほとんどなかったのに」

「見当もつかないね」レジーは憂いをたたえた大きな目でバブを見つめた。「ここで少年の骨が発見されたと聞いた者がいるのでは？」

「わたしは誰にも言っていません」バブが語気を強めた。

「そうでないとしたら」レジーはゆっくりと言った。「きみの言うように、いったい誰が来たのか。カメオの指輪を着けている人に心当たりは？」

「そういうことにはうといもので」

「ふむ」レジーは目を伏せた。「噂になることでもないし。残念だがしかたあるまい。〈善良であれ、かわいい娘よ、そして賢くあろうとする人間であれ（英国の聖職者で小説家のチャールズ・キングズリーが娘に贈った詩 A Farewell の一節）〉。きみの仲間に仕事にとりかかるよう言ってくれ」

ふたりの警察官が土砂を掘り返しているあいだ、レジーはひまを持て余した犬さながらにうろうろと歩きまわっていた。少年の骨が新たに見つかった。バブに乞われて、各々がどの部位に当たるかを説明したのち、レジーはこう結論づけた。「これだけ骨が出てきたところを見ると、少年は五体そろった状態で崖から落ちたにちがいない。ここでの成果はそれくらいだろう」

「充分です」とバブが言った。「捜査を始める根拠になりますので。首尾は上々ですよ、フォーチュンさん」

「上々だって？」レジーの声が一段高くなった。「とんでもない。そんなこと誰にも言っちゃいけないよ」

「何か問題でも？」

「女神だよ。憂慮すべき深刻な問題だ。誰かに言いたきゃ言ってもかまわないが」

「言いませんよ」バブはむきになって言い返した。

第七章　舞踏会

その夜、レジーが長風呂につかっていると、デュドン将軍が浴室のドアをせっかちにノックした。憂愁の叙情詩《オード》を創作中だという。「亡きキーツに同名の詩があるが、内容は似て非なるものだ。主題は、仲間におだてられて筆記体の刺繍で何かを成し遂げようとすることの愚かしさについて」

「きみ、忘れるなかれ――」将軍が高らかに叫んだ警句は、浴室から聞こえてくる俗っぽい歌にさえぎられた。

ジャングルの住人にはみなそれぞれの習わしがある……
われは大きくて悪い狼を恐れず……
されど象は決して忘れまじ！

「象とわたし。愛しき生きものたちよ！」レジーは情感たっぷりにうたいあげた。「〈綿毛の梟《ふくろう》は、魂の目覚めた疼痛をかき消してはくれぬ（キーツの詩「憂愁のオード」のもじり）〉。ねえ、キーツ先生」

「そのジョーク、わしにはさっぱりわからんね」将軍はむっとして言った。「象の骨を見つけたことを茶化しているのかね」

「いやいや、茶化すなんて」レジーは猫なで声でなだめた。「そんなつもりじゃなかったんですよ」

将軍はへそを曲げていた。「念のため言っておくが、夕食のあと舞踏会へ行く予定だからね――きみに行く気があればの話だが」

「もちろん、行きましょう、行きますとも」レジーが張りきって応じると、将軍はふくれっ面のまま立ち去った。

舞踏会は地元の人々を観察する絶好の機会だが、実のところ、レジーの気分を重くしている要因のひとつだった。もうひとつは例の女神である。

フォーチュン氏が事件の種明かしをするとき――心置きなく自己満足にひたれるので、そうした機会はたびたび設けられる――必ず次のような前置きをする。難解な事件ほど、そのおおもとはありきたりで単純である。

フォーチュン氏得意の逆説だと揶揄する者もいるが、彼は毅然として自説を貫く。

事件の関係者全員が、よほど愚かなのか狡猾なのか、絶滅した象の化石によってレジーの関心が彼らに向けられるや、いっせいに馬脚をあらわしはじめた。象の足やしっぽを白日の下に晒した自然の力と、そのあと開催された舞踏会が相乗効果を上げて、思わぬ結果をもたらした。

バブ警視とともに崖崩れ跡を訪れる前から、少年の骨をめぐる謎を解くための証拠は頭のなかにそろっていたし、哀れな人々による妨害や不運なめぐり合わせがなければ、速やかかつ合法的に事件を終結させる公算は充分にあった、そうレジーは主張する。

かたやバブ警視は事件の幕切れに当惑し、受け入れることを拒み、胸の内で毒づいた――フォーチュン氏は自信たっぷりだが、その自信に確たる根拠はなく、世評ほど切れ者でもない。そもそも人間の考えることなど高が知れている――と思いつつ、真っ向から異議を唱えることはできなかった。どんな偉業を成し遂げようと、レジーがそれを世に喧伝することはない。その一方で、みずからの捜査活動を純粋理性の実践例として評価する。あらゆる事象を読み解き、不都合な事実を見逃さず、合理的かつおぞましい推測を導きだし、危険を承知でやむをえず行動に出たことを誇らしげに指摘する。捜査に遅滞が生じ、犠牲者が出たのは自分の責任ではないと彼は強く主張する。原因はひとえに数多の複雑にからみ合った問題が彼ひとりの手に押しつけられたことにある。そして彼は理性的であることの長所と短所を、理性とは遠く離れた地で事件を通して実証したのである。

風呂から出たときレジーの心を等しくわずらわせていたのは、女神のカメオと舞踏会だった。女神についていては、うまく説明できないが余分だと感じていた。普段から苦痛の種でしかない舞踏会は、いつも以上に彼の心を重くした。とはいえどちらも運命の贈りもの、受けとらないわけにはいかない。女神のカメオは意図的に置いていかれたにちがいない。義務感に尻を叩かれ、村人たちの検分に出かけることにした。

「苦痛でも正しいことをせよ」レジーはおのれを叱咤し、手早く身支度をして一階へおりると、デュドン将軍の心の傷を癒すべく考古学にまつわるおしゃべりをした。大昔に絶滅した象について真剣に語り合うことで、将軍の関心を少年の死からそらすのはたやすいことだった。

ダーシャーの舞踏会は、十九世紀初頭にコルスバリーが建造したタウンホールでいまも開かれている。意匠を凝らした建物は古くさくて陰気で、あたかも大きな洞穴のようだ。レジーが物憂げに戸口に立ったとき、ダンス会場の大洞窟、すなわち大ホールは、すでに大勢の人で賑わっていた。華やかな光景だった。えび茶色の壁には赤、白、青の鮮やかな垂れ幕が張りめぐらされ、強烈な光を放つ丸天井の照明が会場に集う人々の上半身をあまねく照らし、実物もしくは本人が意図した以上に形や色や光沢をくっきりと際立たせている。顔が強調され、素肌の肩やタキシードの胸元が不自然に大きく見え、残りの部分は陰になっている。彼らには足がない。

それはたいした問題ではないのだとレジーは心のなかでつぶやいた。彼らは足を必要としていない。これほど大勢の人々が舞踏会でダンスをしていないのを見るのは初めてだった。ダンスに興じるカップルはごく一部で、歩きながらおしゃべりに興じる人々が大半を占めていた。

続々と現れて目当ての相手を探す人波に押し流され、デュドン将軍とはぐれたレジーは、周囲を観察し会話に耳をそばだてながら、ぶらぶらと歩きまわった。

崖崩れにまつわる噂話は聞こえてこなかった。女神のカメオを置いたのが何者であれ、あそこを訪れた目的がなんであれ、少年の骨が発見されたことはまだ世間に知られていないらしい。警察本部から漏洩した情報が何者かを現場へ向かわせたとしても、漏れた情報は慎重に保護されている。警察は頻繁に人々の口の端にのぼり、槍玉に挙げられていたが、彼らの関心と怒りの矛先は野放し状態にある強盗に向けられていた。

被害者の怨嗟の声に興味津々に聞き入る一団の横を通りかかったとき、輪のなかにアストンの翳りのある整った顔が見えた。伸びた背筋、生気のある表情、友好的な態度。積極的に発言し、相手の話に熱心に耳を傾けていた。かたや妻は饒舌だった。

たとえ貧しくとも社会的地位は失っていなかった。ふたりとも敬意を表すべき人物として扱われていたし、たたずまいに品があった。アストンの立ちふるまいは、いまも昔と変わらぬ優男《やさおとこ》だと自覚している人間のものだ。夫人は痩せて顔色が悪いものの、年月は彼女から生来の優雅さを奪い去ってはいないし、宝石を身に着ける権利を誇示するかのように、重厚で古めかしい台座にはめこまれたダイヤモンドを、筋張った首と灰色の髪につけていた。

レジーは違和感を覚えずにいられなかった。そんな家宝を持っているなら、なぜ人々は口をそろえてアストン家は破産寸前だと言うのか。犬の首輪みたいなネックレスを売れば、海沿いの崖の大半を手放さずにすんだだろう。まったくこの事件はつじつまの合わないことばかりだ！　レジーが悲しげに首を振って立ち去りかけたとき、人々の輪を離れたアストンの左手にカメオの指輪が見えた。黄褐色の地に彫りこまれているのはギリシャ人の肖像だった。

レジーはまばゆいホールから廊下にさまよいでた。廊下の先にはべつの洞窟が薄暗い口をぽっかりと開けていた。理不尽な仕打ちを受けた子どものように、レジーの丸い顔は悲しげに曇っていた。

「やあ、こんばんは」誰かが彼の背中を叩いた。「またお会いしましたね」振り返ると、満面の笑みを浮かべたブラウンの肉づきのいい馬面があった。後ろには、紫のドレスに身を包んだ大柄な女が立っていた。「妻です、フォーチュンさん」ブラウンは誇らしげに言った。

レジーが紫の小山に会釈をすると、小さなかわいらしい声が返ってきた。「楽しまれているかしら」心配性の母親のような口ぶりだった。レジーは顔を上げ、真珠のネックレスをさげたピンク色の胸元から陽気な赤ら顔へ視線を移した。

「楽しんでいますとも」レジーは答えた。

「気さくな方たちばかりですものね」ブラウン夫人が言う。「ねえ、あなた」

「そうとも」夫がうなずいた。「でも、あなたが求めているのはべつのものですよね、フォーチュンさん。さあ、一杯やりにいきましょう」ブラウンはレジーの腕を引いて強引に歩きはじめた。「で、調子はいかがです?」

「おかげさまで楽しくやっていますよ。とりたてて新しいニュースはありませんが」

「それは何よりです」ブラウンはレジーの腕をつかむ手にぐっと力をこめた。「眠れる巨人はそっとしておきましょう。ずっと眠っていたんですから、ねえ?」

「おもしろいことをおっしゃいますね。将軍はお気に召さないでしょうが」

「あの哀れな老兵ですか。軍人上がりにしてはましなほうですけど。わたしも人並みにいろんな経験をして、ひとつ思うようになったんですよ。才能に恵まれている人間ほど、ある種の狂気に陥りやすいとね。あなたはどう思われますか」

「自分にもその傾向があると?」レジーが問い返した。

「わたしに?　あっても多くはないでしょうね」ブラウンは高笑いをした。「わたしは常にあり余るほどのものを所有しています。商売人ですから。次から次へと新しいものが入ってきて、それを売りさばいていく。深く考えるひまなどありません」

「興味深い人生ですね」

「興味などないでしょう。あなたは科学者だ。どんなときも真相を究明することしか頭にない。商売が円滑に進もうが進むまいが、あなたには関係ないことだ」

「そう思われますか」レジーの口調は淡々としていた。

「あくまでも一般論としてです」ブラウンはレジーの腕をつかむ手に再び力をこめた。「わたしはただ、真相を明るみにすれば無用な騒ぎを引き起こしかねないと言っているだけです。百害あって一利なし。何が真実であれ、それが現在に与える影響に比べれば重要ではない」

「あなたは哲学者ですね、ブラウンさん」

「なんと！　そんなふうに言われたのは初めてですよ。女房に報告しなくちゃ。このわたしが哲学者とは。よし、乾杯しましょう」ブラウンはレジーを小さめの洞窟に連れていった。そこはバーだった。「何にします？」レジーがセツルァー炭酸水はあるかとたずねると、ブラウンは「ご冗談を！」と言って目を丸くした。「ここの酒はなかなかいけますよ、わたしが保証します。わが家ならもっと上等なものをお出しするが、でも、ここのも悪くない」それでもなお、レジーは水が飲みたいと言い張り、コルスバリーでセルツァーは出まわっていないため、蒸留水で作った炭酸水を満足そうに飲んだ。ブラウンは拍子抜けしたと不満を漏らし、妻を探しにいくと言って立ち去った。

残されたレジーは、状況をさらに複雑にする新たな要素について考えた。ブラウンはいかにも開けっぴろげなようで、つかみどころがない。いっけん哲学者めいた忠告は、トレイシー少年の死の真相を解明しようという気運に水をさす詭弁に他ならない。まったく差しでがましい男だ。それにしてもなぜ彼は首を突っこんできたのか。何か後ろめたいことがあるなら、よほどの馬鹿でないかぎり、犯罪捜査の専門家の前にしゃしゃりでて、余計な詮索は無用だと忠告したりしないだろう。しかしまったくの他人事に口を出してきたのなら、それこそ正真正銘の愚か者だ。一代で財を成した人間が愚かなはずはないと考える根拠も事情もない。とはいえ、心の奥底を探るようなブラウンの小さな暗い目は、愚かな成金という人物像と一致しなかった。彼は何かを求め、それを手に入れるつもりでいる。ずうずうしい男だ。だが、馬鹿ではない。いっけん能天気そうな頭のなかにはたくさんのものが詰まっている。「眠れる巨人はそっとしておきましょう、ずっと眠っていたんですから、ねえ？」とブラウンは言った。彼は利口な男だ。利口すぎるくらい利口だ。ではなぜ、レジーが遺骨を検分しているところへトレイシーの娘を連れて押しかけてきたのだろう。人間のあごの骨のかけらをちらりと見ただけで、寝た子を起こすかもしれないと案じたのはなぜか。

おそらく本部長室から漏れた情報が耳に入ったのだろう。なんらかの方法で本来知るはずのないことを知ったブラウンは、トレイシー少年の死にまつわる真相が明るみに出れば、自分の活動の妨げになると確信した。しかしどんな妨げになるというのか。仮に他殺だとして、新参者のブラウンが十年以上前の犯罪に加担しているとは思えない。まったくもってとらえどころのない男だ。あの様子だと、今後も余計な手出しをするつもりだ。目障りな存在になるだろう。またひとり邪魔者が増えたわけだ！

こうしてブラウンを分析しつつ——正鵠を射た分析だったとフォーチュン氏は自賛する——カウンターの隅で絶え間なくグラスを口に運ぶトレイシー少年の父親に気がついた。表情の乏しい顔に目立った変化はないが、アルコールのせいか単に虫の居所が悪いのか、誰かが話しかけると相手かまわず噛みついた。和やかに談笑していたアストンとは対照的だ。かっかしているのは熱を測らずとも明らかで、うかつに原因を探れば火傷するだろう。

酒を飲んで悪態をつくのは習慣なのか、それとも心配事のせいなのか。周囲の客が素知らぬ顔をしているところを見ると、普段より荒れているわけではなさそうだ。しかし、あとから来て親しげに声をかけてきた客を、トレイシーが邪険にはねつけたとき、意味ありげなうなずきや目配せや笑みが店のあちこちで交わされた。

トレイシーに拒絶された客がシェリー酒を手にカウンターを離れるのを見て、レジーは一瞬、バブ警視だと思った。と同時に、バブそっくりのその男は、トレイシーや本部長と一緒にクラブにいたコープという銀行家であることを思いだした。むろんあの銀行家にちがいない。昼間、時代遅れの乗馬服を着ていた男なら、夜ともなれば、十八世紀の貴族と見まがう夜会服に身を包むだろう――肩幅の広いジャケット、派手なひだ飾りのついたシャツ、細身のズボン。

レジーの視線に気づくと、コープは愛想よく近づいてきた。「こんばんは。よろしければ一緒にシェリーを――おや、なんです、それは？　ソーダ水？　いやはや、いけませんねえ、男たるもの、自分にふさわしいものを心得るべきだ。ひょっとして何かお気に召さないことでも……」

「どうぞご心配なく。みなさん、とてもよくしてくださる」とレジーは言った。「すばらしく親切だ」

「それはよかった。ここに集まっているのは気のいい連中ばかりです。変にうわついたところがないし」コープの暗い瞳がきらりと光った。「デュドン将軍の遺物コレクションについては見解を控えさせていただきますが。あえて言えば、将軍の巨人はひとりでたくましく生きていたんでしょうね。当のデュドンはどこです？　あなたをみんなに紹介するせっかくの機会なのに」

「はぐれてしまったようです」

「それはいけませんね」コープはおもしろがっていた。「愛すべき老人なんですがね、デュドン将軍は。ただ、趣味にのめりこみすぎるきらいがある。あそこのカウンターに座っている男を覚えていますか」トレイシーの赤毛をあごで示した。「ジム・トレイシーといって、ほら、あなたがデュドンに連れられてクラブに来たとき、われわれと一緒にいた男です。ああ見えていいやつなんですよ。由緒ある一族の子孫で、いまなお頂点に君臨している。それがどんなにすばらしいことか本人はわかっていないが。いらいらしているのはデュドンのせいです。崖崩れの跡から巨人の骨を掘りだしたりするから。くだらないと思われるでしょう。しかし、彼らは神聖な過去をほじくり返されるのを嫌う。このあたりの土地はノアの洪水以降ずっと彼らのものですから。フランシス・アストンには会いましたか？」

「いいえ、まだ。なぜですか」

「もうひとつの由緒ある一族の子孫だからですよ」コープは含み笑いをした。「トレイシーとは何から何まで違いますが。アストンは気さくで、ちょっと浮世離れしたところがある。学者肌というか。そのすばらしい才覚で富を築こうとした。しかしアダムとイブと同じ没落の道をたどり、先祖代々受け継いできた残りわずかな土地にしがみついている。デュドンが巨人の骨を見つけたと聞いて激昂していましたよ。一族の名を汚すスキャンダルだと思っているんでしょう」

「なんともはや」レジーがつぶやいた。「驚きですね、トレイシーとアストンが――長らく敵対してきた一族の子孫が――目障りな穴掘り人に対抗するべく神聖同盟を結ぶとは」

コープは首を横に振った。「いやいや、同盟を結んだなんて言っていませんよ。そうなったら驚きだが。アストン家とトレイシー家はいまも昔も犬猿の仲だ。彼らは高貴な者に課せられた義務《ノブレス・オブリージュ》を嫌悪しつつも競うように果たしてきた。両者の意見が一致しているのは、過去を詮索するべきでないという点だけだ」

「ゆえにいまは戦いの矛《ほこ》をおさめ、先行きを思いわずらい、不機嫌になっている」レジーはトレイシーの赤毛の頭をじっと見た。「お友だちのトレイシーさんのことですよ。いまの彼はそんな状態に見える。酔っていようといまいと」

「扱いにくい男であることは間違いない」コープは認めた。「そろそろ切りあげさせないと。彼の娘もここへ来ているんですけどね。もういっぺん声をかけてみます」

レジーが見守るなか、その試みは失敗に終わった。二度目の拒絶にあったコープは肩をすくめて笑みを浮かべ、店を出ていった。父親の深酒を娘に伝えにいったのなら、その結果を見届ける価値はあるかもしれない。いずれにしても娘がどんな反応を示すかレジーは知りたかった。娘があのブラウンというつかみどころのない男と親しくしていることをトレイシーは快く思っていないはずだ。レジーはコープを追って迷路のような廊下を進み、階段をのぼった。やがてコープが立ち止まり、見ると、目の前にブラウン夫妻が立っていた。まるで壁のなかから現れたかのように。

そう感じたのも無理はない。彼らは薄暗い奥まった場所から不意に現れたのだ。コープはいたずらっぽく言った。

「相変わらず仲睦まじいことで、ブラウン。まったく抜け目のない人だ。奥さんを連れて抜けだすのはこれで何度目です？　べつに責めやしないけど、でも、あなたにとっては迷惑な話ですよねえ、奥さん。他の人と踊ることができないんですから。わたしたちみたいな若い連中はがっかりしていますよ」

ブラウンはそんな冷やかしを明るく笑い飛ばし、夫人は恥ずかしそうにはにかんでいた。この騒がしいやりとりのさなかに、グリーンのドレスをまとった娘が姿を現した。白くて滑らかな肩、赤褐色の髪――アリソン・トレイシーだ。背後には、長身で金髪、不遜な態度の若い男が立っていた。ブラウン夫妻を見張り役にして、若いカップルがもっと奥まった場所で睦まじくしていたのは明らかだった。だが、ブラウンはさも驚いたような口ぶりで言った。「おや、アリー、いったいどこに隠れていたんだね。突然現れたんでびっくりしたよ。まさかわたしを探していたんじゃなかろうね」

アリソンは調子を合わせた。「ええ、そうよ、ずっと探していたのよ。あなたってほんとにひどい人ね。油断してると、すぐにどこかへ行っちゃうんだから！」ブラウン夫人が小さな声で加勢した。「許しちゃだめよ。あたしなら絶対に許さないわ」

コープが高笑いをした。「なかなかの役者ぞろいだ」

アリソンは芝居がかった身ごなしでブラウンに向き直った。「あたしたちの関係はこれでおしまいよ。行きましょう、アストンさん」

「すまないが、ジャイルズ」コープは若い男を制して、アリソンの腕に手を置いた。「きみのお父さんと話したんだ、アリソン」声を落とし、彼女の耳もとでささやいた。レジーには聞きとれなかったが、彼女の顔がこわばるのがわかった。

「それはご親切に」アリソンは大きな声で言った。「べつにどうでもいいけど」ブラウン夫人を振り返った。「帰りは家まで送ってもらえるわよね」

「あら、もちろんよ」夫人はアリソンを優しく叩いた。「好きなだけ踊ってらっしゃい」

「では、お言葉に甘えて」ジャイルズはそう言ってアリソンとともに立ち去った。

冷ややかな笑みを浮かべて見送るコープは、馬を値踏みする目利きの査定員のようだった。「気が合うみたいですね。お似合いのカップルだ」

「そう思うかね」ブラウンが答えた。

「そういう話はやめましょう」ブラウン夫人が言った。

コープは夫人に謝罪してダンスを申しこんだ。レジーは黙ってその場をあとにした。

次々と明らかになる事実に戸惑い、頭がぼうっとしていた。われこそが重要参考人であると全員が主張していた。すべてが密接にからまり合い、それでいて絶望的に矛盾している。意味深でありながら何も意味していない。まさに混沌の極みだ。

迷宮のようなタウンホールをさまよい歩くうちに、きらびやかな大ホールに戻っていた。アストン家とトレイシー家は親子とも見当たらなかった。ダンスをする人はさらに減り、おしゃべりに興じる人はさらに増えた。話題の中心は相変わらず強盗だった。

遠くに将軍を見つけ、人混みをかき分けて捕まえると耳打ちをした。「家に帰りたい」

「なんだって、フォーチュン！　そりゃあ、もちろんかまわんが。具合でも悪いのかね」

「いや、そうじゃない。この世はわれわれの手に余る。どっちを向いても謎だらけ、厄介事だらけだ。わたしは家に帰りたい。帰ってベッドで眠りたい」

「おやおや。だいぶお疲れのようだね。よしきた、すぐに帰ろう」将軍はレジーをせきたてて出口へ向かった。「聞いたかね。また強盗にやられたそうだ、今夜、ニンボーンで」

「やられた？」レジーはうつろな顔で将軍を見た。「わたしには関係ないことだ」

「もちろん関係ないさ。きみが被害に遭ったわけじゃない。だけど物騒じゃないか、こんなことがいつまでも続くのは。ここの警察は羊の群れと同じレベルだ。盗っ人どもは徒党を組んでいるにちがいない。ほんの二時間前にレディ・ウェルネの宝石を——彼女がここへ身に着けてこなかった宝石を——根こそぎ持ち去ったそうだ」

「なるほど。ということは、このなかに犯人はいない。それはよかった」

「驚いたな、フォーチュン。まさかきみは——」

「考えすぎですよ。関係ないとわかってよかった。世のなかは広いようで狭い」レジーはあくびをした。「ふたつの事件が一挙に解決する可能性もある。そうなれば一石二鳥だ」将軍の不安げな顔をぼんやりと見ていた。「あくまでも希望的観測ですが、わたしは預言者ではないし、人の心ほど当てにならないものはない」

第八章　強盗

ロンドン警視庁犯罪捜査課のローマス部長は、フォーチュン氏を困らせるべく本件について見解を述べるなかで、ニンボーンの強盗は無関係であるとする判断は、フォーチュン氏が犯した最初のあやまちだと強く主張した。

対するレジーの答えは「相変わらずだな、ローマス」。なおも相手が攻勢を強めると、こう反駁した。「馬鹿ばかしい。最初も何も、わたしはあやまちなどひとつも犯していない。あれだってあやまちなんかじゃない。もう一度よく考えてみたまえ。いいかね、考えろと言っているんだ。そうすれば、わたしに落ち度はないとわかるはずだ。純粋かつ非の打ちどころのない論理的思考の産物だよ。極めて教訓的であり、合理的行動の力と限界を提示した。いささか遅れをとったことは認めるが、どこから見ても適切な行動だよ」

「適切だって！」ローマスは鼻先で笑った。「成り行きで突っ走っただけじゃないか」

「わからず屋だな。その逆だよ。成り行きでそうなったことは認める。だからといって無闇に突っ走ったわけじゃない、強い責任感に駆られてやったことだ。頭のてっぺんから足のつま先まで合理的かつ道徳的。それがわたしという人間だ。哀れレジナルド、いばらの人生を歩め」

そう言いながらもレジーは、舞踏会の翌朝、驚くべき知らせが舞いこむことを覚悟していたし、なんなら待ち望んですらいた。レジーが遅い朝食をとっていると、バブ警視から問い合わせの電話がかかってきた。とりついだ将軍の使用人によれば、フォーチュン氏はそこにいて、自分が行くまで待っていてくれるかを知りたがっているという。「待つよ」レジーはため息をついた。「待つとも。わたしはきみが嫌いだ。彼にそう伝えてくれ」

バブがにわかに積極的に動きはじめたことを将軍はいぶかしんだ。いったいどんな心境の変化があったのか。

「見当もつきませんね」レジーはサイドボードの上の皿からお代わりのソーセージを取った。「果たして何がやってくるのか。ひょっとすると天使かも。いずれにせよ、心静かに満たされた状態で迎えるとしよう」

バブ警視を迎え入れたとき、レジーはまさにその状態でパイプを吸い、将軍のとりとめのないおしゃべりに耳を傾けていた。将軍は即座に席を立って部屋から出ていこうとした。「どうぞお気遣いなく」バブが呼び止めた。「フォーチュンさんにはわたしと一緒に来ていただいて、小一時間ほどおつき合い願えればと思っています。ここへは車で来ました」

レジーがしぶしぶ外へ出ると、渦巻くにわか雪の向こうに小型乗用車が見えた。「まったくもう」身震いをして毛皮のコートの襟をかき合わせた。「最悪のタイミングだよ。なんだって急にやる気を出したんだ」

バブはレジーの耳元で言った。「ゆうべアストンさんの屋敷に強盗が入りまして」

「しっかりしたまえ」レジーは身を引き離し、いまいましげにバブの顔を見た。「強盗に入られたのはアストンじゃなくてべつの家だ」

「どちらもなんです。差しつかえなければ――」車に乗るようレジーをせかした。

「断る。おおいに差しつかえるさ。強盗はわたしの専門外だし、この寒さには耐えられない」そう言いつつもレジーは促されるままに助手席に乗りこみ、車は走りだした。「なぜだ」レジーは憐れっぽくつぶやいた。「なぜなんだ」

「いま問うべきは『なぜ』ではなく『誰が』ではありませんか、フォーチュンさん。まずはそこから始めなくては。いったい犯人は何者なのか。この州では目下、富裕層を狙った押しこみ強盗が頻発していて、われわれ警察としては、古くからハートルマウスを根城とする小規模な犯罪集団の犯行との確信を強めていました。そして昨夜九時から十一時のあいだに、彼らはウェルネ卿の屋敷に押し入り、大量の金品を持ち去った。ここでおたずねしますが、あなたが犯人なら同じ晩にもうひと稼ぎしようと考えるでしょうか。もちろん考えませんよね。仮にもう一軒狙うとして、わざわざ州の反対側まで移動するでしょうか。しませんよね。ウェルネ卿の屋敷からアストンの屋敷まではおよそ五十マイル。結構な距離です。ウェルネ卿宅に強盗が入ったとの一報が入ったのは午前零時前、周辺の道路にはただちに検問が敷かれました。一夜明けて今朝九時ころ、今度はアストンさんから強盗に入られたとの通報があって、夫人のダイヤモンドや自分のカメオのコレクションをすべて盗まれたという。さすがに驚きましたよ。アストンさんが言うには、夫妻が帰宅したのは午前零時をかなりまわった時分で、ベッドに入ったのは午前一時ころ。裏づけもとれています。とりあえず、ふたりが午前零時近くまでダンス会場にいたという点については。アストン夫人が身に着けていたダイヤモンドを片づけたのは午前一時前後。ウェルネ卿宅に押し入った強盗が、パトカーや捜査員が総出で血眼になって行方を追うなか、アストン家に立ち寄って室内を物色し、そのダイヤモンドを持ち去ったのは、それ以降ということになる。どう思われますか、フォーチュンさん」

「犯人はわたしじゃない」レジーは言った。「アリバイはある。わたしのベッドの四隅には天使がいて、いつもわたしを見守っているからね。彼らに訊いてみるといい」

「冗談がお上手ですね」バブは冷ややかに言った。「しかし、事件を冗談のネタにするのはどうかと思います」

「頭の固い男だな、バブ。わたしは笑われたら笑い返したい。彼らはいまごろ腹を抱えて大笑いしているだろうね。それはさておき、わたしはただふざけているわけじゃない。アストン家に押し入ったのは誰かときみはたずねた。だから知っている唯一の情報を提供したのさ——犯人はわたしじゃない」

「あなたの考えをお訊きしたんです」バブは真剣そのものだった。「いいですか、よく聞いてください。一軒目で充分な戦利品を手に入れた強盗が、もうひと稼ぎするために州を横断するなんて普通は考えられないし、そんな話、聞いたことがない。彼らを捕まえるために大勢の警察官が目を光らせていた。ほぼ確実に足止めを食わせられたでしょう。べつの強盗のしわざと考えることもできますが、それだって現実的にはありえない話だ。検問に引っかかる可能性は同じだけあったわけですし。この状況をあなたはどう見ますか」

「どうもこうも。事態は混迷を深める一方だ。きみはなぜこんなことをするのかね」

「こんなこと?」バブはいらだちを隠さなかった。

「ああ、そうとも、きみがしていることさ。きみだけじゃなく全員が役に立たない余計な情報をわたしに押しつけてくる。迷惑もいいところだ」

「押しつけるなんて」バブは声を荒げた。「わたしはただ、事実をありのままに伝えただけです」

「ご丁寧に質問を添えてね。これは誘導尋問だ。犯人は誰かとたずねておきながら、あれは強盗のしわざではなくアストンの狂言だとほのめかしている」

「わたしは何もほのめかしていません。あなたが勝手にそう受けとられたんでしょう」

「物は言いようだな」レジーがつぶやいた。

「捜査を一からやり直すことになってもかまわない。だからこそ、あなたの考えをお聞きしたいと思ったのです、フォーチュンさん。昨夜の二件目の強盗は何か裏があるような気がしてならない。しかし、アストンさんの自作自演だとは言いません。証拠がありませんし、それに彼は紳士ですから」

「ああ、評判は聞いているよ。厄介な事件だ。本部長は白旗を挙げているのかね」

「シーモア本部長は事態を深刻に受け止めています」バブはいかにも警察官らしい重々しい口調で応じた。「あなたに事実を伝えるようにと言われました」

「それはどうもご親切に」レジーはため息をついた。「すばらしく親切な人たちばかりだ」

「前にもそう言っていましたね。誰のことを指しているのか知りませんが」バブは不満をあらわにした。「昨夜の強盗はトレイシー少年の骨と関係があると思いますか」

「わたしに訊いているのかね？　どうとも思わないし、推測するつもりもない。それは本部長の仕事だし、本部長と一緒に考えるのはバブ警視、きみの仕事だ。まったく不思議でならないよ。どうしてわたしがこんな退屈な話を聞かされなきゃならないんだ。強盗を捕まえるのはわたしじゃない。きみたち警察は、アストン家の強盗はトレイシー少年の骨と関係があると考えていて、わたしを捜査に巻きこもうとしている。こんなふうに誘導されるのはごめんだ。警察は高みの見物を決めこむつもりだな」

「誤解もいいところだ」バブは憤然として言い返した。「あなたを誘導するつもりなど微塵もない。狂言強盗が発覚しようと、地元の名士が関わっていようと、捜査の妨げになることはありません。ただ、今回の強盗と少年の骨が発見されたことにどんな繋がりがあるのか見当もつかないんですよ。先ほどあなたが言ったように事態は混迷を深める一方だ。かといって現実から目をそらすことはできない。ひとつの事件として考えざるをえないでしょう」

「ふたつの事件を突き合わせても正しい答えにたどりつけるとはかぎらない」

「まさしく、いまのわたしはその状態にあります」バブが言った。「この際、なんの先入観も持たず、虚心坦懐にとり組む覚悟です。約束します」

「まあ、がんばりたまえ」レジーがそう言って微笑むと、バブは鼻を鳴らして黙りこんだ。

第九章　オークの間《ま》

プライドを傷つけられたバブ警視はレジーを乗せた車で白亜の尾根を越え、アストン家の蝶番のはずれた門を通りぬけ、木のない庭を横切って屋敷にたどりつくまで黙りこくっていた。

渦巻く雪の灰色の帳《とばり》の向こうに、屋敷がぼんやりと霞んで見えた。凝った造りの前庭は朽ちて無残な姿をさらし、庭の片側に建ち並ぶガラス張りの温室に色はなく、働く人の姿も見当たらない。屋敷自体も人の気配をまるで感じさせなかった。無数の窓はすべて閉ざされ、くすんだブラインドが空疎な目でこちらを見返している。しかし車が苔むした小石を踏んでポーチに乗り入れるなり、玄関からアストンが出てきた。着古したツイードを身に着けたアストンは、よりいっそう落ちぶれて見えた。彼は挨拶もなしに怒りをあらわにした。

「何時間待たせるつもりだね、警視。いまごろ悪党どもはイングランドの反対端まで逃げおおせているころだろう。職務怠慢もいいところだ。恥を知りたまえ」

バブは神妙な面持ちで話に耳を傾けていた。おそらくアストンは、昨夜強盗に入られたのは自分の家だけでないことを知らないのだ。

知らされたときのアストンの苦い顔は、驚き、狼狽しているように見えた。しかし次の瞬間、再び怒鳴りはじめた。きみたち警察が無能であることの証しじゃないか。ひと晩に二件の強盗事件とは！

だからすぐに駆けつけられなかったというのは体《てい》のいい言い訳だ。もう一件の被害者は誰だね。そっちの犯人は捕まえたのか。まあ、たずねるまでもないが。

自分が目下、頭を悩ませているのは、とバブは説明した。ウェルネ卿の屋敷から金目のものを根こそぎ持ち去った犯人が、同じ夜にアストンさんの屋敷を襲うことは可能かということです。

「そんなひまがあったら、警察の存在意義を問いたまえ」アストンは辛辣に言った。「州内のすべての家に強盗が入っても驚かないね」

「貴重なご意見をありがとうございます。では、被害状況を見せてもらいましょう。こちらはフォーチュンさんです。噂をお聞きになっているかもしれませんね、アストンさん」

アストンは眉間にしわを寄せてレジーを眺めまわした。知らないふりをしたり、内心の動揺を隠したりしている様子はない。「名前に聞き覚えがある。たしかスコットランド・ヤードから派遣されたのでは？」

「いえ、仕事で来たのではありません」レジーが答えた。「たまたま居合わせただけで。知り合いに誘われて例の崖崩れ跡を見にきたんですよ。そしたらバブに無理やりここへ連れてこられました。わたしとは縁もゆかりもない強盗事件について第三者の意見を聞かせてほしいと言われて。むろん、あなたさえかまわなければ」

専門家の助言を受けられるのは警察にとって大変喜ばしいことだとアストンは早口で言った。烈火のごとき怒りがおさまると、強盗について自説を披露し、その後愛想よくふたりをもてなした。犯人は恐ろしく頭が切れる連中にちがいない。これまでの仕事ぶりを見ればわかる。狙った獲物を逃さない。かけがえのないものを盗んでいく――先祖代々受け継いできた宝石やコレクションを。それはさておき今朝はひときわ冷えますね。シェリー酒をいかがです。それとサンドウィッチも――。

アストンはエリザベス様式の広間にレジーとバブを案内すると、夫人とともにシェリー酒とビスケットを慌ただしく運んできた。大きな暖炉に火の気はない。レジーの肥えた舌は、そのビスケットはサンドウィッチではないし、シェリー酒も本物のシェリー酒とは似て非なるものだと認識した。

ひとくだりごとに夫人の補足をはさみながら、アストンはわが身に起きた出来事を語って聞かせた。彼女の顔は寒さで紫色を帯びていた。ふたりは深夜零時三十分ころ帰宅し、スープを飲んでからベッドに入った。普段と違うところはなく、不審な物音も聞かなかった。アストン夫人がダイヤモンドをはずし――。

「ひとついいですか」レジーが口をはさんだ。「会場を出るとき、ウェルネ卿の家に強盗が入ったことを知っていましたか」

「いや、それが、知らなかったんですよ」アストンは即答した。「小耳にはさむこともなかった」夫人が小声で同調するのを待って先を続けた。「会場で噂になっていたのですか」

「ええ、そうです。わたしもそこで知りましたから」レジーが言う。「あなたたちのほうが帰るのが早かったのでしょう」

「ウェルネが強盗に入られた時刻は?」アストンが前のめりにたずね、十一時前だとバブが答えた。

「ゆうべ強盗が出没したと知っていたら、もっと警戒したのに」アストンはさも悔しそうに言った。

「でしょうね」レジーがつぶやいた。「ところで、昨夜は息子さんも一緒に帰宅されたのですか」

アストンは顔をしかめた。「息子はブラウンさんの農地開発事業とやらを手伝っていて、当面のあいだ向こうで寝泊まりしているんですよ」ジャイルズは農業に強い関心を持っているもので、とアストン夫人が急いでつけ加えた。したがってこの家には使用人しかいないし、彼らは不審な物音を聞いていないという。

「それは残念です」レジーが言った。「しかし、話を続けましょう。奥さんがダイヤモンドをはずしたのは――」

アストンは待っていましたとばかりに話を再開した。「午前一時ころです。いつものように妻は、はずしたダイヤモンドをオークの間《ま》の飾り棚にしまって扉に鍵をかけた」

「ええ、間違いなく鍵をかけたわ」すかさず夫人が合いの手を入れた。「だけど、実際に見てもらったほうがいいわね、フランシス」肩にかけたカシミアのストールをかき合わせると、夫人は先に立って歩きはじめた。隙間風の吹きこむ堂々たる造りの階段をのぼり、たくさんの窓やドアが風でカタカタ鳴る殺風景な長い廊下を歩いていく。

アストンがドアのひとつを開き、色褪せたタペストリーを吊りさげた寝室をちらりと見せた。「わたしたちの部屋、いわゆる主寝室です」さらに廊下を進み、べつのドアを勢いよく開いた。「ここがオークの間、ご存じのとおり、その家の主《あるじ》と妻がくつろぐための私室です」

小ぢんまりとした部屋だった。壁は暗い色の腰板張りで、石膏で成形された天井の紋章は古ぼけて薄れている。観音開きの窓が軋んだ音を立てて小刻みに揺れていた。

「今朝起きたらこうなっていたんです」アストンが説明する。「ゆうべはちゃんと閉まっていたのに、見てください――」窓ガラスが一枚なくなっていた。「盗まれたダイヤモンドはここに保管していました」クルミ材に明るい色の木材をはめこんだ年代物の飾り棚。アストンはその前に立つと由来を語りはじめた。アストン家のために作られた十七世紀の工芸品で、一度もこの場所から動かしたことがない。長話にしびれを切らしたバブが棚を調べはじめた。

扉にはこじ開けられた跡があり、鍵は壊れていた。扉の奥に小さな引きだしが並んでいて、そのほとんどが開けっ放しでなかは空っぽだった。

「誰がこれを?」アストンの話をさえぎってバブがたずねた。

「なんのことだね。ああ、その引きだしのことか。うちの女中が部屋の窓と飾り棚の扉がこのとおり開いていることに気がついて、わたしに報告した。もちろんわたしは即座に飛んできて、盗まれたものがないか確認するために引きだしを開けた」

「では、指紋がついているでしょうね。あなたの指紋を採取させていただけますか――犯人のものと区別するために」

「もちろん、かまわないとも。拒む理由はない」アストンが応じると、自分の指紋も採取してもらったほうがいいかもしれないと夫人が言った。昨夜、引きだしに手を触れた覚えがあるという。それから夫妻は、ときには二重唱のように声をそろえて、詳細な説明を始めた。ティアラは一段目の引きだしに、ネックレスは二段目に他の宝石類と一緒に入っていた。三段目の引きだしにはカメオのコレクションが三十点ほど。工芸品としての価値はさておき、どれもすばらしく美しい。カメオの美しさを褒めたたえる二重唱が熱を帯びはじめたとき、バブが再び口をはさんだ。「お気持ちはわかります。しかし、盗まれたもののリストを作らなければなりません。保険はかけていらっしゃるのでしょうね、アストンさん」

「かけているとも。盗っ人は至るところにいるからね。そのへんは抜かりない。しかし、代わりのきくものじゃないのでね。保険金として五千五百ポンド支払われるが、それはただの市場価値だ。わたしにとってあれは金では買えないかけがえのないものだ」

アストン夫人が涙声で同調した。

「お気持ちはよくわかります」バブが応じた。「保険の証書と明細を見せてもらえますか。メモをとらせていただきますので」

アストンは不平を漏らしつつ書き物机の引きだしから書類を取りだした。バブが書類の前に座ると、レジーは背後からのぞきこんだ。バブは宝飾品の内訳を慎重に書き写していく。とりわけレジーの目を惹いたのはカメオのリストだった。どれも古代ギリシャもしくはローマのもので石の種類も記録されていた――サード、カーネリアン、オニキス。「すばらしいコレクションですね」レジーは顔を上げてアストンを見た。「研究者レベルだ」

古典は常に身近にありますから。満足げに口ひげをなでながらアストンが答えると、後ろに控えていた夫人が、夫は何よりも古典を愛しているんですよと熱烈な崇拝者を思わせる口調で言い添えた。そして、夫の著作を見るようフォーチュン氏に強く勧めた。

レジーは視線をめぐらせ、チッペンデールの書棚を見てため息をついた。優美なデザインの上等な家具だが、チューダー様式の部屋とは相性が悪い。アストンの本はそこに並べられていた。子牛革の背表紙にカレッジ賞受賞とある。

フランシス・アストンは多くの時間を古典の研究に費やしてきたし、彼の父親もそうだった。〈受賞者フランシス・アストン。オックスフォード、コエナ・ドミニ大学学生。学長並びに評議員より。古典学優等試験で最も優秀な成績をおさめたことをたたえて〉ホメロス、アイスキュロスから連なる作品群も書棚に並んでいた。レジーはアストンの翳りのある整った顔をちらりと見て、この世はなんて奇妙なのだろうと胸のなかでつぶやいた。そして彼の目がその部屋にそぐわないものをとらえた――アストンの肖像画だ。やけに光沢のある油絵で、そこに描かれたアストンはおしゃれなデザイン画のモデルのようだ。落ちぶれる前の彼はそんなふうだったのだろう。高貴な家柄の紳士が乗馬服を着て、ジャケットの下襟のボタンホール（フラワーホールとも言う）にピンクのスイートピーを挿している。レジーは暗澹たる顔で肖像画を見ていた。メモをとりおえたバブがアストンとともに窓辺へ行き、どのようにして強盗が押し入ったのかアストンが実演してみせているあいだも、レジーはまだ肖像画を凝視していた。

　アストンの考えはこうだ。観音開きの窓ガラスの一枚が切りとられているのは、痕跡からしてガラス工のダイヤモンドカッターを使用したと思われる。そこから手を差し入れて鍵をはずしたにちがいない。外壁をよじのぼるのはわけないことだ。この部屋は二階だし、手や足をかける場所はたくさんある。はしごを持ちこむ必要はない。ジョージ・ホルンの屋敷に押し入ったときと同じ、よくある手口だ。たしかキャット・バーグラー（猫のように屋根や壁を伝って上階の窓や天窓から建物に忍びこむ夜盗）と呼ばれているんじゃなかったかね。最近の強盗はどれも同じだ。ウェルネ卿の屋敷を襲った強盗もおそらく上階の窓から侵入したのだろう。

「たしかにわたしの見るかぎりでは」とバブが言った。「それにしても犯行の手口をずいぶん克明に思い描かれているのですね」

「まあ、当たり前でしょう。みんな不安でたまらないのよ」アストン夫人が非難の声を上げた。「他人事じゃないもの。強盗が野放しになっているなんて恐ろしい話だわ」

「いったいいつまで続くのかね、警視」アストンがたずねた。「問題はそこだよ。犯人の手がかりはつかんでいるのか？」

「まったくないわけではありません。よろしければ、屋外《そと》を見せていただけますか」バブが部屋を出ていくと、アストン夫妻もあとに続いた。

依然として肖像画の前で物思いにふけっていたレジーは、さらに絵に近づいた……。

バブとアストン夫妻が戻ってきたとき、レジーは同じ場所に立っていた。

「まあ、その肖像画を気に入ってくださったの？」たずねたのはアストン夫人だった。「いい絵ですものね。描いてもらったのは遠い昔ですけど」

「たしかにいい絵だ」レジーがつぶやいた。「きみはまだ見ていないだろう、バブ」

バブは近づいてとくと眺めたあと自信がなさそうに言った。「よく似ていますね」

アストンが照れくさそうに笑った。「ご覧のとおり、いまじゃ見る影もないが」そしてギシリャ悲劇の一節を引用した。「今生の春は去りけり」

「いいえ、そんなことはありません」レジーが言った。「春はまためぐってきます」そしてバブを振り返った。「さて、きみの用件がすんだのなら――」

レジーからの露骨なサインをバブは見逃さなかった。「すみました、とりあえずいまできることは。すぐに指紋係を連れて戻ってきますので、アストンさん」

「その前に、あなたの意見を聞かせていただけませんか、フォーチュンさん」有無を言わせぬ口調でアストンがたずねた。

「あなたのおっしゃるとおり、このあたりを根城とする強盗のしわざでしょう。では、失礼」レジーはそっけなく応じたあと、声のトーンを上げて夫人にいとまを告げた。「さようなら、ミセス・アストン」

第十章　ボタンホール

にわか雪はみぞれに変わっていた。車が走りはじめると、レジーは窓の曇りを手でぬぐい、軒を連ねる温室をじっと見た。「たくさんのガラスだ」ぼそりとつぶやいた。「園芸に熱を入れていたこともあるんだな」毛皮の襟を立て、ダッシュボードの下に膝が入るくらい深くシートに身を沈めた。

「それで、フォーチュンさん、あなたはどう思われますか」

「どうもこうもないよ、バブ。人生とは残酷なものだ」

「本物の強盗事件として扱うべきだと思われますか」

「よさないか、バブ。わたしはきみに助言する立場にない。それこそ釈迦に説法――婆さんに卵の吸い方を教えるようなものだ」

「腐った卵（bad eggには悪人の意味がある）の？」

「ああ、そうさ。わたしもきみと同意見だ。強盗は虚言と言わざるをえない。だが、強盗に入られたとする証拠に瑕疵《かし》はなかったと思うが、どうだね」

「残念ながらおっしゃるとおりです。窓の下の砂利には、いかにもそれらしく踏み荒らされた跡がありました。それでいてはっきり識別できる足跡はひとつもない。アストン氏の指紋が見つかったところで、それはなんの意味もなさない。仮に他の人間の指紋が見つからなくても、強盗は手袋をしていたにちがいないと言い逃れることができる。しかも、一連の強盗事件の犯人は常に手袋をはめていて、指紋はひとつも残していない。強盗があの窓から侵入するのは簡単ですし、これまでの事件もそうでした。空っぽの部屋の飾り棚に貴重品を保管するのは不自然だ、怪しいと問いただすこともできますが、なんの成果も得られないでしょう。いわゆる無駄骨です。これまでに何度同じ轍を踏んだことか。廊下をはさんだ向かいの部屋で寝ていた夫妻が、物音を聞いていないのは妙だと言い張ることもできます。しかしそうした事例は前にもあったし、昨夜はずっと強い風が吹いていましたからね。ああいう古い屋敷は風が吹くとあちこち軋んでうるさいものだ。それから保険証書の日付をご覧になりましたよね。契約したのはごく最近です。だが、この点も彼は答えを用意していた。このところ強盗が頻発しているから心配になって保険をかけた。実に理にかなっている。このあたりで最近保険をかけた人はきっと大勢いるでしょう」

「いちいちごもっともだね。なるほど、警察にはそういう使い道もあるんだな、バブ。保険ビジネスの活性化に一役買ったわけだ」

「つまらない冗談ですね」バブはむっとして言った。「保険会社はアストンさんに保険金を支払うことになるでしょう、われわれが彼の主張を打ち崩すことができなければ。そして、打ち崩そうにも突破口が見つからない。ひとつだけたしかなのは、普通の強盗が――ウェルネ卿の屋敷に押し入った強盗が――アストン家にたどりつくのは現実的に考えて不可能だということ。それはなんの証拠にもなりませんが。たとえ強盗犯を捕まえたとしても、彼らの犯行ではないと証明できないし、模倣犯のしわざではないとも言いきれない。アストンさんのような人には、確固たる根拠がなければ疑いをかけることさえできない。保険会社だって支払いを渋るのは難しいでしょう。その一方であなたはアストましたが。わたしが可能性を示唆したときは鼻で笑われていましたが。いまでは確信されている。それはさておき、何か手を打たないと詐欺行為がまかりとおってしまう」

「おやおや、バブ。ずいぶん熱が入っているね。うらやましいよ。わたしはまったく熱くなれない。残念ながら身も心も冷えこんでいるよ」レジーは身震いをして自分をぎゅっと抱きしめた。「別件でひとつ気になっていることがあってね。些細なことだし、とくに耳寄りな情報でもないんだが。わたしがここへ来たとき、同じ列車にアストン氏が乗っていた。顔を見られたくないのか、やけにこそこそしていて逆にわたしの目を惹いたんだ。それはともかく、彼はロンドンを訪れていて、そのことを誰にも知られたくなかった。いったい彼は何をしにいったのか。保険に加入するためだ。間違いない。保険に入るのにわざわざロンドンまで出向く必要はない。ダイヤモンドやカメオの査定はここでもできる。ロンドンへ行ったのは、宝石類が手元になかったからだろう。なぜなら質屋に入れてしまったから。そんな小細工がばれないと思ったのは、自分は誰よりも賢いという思いあがりと理性を失うほどの恐怖ゆえだろう。彼は何をそんなに恐れていたのか。認めるのは癪だが、当局の読みは正しいのかもしれない。強盗は少年の骨の副産物なのかもしれない。アストンは借金を返済しなければ残りの崖もすべて失っていただろう。彼は自分の土地を手放すまいと必死だ。単に土地を失うことを恐れているだけなのかもしれない。しかし、彼が崖崩れに特別な興味を持っているのは周知の事実だ。あの崖に落下した少年のことでパニックになっているのかもしれない。どこから骨が出てくるかわからないから。あの場所は手放さないほうが安心だ。頻発する強盗事件を見て、それを利用するすばらしい手を思いついた。宝石に保険をかけ、強盗に盗まれたふりをして保険金を受けとり、借金を返済すれば、土地を所有しつづけられる。舞踏会でアストン夫人がダイヤを身に着け、いまも宝石を所持していることを世間に知らしめたのち、滞りなく速やかに計画を実行に移した。実に巧妙だ。ただひとつ手痛いミスがあった。バブ警視の鋭い目はそのミスを見逃さなかった。ウェルネ卿の屋敷に本物の強盗が入ったのと同じ夜に、強盗に入られるべきではなかった。だが、アストンは知らなかった。噂が広まる前に会場を出てしまったから」

「なるほど」バブは陰気な顔で言った。「そういうことじゃないかと思っていました。しかし、こうして話していても埒が明きません。仮にダイヤモンドを質から出したことを証明できたとして、それでどうなります？　アストンさんのことだ、答えを用意しているにちがいない。妻が舞踏会に着けていくためだと言うでしょう。当座の金を工面するために家宝を質に入れるのはよくあることですし」

「たしかにそうだ。アストンは実にうまくやった。保険会社の連中はいやみのひとつも言わずに保険金を支払わなければならないだろう。暗澹たる気分だな。だが保険会社を思ってではない。かつてひとりの少年が人知れず命を落とした。強盗に気をとられてその子のことを忘れているんじゃないか」

「忘れるわけないでしょう、フォーチュンさん」バブは憤然と言い返した。「あなたのほうこそ、強盗は狂言だがそれを証明する手立てはないと言っているだけで、トレイシー少年の件ではなんの役にも立っていないじゃありませんか」

「そうさ、わたしは役立たずだ」レジーは認めた。「きみが言うほどではないけどね。事態は混沌を極めている。それはともかく、先人たちの声に耳を傾けたまえ。〈希望を捨ててはならぬ〉だよ。バブ警視、きみの知性を先ほどのオークの間に向けてみるといい。彼の人間性や趣味嗜好に新たな光を当てることになるだろう」

「どういうことですか」

「きみってやつは、バブ、あの肖像画を見ろと言っただろう。あの絵にはアストンという人間がよく表れている。アストンは自分の肖像画を客の来ない私室に飾るタイプの男だ。気障《きざ》な男の気障な肖像画」

「そうでしょうか。よく描けていると思いますけど。彼が見栄えのいい男だってことに異論はないでしょう」

「まあ、たしかに。没落した貴族か、傷ついた英雄と言えなくもない」レジーはため息をついた。「危惧していたとおりだよ。なぜきみはジャム入りタルトを差しだされた馬みたいに、あの肖像画をいそいそと見にいったのかね」

「どういう意味ですか」バブはむっとして言った。「肖像画についてあれこれ言う美的センスがないことは認めますが」

「いや、そうじゃない。全然わかってないな、バブ。きみが素知らぬふりをしていたのは、アストン夫妻の目をあざむくためじゃなかったのか」

「自分はあなたみたいに賢くありませんので」バブは皮肉たっぷりに言った。「アストン夫妻があの絵を気にする様子はなかったですしね」

「わたしが強い関心を寄せていることに気づくまではね。わたしがあの絵にこだわる理由が彼らにはわからないし、われわれが知っていることを彼らは知らない。アストン氏の肖像画にボタンホールが描かれていただろう」

「それがどうかしたのですか。描かれているでしょうね。以前はいつもボタンホールのある上着を着ていましたから。姿を思い浮かべることもできる」

「おい、バブ」レジーは非難の声を上げた。「そんなこと一度も言っていなかったじゃないか。きみのミスだ。深刻なミスだ。だが、いまならとり返しがつく。トレイシー少年が崖から転落するのに関わった人物は、ボタンホールのある上着を着用していたのではないかとわたしは考えていた。そしたらアストン氏が親切にも、そのとおりの服装をしていたことをみずから教えてくれたわけだ」

「待ってください。わたしにはなんのことだかさっぱり」バブは話についていけず戸惑っていた。「ボタンホールがトレイシー少年の骨と関係があると考えているようですが、何がどう繋がっているのですか」

「ガラスだよ。骨にガラス片が付着していただろう。驚くほど薄いガラスの破片が。試験管のようなものではないかと言ったのはきみだぞ。それ以外に考えられるのは、ボタンホールに花を挿すとき、花持ちをよくするために水を入れておくガラス管だ。アストンが若いころ花好きの人が身に着けていたものだ。そして彼もそのひとりであったことが記録されていた。さっきの肖像画だよ。ピンクのスイートピーが描かれていただろう。写実を重んじる画家は、ガラス管や金具に反射する光も描きこんでいた。きみも気づいたはずだ」

「そうか！　さすがですね」バブは感嘆の声を上げた。「あなたは何ひとつ見逃さない人だ。しかも、見つけたものをいとも簡単に繋ぎ合わせてしまうんですからね。たしかにアストンはいつもボタンホールに花を挿していました。花を育てるのをやめるまでは。少年の骨に付着していたガラスの破片は、彼がトレイシー少年ともみ合ったことを示している。しかも彼のカメオ――崖崩れ跡で見つけたあのかけらは、カメオの一部だとおっしゃいましたよね。事件が見えてきましたね」

「それはどうかな」

「ただちに本部長に報告します」バブは勇んで宣言した。

「ああ。そうしたまえ。それがきみの仕事だ」レジーは浮かぬ顔をしていた。「いとも簡単に、と言ったね。きみは気楽でいいな、バブ」

第十一章　猫のゆりかご《イー・キャッテス・クレイドル》

本件を振り返るとき、みずからの最大の手柄は〈猫のゆりかご〉を調べる決断をしたことだとフォーチュン氏は主張する。

自身の思考プロセスを解説するという、自己満足にひたる夢のような機会を与えられたら、フォーチュン氏は次のように語るだろう。決断はいっけん想像力の産物のように見えて、その重要性は容易に理解できるものではなく、成果は目に見える形で現れた。しかし実際には想像力から生まれたのではない。なぜなら自分は想像力というものを持ち合わせていないからだ。決断は純粋理性の産物であり、たゆまぬ努力の賜物であり、論理的思考と天才的なひらめきをかけ合わせた結果である。

彼の妻なら、そんな大げさな話ではなく、骨董屋の前を素通りできないだけだと言うだろう。しかし、さらなる悲劇が待ち受けていることを知れば、彼女は言葉を失い、レジー・フォーチュン氏のとった行動を聞けば、笑うか恐怖に震えるにちがいない。

彼は〈猫のゆりかご〉に偶然出くわしたのではない、見つけたのだ。

フォーチュン氏がバブ警視の車で戻ってきたあと、彼の口が重いのを見てとった将軍は無理に聞きだそうとせず、昼食の席ではコルスバリー博物館の展示物――氷河期の骨、フリントの矢じり、石斧、ケルトの陶器、ローマの平鍋など――について、古物研究家ならではの知識を披露した。そんな寒い日に博物館へ出かけることをレジーがすんなり受け入れたのは、ただの気まぐれではない。機嫌よく車に乗りこみ、がらくたの山にしか見えない展示品を眺めながら、将軍の蘊蓄《うんちく》に我慢強く耳を傾けた。レジーが足早に通りすぎたのは、鳥獣の剝製コーナーだけだった。「見ごたえのある展示ですね。この村には古くていいものがたくさんあるにちがいない。高級品を扱う骨董屋もあるんでしょうね」

「もちろんあるとも」将軍は嬉々として言った。「次は骨董屋めぐりをご所望かな。さっそく行ってみよう。〈猫のゆりかご《イー・キャッテス・クレイドル》〉という店があるんだ」

「ラテン語か。いや、ぞっとするね」レジーは尻ごみした。

「悪くない店だ、保証するよ。進取の気性に富んだご婦人がたが切り盛りしている」

「でしょうね」気のない返事をしたが、とりあえず行ってみることにした。

お高くとまっているのは店名だけだった。メリーゲート地区の市場から一本脇道に入ったところ。建物はどれも古く、上階が一階の店舗の上にせりだしている造りだ。軒を連ねる薄暗い小さな店は、地元民のために働く職人や、旅行客が土産物の絵葉書やダーシャー産の陶器や紅茶に魅力を感じるよう、昔の風情を大切にする人々によって維持されている。

〈猫のゆりかご〉の看板には、一組の男女の手がひもでネットを作り、そこで子猫を遊ばせている絵が描かれていた（cat's cradle〈猫のゆりかご〉にはあやとり遊びの意味がある）。馬具屋と銃砲店にはさまれた、牛の目ガラスのショーウィンドウには、古い銀製品や刺繡の見本図が並んでいて、遠い昔にカットされたと思しきガラス製品や、昨年作られたものでないことが明らかな甲冑一式も飾られている。

将軍がドアを開けると呼び鈴が鳴り、ポンパドールヘアに十八世紀風の化粧を施した女が、猫を思わせるしなやかな足どりでやってきて、いたずらっぽく眉を吊りあげた。来店早々、希少な中世の逸品――荒く削られた木箱――を勧められ、あとずさりする将軍にレジーは耳打ちした。「わたしが作ったんだよ、うちにある小さな手斧でね」

　将軍は慎重に言葉を選んで言った。「勘弁してくださいよ、ミス・ブラバゾン。わしは恩給頼みのしがない退役軍人ですぞ。今日は友人を連れてきたんだ、ちょっと見せてもらおうと思って」

「あら、そうでしたの」ミス・ブラバゾンはゆったりとした口調で応じた。「どうぞ心ゆくまでご覧になって。大歓迎ですわ、将軍」とびきり魅惑的な微笑みをこしらえると、照明をつけたり消したりしながら品物が所狭しと並べられた店内をうろうろしはじめた……。レジーが絶好のカモでないことをミス・ブラバゾンは見抜いていた。一枚の絵に見入っているレジーに気づいたとき、磁器のテーブルをせっせと磨いていた彼女は、もはや彼に興味がないことを隠そうともしなかった。「その絵をお気に召して？　正統なオランダ派って感じでしょう。つまり確固たるスタイルと純粋な真実がある。うちの店にある十九世紀初頭の作品のなかでは一番の有望株よ。とても誠実で、安定感があって。永遠なる人生の讃歌だわ」

「ええ、おっしゃるとおり、とても誠実だ」レジーはうわの空で答えた。その絵の作者は、アストンの肖像画家と同様に素朴で写実的な画法を用いていた。描かれているのは芝生に集う人々。一人ひとりに焦点を当てて丁寧に描き分けている。作品名は『就任記念祝賀会』。市長は礼服を、それ以外の人々は平服を着ている。レジーが目をとめたのはトレイシーを見つけたからだ。しかも彼のボタンホールには一輪のバラと、その下で光を反射するガラス管が描かれていた。

「市長の自宅から持ちこまれた作品ですのよ、本人が亡くなったときに」ミス・ブラバゾンの声には新たな期待がにじんでいた。「シンプキンズという画家で、この界隈でたくさんの作品を残している。

見たものをあるがままに描くってなんてすばらしいのかしら。問い合わせはたくさんあるんですけどね」

「でしょうね」レジーはうなずいた。「描かれている人たちが真っ先に買いとらないのが不思議なくらいだ。大半は地元の人たちだろうに」

「まあ、そうねえ。このあたりの人は目が肥えているから」

「なるほど」レジーは微笑んだ。「ところで、宝石のたぐいは扱われていますか」

「まあ、もちろんよ」ついに客の心をつかんだと思ったのだろう。ミス・ブラバゾンは気どった足どりでガラス天板の陳列棚へレジーを案内した。

　第二のボタンホールという不都合な証拠を発見するとは思いもしなかったとレジーは率直に認める。新たな証拠は彼の想像を超えていた。とはいえ、ただの偶然ではないと彼は言う。アストンのカメオに目をつけ、理にかなった捜査を行った結果、手に入れるべくして手に入れた当然の副産物だ。

　ミス・ブラバゾンは宝石を見せながら語りはじめた。「美的センスにあふれているでしょう。現代のものなのよ。使われているのは準宝石。卓越した職人技で古代のデザインをいまに蘇らせたものなの」レジーが曖昧に相槌を打っていると、インドの不気味な装飾品やガーネットや翡翠を勧めてきた。だが、彼が見ていたのはペンダントや印章やこまごましたものがのった小さなトレーだった。それを見せてほしいと頼むと、ミス・ブラバゾンは嬉々として「まあ、もちろんよ」と再び言った。「さすがお目が高い。なかなか手に入らないものばかりですのよ」トレーを取りだし、真紅の爪で示したのは、かつては金色だったろう持ち手のついた水晶の塊だった。「これはサー・ウィリアム・テンプル（十七世紀英国の外交官でエッセイスト）の遺品で、彼の符牒が刻まれているのよ。かの有名なドロシー・オズボーンへの恋文は、すべてこの印章で封をしていたんですって」

「几帳面な男だ」レジーはぼそりとつぶやき、トレーをのぞきこんだ。目当てはカメオだ。ブローチや指輪、未加工のものもある。「このカメオはどこから?」

「どこって、そうね、とっても古いものなのよ。どれも古代の、ほら、わかるでしょ、ローマとかギリシャとか。そっちは愛と美の女神ヴィーナス、こっちは酒の神バッカス、そしてローマの狼と双子の兄弟」ミス・ブラバゾンは忍び笑いを漏らした。「それからこの紳士は――誰だったかしら――詩人のホメロスね。偉大な人なんでしょう?」

レジーはひとつずつ手に取ってじっくり眺めた。「そうではなくて――どこで手に入れたのですか」

ミス・ブラバゾンが言うには、彼女は休暇のたびに海外へ――おもにイタリアへ行き、全土を隈なくめぐっている。気分転換になるし何もかも最高だから。ここにある商品はそのときどきの旅先で買い集めてきたものだ。

「ああ、なるほど。このあたりでカメオはよく売れるのですか」

ミス・ブラバゾンはあごをつんと上げ、うちのお客様は州の全域からいらっしゃるのよと口をとがらせた。

「それはそうでしょう」レジーは急いで言いつくろった。「わたしはただ、実際に欲しがっている人がいるのかなと思いまして」

じきに売れるでしょうね、とミス・ブラバゾンは自信たっぷりに言った。毎日値段を訊きにくる人がいるから。

「わたしはヴィーナスが好みかな」とレジーが言った。

ミス・ブラバゾンはいたずらっぽく眉を吊りあげた。「彼女、魅力的よね」

レジーは形ばかりの値段交渉ののち、女神のカメオを五ポンドで購入した。そうすることで彼女の興味を惹きつけ、同様のカメオを誰かに売らなかったかとたずねた。ええ、ひとつかふたつ――誰が買ったのか覚えていないけど、イタリアの代理店を通して同じものをとり寄せられるわ。

レジーは丁重に断り、女神と将軍を連れて店を出た。

「やれやれ。あのご婦人も香水の匂いも耐えられない」レジーはうめき声を漏らした。「無性に紅茶が飲みたい」クラブへ行こうという将軍の提案をレジーは即座に却下した。「いや、あそこはだめだ。男くさくていけない。濃いのはたくさんだ。優しくて軽いのがいい」レジーが選んだのは蔦のからまる陰気な店だった。正面の窓には水色のカーテンがかけられ、その奥に蜂蜜とクリームの入った小洒落た陶器と柳模様の壁紙が見える。「店のなかは、王の娘のごとく、いとど栄え輝いていることだろう（旧約聖書「詩篇四十五」のもじり）」と言ってレジーはドアを開けた。

〈ウィロー・ティールーム〉には、他の客の目が届かない奥まった席が多数あり、そのひとつに腰を落ちつけた。レジーはクリームケーキに追加のクリームと蜂蜜を注文して将軍を啞然とさせ、見覚えのある若いカップルに気づいて顔を伏せた。最も遠い隅の席で顔を寄せ合っているのは、アリソン・トレイシーとジャイルズ・アストンだった。

甘い言葉をささやき合っているかと思いきや、何やら熱心に話しこんでいる。しばしば会話がぶつかるものの、議論が白熱しているだけでけんかをしているのではない。紅潮した真剣な顔は、唯一の意見の食い違いをすり合わせる同盟国同士のようだ。

レジーがスイーツへの渇望を満たしたあとも話し合いは続いていた。稀に見る情熱の証しとして記憶にとどめ、ウェイトレスに目で合図をしたとき、父親のトレイシーが店に入ってくるのが見えた。

トレイシーは入り口で立ち止まると、怒りに燃える目で奥の席をゆっくりと眺めまわし、まっすぐに娘のもとへ向かった。押し殺したしゃがれ声で説教を始めた。

この不良娘が……親に嘘をつきおって……いますぐ家に帰るんだ……。支払いをするレジーの耳に、父親の怒気を含んだ声が断片的に聞こえてきた。娘はよく通る声できっぱりと答えた。「馬鹿じゃないの。脅したって無駄だって言ってるでしょう。力づくで連れて帰るつもりなら、どうぞ。受けてたつわ」娘は立ちあがった。「ほら、どうしたの？　そんな勇気ないくせに。行きましょう、ジャイルズ。さあ早く」

しかし、ジャイルズは男のプライドにかけてこの場に踏みとどまり、彼女の父親と対決することを望んでいた。「僕に言いたいことがあるなら居場所はご存じでしょう。逃げも隠れもしません」それで面目が保たれたらしく、彼女に手を引かれて店を出ていった。父親はなすすべもなく見送り、重い足を引きずってあとに続いた。

「やれやれ」レジーが戸口に立ったとき、足早に市場に消えていく若いふたりと、そのはるか後方をとぼとぼと歩くトレイシーの後ろ姿が見えた。

「まったく見るに堪えん」将軍の甲高い声はかすれていた。

「たしかに。いたたまれない気持ちになりますね。父親よ、なんじの子を愛せ。つらく当たってはならない」

「それだと聖書と違う」将軍が訂正した。「正しくは〈夫よ、なんじの妻を愛せ〉だ。子はどんなときも親に従うべし」

「新約聖書〈コロサイの信徒への手紙〉ですね」

「ご名答。粗野で無礼な男だが、娘は父親にあんな態度をとるべきじゃない」

「でしょうね」レジーがつぶやいた。

第十二章　矛盾

午前中の雪やみぞれは吹き払われ、冷え冷えと澄みわたる蒼穹に黄昏が忍びこみはじめていた。レジーは将軍の車でコルスバリーから戻ってくると、草刈り後の丘の斜面に出現する白い巨人の肖像、〈イグドンのロングマン〉を改めて眺めた。それは輪郭がぼやけて丘に溶けこみつつあった。青灰色の西の空にそそりたつ丘の頂に、古代の墳墓や土塁が丸く盛りあがって見える。遠い昔、一族の名誉と神聖な土地を守るべく懸命に働いていた人々の幻影を、レジーはそこに重ね合わせた。夢見るような表情で丘を眺めるレジーを見て、将軍はこの機を逃すまいと得意の講釈を垂れた。ダーシャーの巨人、すなわちイグドンのロングマンや、その丘の向こう、川沿いの黒い土地の上方に穿《うが》たれた驚異の竪穴、すなわち巨人の墓について語り、上機嫌で家に帰りついた。

そこへ使用人が電話のメッセージを伝えにきた。「シーモア本部長からフォーチュンさんへ、謹んでご挨拶を申しあげ、明日、本部のほうへ是非ともご足労願いたいとのことです」

「シーモア本部長に謹んでおうかがいしますと伝えてくれたまえ」とレジーは言った。

夕食のあいだもレジーは物思いに沈んだままだった。デュドン将軍宅の夕食を、彼はフランスの風刺のきいた結婚観〈悪くはないが、愉快ではない〉になぞらえる。何を食べてもまずまずで——鱈しかり子牛肉しかり——可もなく不可もなく。将軍宅のワインには魅力を感じなかった。種類はシェリーとポートのみ。シェリー酒は欠点がないだけだし、ポートに関して言えば、レジーはどうしても好きになれなかった。

彼は物憂げに葉巻に火をつけた。

長いおしゃべり人生で最高の聞き役を得た将軍が、骨董好きの壮大な夢やら軍人時代の秘話やらを嬉々として語るあいだ、レジーは幻影を見つづけていた。アストン家に似た金髪で憂い顔の北欧人と、トレイシー家に似たどぎつい赤毛の謎の一族が、黒い土地と白い土地をめぐって追いつ追われつの戦いを繰り広げる。バブ警視のような土着民に似た、深い黒褐色の髪の群衆が戦いに加わったり、遠巻きに眺めたりする。

〈猫のゆりかご〉を訪れたことにより、この段階ですでに決定的証拠を手に入れていたとフォーチュン氏は主張する。それはすべての謎を解き明かすに足るものであったが、当時はその意味するところを理解していなかった。彼の心理状態は驚くべき新事実を発見した天文学者の、物理学者の、生物学者のそれだった。慣れ親しんだ古い法則が通用しないことはわかっているが、代わりの法則を見つけられずにいる状態だ。

そんなわけでレジーは眠りにつくとき、すさんだ心をなぐさめるべく自分に言い聞かせた。将軍家の夕食は今夜が最後だ。ダーシャーのためにできることはすべてやった。疣《いぼ》のサンプルが待つ研究室へ帰ろう。称賛すべき唯一無二のわが家の料理人、エリスのもとへ帰ろう。

翌朝、本部長室に入るなりレジーは目を瞬いた。あの尊大な警察本部長が立ちあがって出迎えたうえに、歯を見せてにっこり笑い、握手を求めてきた。「おはようございます、フォーチュンさん。ご足労いただきありがとうございます。おかげでこうして話し合いの場を持つことができました」

「そういうことならさっそく始めましょう」レジーはおざなりに差しだされた手を握り返し、かたわらに立つバブ警視を横目で見た。「どうぞ進めてください」

「捜査に目覚ましい進展がありまして」本部長は話を続けた。「是非ともご意見を聞かせていただきたい。当初からあなたの鋭い洞察力に感銘を受けていたことを、まずは認めねばなりません。そのうえで現在の状況を確認しておきましょう。崖崩れ跡のさらなる発掘調査で見つかった骨は、チャールズ・トレイシーが失踪したのと同じころに、彼と同年代の少年があの崖の亀裂に転落したことを裏づける充分な証拠であるとあなたはバブ警視に助言された」

「充分どころか決定的な証拠ですよ。だが、死因を示す痕跡はない。詳しく調べても出てこないでしょう」

「ご指摘ありがとうございます。そして同じ場所で発見されたカメオは、最初に訪れたときにはなかったとあなたは信じていらっしゃる」

「信じているとかではなく、れっきとした事実です。前日訪れたときカメオはそこになかった。ごく最近置いたものだし、古い時代に作られたものでもない」

「異議を唱えているわけではありませんよ、フォーチュンさん。ということはつまり、最初に骨が発見されたあと、カメオを身に着けた何者かがあの場所で何かしていたと推測せざるをえませんね」

「だから、ええ、そういうことです」

「では、強盗事件に話を移させていただきます。強盗はなかったという結論で一致したとバブ警視から聞きました、アストン氏は財産を盗まれたと見せかけて保険金を請求し、その金であの崖の残りの土地を守ろうとしていると」

「夫人も関わっている可能性はありますが。いずれにしろ証拠はない。調べても出てこないでしょう。密告者でも現れないかぎりは。万事に抜かりがない」

「嘆かわしいことだ」本部長が言った。「だが、見過ごすわけにはいかない。カメオに話を戻しましょう。わたし自身、アストンがしばしばカメオの指輪を着けているのを見かけた覚えがある。かつてはすぐれた研究者だった。古典好きはいまも変わらない。見つかったカメオに刻まれているのはギリシャ神話の女神らしいですね」

「ええ、そうです。アテナ。様式化された女神アテナです」

「なるほど。カメオを身に着けているのはわたしの知るかぎり、アストンくらいのものだ。盗まれたと見せかけるために、アストンはカメオを用意していたとわれわれは推測しています」

「かもしれませんね。興味深い示唆に富んだ推測だ」レジーは冷めた口調で答えた。

本部長は眉根を寄せ、怪訝そうにレジーを見た。「ずいぶんと冷静ですね、フォーチュンさん。わたしはとても冷静じゃいられません。これは由々しき事態ですぞ。話を続けます。次にあなたが少年の骨に付着しているのを発見したガラス片についてですが、あれはアストンの肖像画に描かれているのと同様のフラワーホルダーの破片である、あなたはそう確信されていると理解してよろしいですか」

「ええ。間違いありません。ボタンホールに花を挿すための容器が割れたものだ」

「破片の正体がフラワーホルダーであることは、かつてアストンが愛用していたことを知る前からわかっていたそうですね」

レジーは微笑んだ。「頭に浮かんではいました、明らかな選択肢として」

「わたしならそれを明らかとは呼びませんが。さすがはすぐれた洞察力をお持ちだ。アストンがトレイシー少年の失踪に関与していることを示す状況証拠は、もはや充分すぎるほどそろっている」

「そのようですね」レジーは気のない返事をした。

「これは重大な事件ですぞ、フォーチュンさん」本部長は語気を強めた。「しかも問題はそれだけにとどまらない。バブ警視が強盗事件の捜査で再びアストン家を訪れたとき――」

「そうだ。その結果を知りたかったんだ」レジーは顔を上げた。「何かわかったのか、バブ」

バブは目顔で本部長の許可を得てから話しはじめた。「期待していた以上の収穫がありました、フォーチュンさん。アストンさんも予期していなかったことです。アストン夫妻以外の指紋は見つからず、使用人も調べましたがこっちも空振りでした。彼らは何も知らないと思います。ただ、途中でアストンの息子が現れて、父親と言い争いを始めた。内容はほとんど聞きとれなかったのですが、激しい言葉で罵り合っていました。問題の根っこは、息子のジャイルズがトレイシーの娘と交際していて、父親がそれに反対していることにあるようです。強盗に入られたと聞いて帰宅したものの、ジャイルズは疑っているようだった。断言はできませんが。何かの拍子に自制心を失った父親が、ブラウンの家に居候している息子を強く非難しはじめた。そんなことを言う権利がどこにある、だいたい、強盗に入られたとき、おまえはどこで何をしていたんだ。その後、話がトレイシーの娘の問題に移ると、ジャイルズは堂々と宣言した。自分は彼女を愛しているし、彼女も同じ気持ちだ。それを聞いた父親は絶対に認めないと言って口汚く罵り、トレイシー家の悪口を並べたてた。息子はすぐさま反撃に出た。そんなことを言うならトレイシー家にどんな恨みがあるのか説明してみろ。まっとうな理由などひとつもないくせに。すると父親は、二度と帰ってくるなと言って息子を家から叩きだした。戸口に立つ彼の顔は虚ろで、まるで死人のようだった」

「父親の顔が?」レジーがたずねた。

「そうです。息子のほうは気にもとめていなかった。むろん真意を問うことはできませんが。わたしはいわゆる提訴権《ロウカス・スタンダイ》（ラテン語で訴訟に参加する権利および出廷する権利）を持っていませんので」

「そんなものわたしだって持っていないよ」レジーが言った。

「ともかく、聞いてのとおり泥沼の状態です」バブは意気揚々と話を締めくくった。

「ふむ。実に痛ましい」とレジーはつぶやき、聖書の一節を――間違えてデュドン将軍をがっかりさせた一節を懲りずに再び口にした。「父親よ、なんじの子を愛せ。つらく当たってはならない」

本部長は咳払いをして滔々と語りはじめた。「同感です、フォーチュンさん。アストン親子の言い争いは見苦しいとしか言いようがない。実を言うと、われわれはあなたから説得力のある証拠を突きつけられて、アストンはチャールズ・トレイシーの死について重大な事実を知っているのではないかと疑いはじめていました。半信半疑ではありましたが。しかしこうしていま、われわれが捜査した結果を残らずあなたに提示した。父親は息子がトレイシー家の人間と関わることに拒絶反応を示し、息子に理由を問いただされると激昂した。この親子げんかから推測されることはなんでしょう?」

レジーは目を閉じてひとしきり考えたあとで言った。「見当もつきませんね」

本部長は口をぽかんと開き、その口をハンカチで押さえた。「それはまた、どういうことですか。アストン親子のけんかの話を聞いて、痛ましいとあなたは言った。父親の過度な怒りと警戒心は状況証拠を補完するものである、あなたはそう結論づけたわけですよね?」

「彼を起訴すべきだとわたしに言わせたいのですね」レジーは微笑んだ。「お断りします。ちゃんと自分の仕事をしてください。しかし、固定観念は持つべきではない」

「あなたの言いたいことがさっぱり理解できませんね」本部長は気分を害していた。

「まあ、そうでしょう。申し訳ない。あなたに非はありません。捜査した結果を残らず提示したと言いましたね。大変ありがたいことですが、わたしも自分なりに調べて、あなたたちとは違う収穫を得た。おさまりのいい収穫ではありません。もめているのはアストン家だけではない。トレイシー家でも父親が娘を怒鳴りつけ、アストン家の息子を口汚く罵っていた。この耳で聞いたんですよ。とある喫茶店でね」

「そうでしたか。まあ、とくに驚きはしませんが」本部長は冷ややかに言った。「あえて言えば、それも両家が反目し合っている証左に他ならない」

「ええ、われわれが知るずっと前、古くから続く一族のあいだの確執です」

「そして事件への関与を示す証拠でもある」本部長は自説を曲げなかった。

「そう思われますか？　アストンの息子は父親に楯突き、トレイシーの娘も父親に楯突いていた。力づくで連れて帰る勇気もないくせに、と彼女は父親に言った。恋する若者が親に逆らって言ったことは証拠にはならないかもしれませんね。ただ、父親のトレイシーは息子の死によって実際に得をしている。それはさておき、問題を複雑にする収穫は他にもあります。フラワーホルダーを愛用していたのはアストンだけではない。〈猫のゆりかご〉という蠱惑的な店にトレイシーを含む一団を描いた絵が売られていて、絵のなかのトレイシーはフラワーホルダーを身に着けていた。彼もまた使っていたことをご存じでしたか」

「知るわけないでしょう」本部長は驚きの声を上げた。「とりあえず、記憶にはありませんね。きみはどうだね、警視」

「わたしも記憶にありません」上司に忠実なバブが答えた。

「いずれにしろ、フォーチュンさん」本部長が言った。「ひと昔前は、その手の装飾品が珍しくなかったことを念頭に置くべきでしょうね」

「ええ、わかっていますとも。しかし、あなたは念頭に置いていなかった。わたしがフラワーホルダーをアストンに不利な証拠のひとつに挙げたとき」

「聞き捨てなりませんね」本部長がかっとなって言い返した。「そう仕向けたのはあなたでしょう、フォーチュンさん。アストンを有罪とする証しとして、フラワーホルダーをバブ警視に提示したのはあなただ」

「おっしゃるとおりです、本部長」バブが強くうなずいた。

「あれは提示ではない、示唆だ。それを安易だと言ったのは、わたしでなくきみだぞ、バブ。それにあのときは、トレイシーがフラワーホルダーを使用していたことを知らなかった。謎は深まる一方だ」

「まさか、あなたは――」本部長は言葉に詰まった。「まさか、トレイシーを疑っているわけじゃありませんよね――自分の息子を手にかけたなんてことが――」

「ないとは言えないでしょう」レジーはゆっくりと言った。「可能性のひとつとしてそれは常にある。しかし、もうひとつ収穫があります。アストンのカメオは、保険会社の査定員によれば、本物の古代のものだそうです。崖崩れ跡で見つかったカメオは違う。現代に作られた模造品です。アストンのカメオは石を、模造品はトウカムリガイという貝殻を使用している。イタリアで作られ、この村の魔窟のごとき店〈猫のゆりかご〉で販売された。昨日、わたしもひとつ買いました。これがそうです。女の店員から聞いた話では、最近、同様のカメオをひとつかふたつ売ったとか。ゆえに、カメオはアストンが崖崩れ跡に興味を持っている証拠にはならない。何者かがわれわれにそう思わせたがっている証拠だ。アストンを陥れようとしている人間がいる。現時点でそれだけはたしかです」レジーは本部長に向かってにっこりと微笑んだ。「やることがたくさんありますね」

本部長は片手で頭を抑えて大げさに落胆してみせた。「こんなに厄介な事件は初めてだ。新たに発見された事実が問題をますます複雑にするとは。捜査の方向性は定まったものと思っていたのに」顔を上げてレジーを見た。「たとえそれが痛みを——激しい痛みを伴うものだとしても。しかし、いまは進むべき道がわからない。あなたの意見を聞かせてください、フォーチュンさん」

「道などありません。進むべき道は一本ではない。あらゆる可能性をしらみつぶしに調べる必要がある。先入観や偏見を持たずに。アストンとトレイシーの身辺を徹底的に洗い直す。少年が行方知れずになった朝について何か覚えている人がいるはずだし、彼らを見かけた人もいるはずだ。模造品のカメオについても調べないと。誰があれを買ったのか。すべての関係先を再捜索するべきでしょう。わたしが初めて訪れたときから翌朝バブと再訪するまでの一夜のあいだに、あの崖崩れ跡へやってきた者がいる。それはいったい誰なのか。やることは山のようにあります。すぐにとりかかるべきだ。わたしはロンドンに戻りますが、決して忘れません。何か見つかったら教えてください。では、失礼します」

こうしてレジーは、人間とそれ以外の疣《いぼ》のサンプルが待つ研究室へと戻り、本部長から続報が届くことはなかった。次に見つかったのは水路に横たわる本部長の死体だった。

第十三章　猟犬

助手がコルスバリーからの電報を届けにきたとき、レジーは顕微鏡をのぞいているところだった。

訃報、昨夜本部長が溺死体となって発見されました。バブ

レジーはそれを読み、しばし見つめていた。「やれやれ」ゆっくりと顔を上げ、大きな目にいらだちの色を浮かべて助手を見た。「嘆かわしい世のなかだよ、ジェンクス。またしても無駄な血が流された。バブ警視を見習ってもらいたいものだ。無駄なことはいっさいしない男だからね、われらがバブは」ふらりと研究室を出て犯罪捜査課部長に電話をかけた。

「フォーチュンだ。おはよう、ローマス。ダーシャー警察から連絡は？　いや、そうじゃない。ひょっとしたらと思ってね。実に興味深い。今度は自分のところの本部長が溺死したそうだ。殺人と決めてかかる理由はないが、名にし負うきみの援助を求めたんじゃないかと思ってね。とすると、求めているのはわたしだけか。もしくは誰の力も求めていないのか。単に礼儀として本部長が死んだことを知らせてきただけかも。やたらと排他的だからね、ダーシャー警察は……。うん、だからその話をしているんだ。骨と強盗と幸せな家族……きみの言うとおりだ。奇妙なめぐり合わせだよ。愉快な事件

じゃない。愉快な事件などないが……。死んだ本部長は何をするにも腰が重くてね。別れ際に、すぐに捜査に着手するよう発破をかけたんだ。それでようやく腰を上げたと思ったらこのありさまだ。妨害に遭ったとも考えられる。混沌だよ。この事件はどんどん複雑になっていく。なんだって？　……まったく能天気な男だな、きみは。いや、そうじゃない。特定の人間を疑うように仕向けたりするもんか。それどころか、安易に捜査対象を絞ろうとするのを制止したくらいだ。あの本部長は強盗の被害者をかたる人物を締めあげたがっていた。合理的な理由を挙げて反対すると、ひどく腹を立てて困惑していたよ。それに対してわたしは周辺の徹底的な聞きこみを強く勧めた。結果として部下の警視が彼の溺死体を発見するに至った。えっ？　……わたしの助言に従った結果だって？　そんなことを言ったら、きみはとっくに溺れ死んでいるさ。残念ながら、わたしの仕事は警察官のためにこの世を安全にすることじゃない。わたしの仕事は正しくあることだ。そしてわたしは正しいと思うことをした。その後、彼がどうなったとしても……。冷たい男だと思うかね。そうとも、いまは感傷にひたっている場合じゃない。目の前の事件に集中するべきだ。彼は涙を流すに値する人物なのかもしれない。根は素直で、彼なりの善意で行動し、彼なりにベストを尽くす。そういう男だ。……持ってまわった言い方だって？　そりゃそうさ。責任の一端は彼自身にある。だいぶ頭が混乱していた。きみたち警察にはありがちなことだが。いや、きみが善意で行動したと思ったことなど一度もないよ。きみには多少なりとも知性があるからね。……ああ、うん、行くつもりだ。行かないわけにはいかないだろう。本部長の顔を拝んでくる。葬式の参列者としてなのか、お節介な探偵としてなのかわからないが。人生とはままならないものだ。もう切るよ。きみは薄情な男だ」

翌朝、レジーの所有する大型乗用車が、黒い泥水を盛大に跳ねあげながらダーシャーの曲がりくねった道を走っていた――バブ警視の暴れ馬みたいな車に乗るのは二度とごめんだとレジーは思っていた。同行を命じられたレジーのお抱え運転手は、バブに指示されるのが気に食わないのか、不機嫌な顔でハンドルを握っていた。

車は牧草地を囲む柵のゲート近くで停止した。雨に濡れそぼった牧草は羊に食べられたらしく、短く刈りこまれていた。「ここならきみでも方向転換できるだろう」とバブが言い、運転手は唇を動かさずに悪態をついた。

レジーは車から降りたつと、うんざりした様子でぬかるんだ牧草地を眺めまわした。「死ぬにはもってこいの場所とは言いがたいな」

バブは本部長そっくりの口調でレジーを戒めた。「口を慎んでください、フォーチュンさん。本部長がこの場所を選んだわけではないでしょう」

「そう思うかい？　この土地の所有者は？」

「このあたり一帯はすべてトレイシーさんのものです。さあ、一緒にいらっしゃる気があるなら、案内しますよ」レジーがぬかるんだ牧草地をそろりそろりと進むあいだに、バブは事の詳細を語って聞かせた。

本部長は普段から時間ができると日帰りの狩りに出かけていた。馬の扱いには長けているが、無茶な乗り方をする人ではない。いつものようにウェルネ卿の猟犬を連れて狩りに出かけ、ひとしきり谷間を駆けまわったあと、なだらかな丘陵地帯でキツネを見失った。同行者の話では、本部長はとくに変わった様子はなかったが、一足早く獲物を追うのを諦め、それ以降、誰も彼の姿を目にしていない。まっすぐコルスバリーに戻ったのならこの牧草地を通ったかもしれない。陽が傾きかけたころ、トレイシー家の猟場番が鞍をつけた馬を見かけた。馬は誰も乗せておらず、近くに人影もなかった。誰かが振り落とされたにちがいない。猟場番は周辺を見てまわることにした。

彼は猟犬を連れていた。犬はにおいをたどって水路に行きつき、しばらく水辺を進んだあと、流れに飛びおりて吠えはじめた。猟場番が駆けつけると、犬が水のなかで何かをくわえて強く引っぱっていた。男の死体だった。「ここがその場所です、フォーチュンさん」と言ってバブは続けた。「ご覧のとおり、両側にひづめの跡が残っています。踏みつけたり引きずったりした跡があるのは、遺体を引き揚げるときについたものです」

水路は幅も深さもあって、葦に覆われた土手のあいだをとろりとした黒っぽい水が渦を巻きながら流れている。土手沿いに植えられた柳の木の一部が大きく傾き、流れを堰き止めていた。「本部長が引っかかったんでしょう――ほら、あのあたり。枝が折れています」

「とすると」レジーがつぶやいた。「木の幹に残っているブーツの鋲の跡、あれは助けにきた猟場番のものだね」土手を行き来しながら水路の左右に視線を走らせた。「あそこが発見現場だな。どうして本部長は水路に落ちたのか。バブ警視、きみの考えを聞かせてくれ」

「猟場番が最初に危惧したとおりだと思いますが――つまり本部長は馬から振り落とされた。盛大に飛ばされたんでしょうね。走っている最中に馬が突然立ち止まったとしたら、本部長は頭から落下して気を失い、そのまま溺死したと考えられる。充分にありうることだし、つじつまも合う」

「たしかに。ありえないことではない。彼がここへ来たときひとりだったとしたら。実際、ひとりだったのか？」

「ひとりではなかったと考える理由はありません。名乗り出る者もいませんし」

「しっかりしたまえ、バブ！　仮に誰かいたとしても名乗り出るわけないだろう。本部長が溺死したというのもきみの推測だ」

「お言葉ですが、それはわたしの推測ではない。なんのためにあなたに電報を送ったと思います？すべてをつまびらかにしたいからです。本部長亡きいま、捜査の全責任はわたしにある。言うまでもなく本部長への恩義もあるし、親愛の情もある。あなたの意見に従えば、正しい判断をくだすことができると思うんです」

「なるほど。そういうことか。だとしても意見を言うには判断材料が少なすぎる。死体を見にいくとしよう」

遺体安置所を出たとき、すでにあたりは暗くなっていた。待ちくたびれて居眠りしていた運転手に、警察本部へ引き返すという新たな悲報が伝えられた。

バブ警視は中世の城を模した本部長室にすでに席を移していたが、小太りで実直そうな風貌にその部屋は似つかわしくなかった。

「いやはや」と言ってレジーは、歪んだ笑みをバブに向けた。「もう一度ここへ来ることになるとは。ひとりはこの世から去り、もうひとりはとどまった」

「言われなくてもわかっていますよ、フォーチュンさん。善人が世を去り、その穴は大きすぎてわたしには埋められない」

「そんなこと言ってないだろう」レジーはつぶやいた。「それはさておき問題は死因だ。医学的証拠から、本部長は水のなかに入ったときは生きていて、その後、溺れたのは明らかだ。しかし事故か自殺か他殺かは定かでない。死亡する直前に左側頭部を強打し、その衝撃で一時的に意識を失ったと考えられる。果たして彼は馬の背から振り落とされたのか、みずからの意志で水路に飛びこんだのか、はたまた何者かに鈍器で殴られたのか。他に目立った外傷はない。ただし彼には心臓に重い持病があった。疲れると具合が悪くなったり、気が遠くなったりする。完全に意識を失うことはないが、回復するには時間がかかる。そうしたことをすべて承知のうえで利用した人物がいるのかもしれない。もし検死審問で訊かれたら、熟考のすえ事故死の可能性が高いという結論に至った、そう答えざるをえないだろうね」

緊張の面持ちで耳を傾けていたバブが安堵のため息を漏らした。「ありがとうございます。安心しました。実を言うと、うちの監察医が事故死と断言していたのです。ご足労をかけてすみません、その道の最高権威の意見をお聞きしたかったもので」

「さすがだね。わたしには断言などできないが。医学的証拠では自殺も他殺も排除できない。判断はきみにまかせるよ。これは警察の仕事だからね」

「自殺はないでしょう。溺死する覚悟の人間が猟犬を連れて狩りに行きますか？」

「たしかにありえないように思える。しかし突然死ぬ決意をしたのかもしれない。狩りに出たあと、自棄《やけ》を起こすような話を聞いたのかもしれない」

「どうしてそんないいかげんなことが言えるのですか」バブは憤慨した。「本部長は何も後ろ暗いところはないし、誰からも脅されていなかった」

「後ろ暗いところ」レジーはおうむ返しに言った。「まあ、あればきみが知らないはずはないだろうね。だが、思い悩んでいたんじゃないかね。トレイシー／アストン事件にひどく手をやいていた。アストンに不利な証拠をもとに事態の収束を図ろうとしたが、わたしに詰めの甘さを指摘され、容疑者をアストンひとりに絞るべきでないと忠告され、彼は再び頭を抱えることになった」

「だとしたら、あなたのせいじゃないですか」バブは声を荒げた。「あんなふうにむやみに混乱させるなんて。なんの手がかりも与えず苦しめるだけだ。彼は言われたことを額面どおりに受けとる人ですからね。まったくもってあなたには驚かされますよ」

「それはこっちの台詞だよ、バブ。きみはほんとうに生真面目で、義理堅い男だな。自殺説はいったん棚に上げるとして――他殺を疑わせる要素は？」

「ひとつもありません。本部長は誰からも好かれていたし、恨みを買ったことなど一度もない」

「すばらしき人生！」レジーはため息をついた。「すばらしき警察官。彼の行いで気分を害した人はひとりもいないとは！ 例の少年の遺骨の件で、彼は行動を起こしたはずだが」

「捜査は続けています」警察官としてのプライドを感じさせる物言いだった。「進展はありませんが」

「ふむ、なるほど。本部長にとって最後となったこの狩りに、誰が同行していたのか調べはついているんだろうね」

「もちろんですとも。入念にリストを作成し、全員と面談を行いました。本部長が獲物を追うのを途中で諦めて先に帰った話しか聞けませんでしたが」

「前述のとおりってわけか。で、誰がいたんだね」

バブが紙に書いた名前を読みあげていく……。

「ほう、アストンの息子もいたのか。父親のほうは不参加。トレイシーもいない。ふたりが同行していなかったのは興味深いところだ、きみのリストに漏れがないとしたら。アストン青年のパトロン、どこにでも顔を出すブラウンも不参加か」

「あの人は狩りをしません」バブの声には揶揄するような驚きの響きがあった。「ロンドンに帰りましたし。どうして彼を気にするのか、わたしには理解できませんね」

「向こうから視界に入ってきたのさ。それはさておき、彼もまた不参加だった。アストン青年だけか――事件の関係者として名前が上がっていたのは。ふむ、なるほど。では次に、本部長が帰らぬ人となる前に、きみが何をしていたのか詳しく聞かせてもらおう」

バブは細大漏らさず報告した。アストンの保険会社に情報を提供し、保険会社からも情報の提供を受けた。査定員がアストン宅を訪れて盗まれたものを確認したのち、警察の事情聴取を受けた。保険金の支払いをめぐってアストンと争うのは得策ではないというのが査定員の出した答えだった。虚偽と決めつける根拠はない。それでも査定員は、いかにもうさんくさいケースであることを認め、異議を申し立てるための調査を慎重に進めるつもりだという。

「異例の措置だな。いずれにしろ保険会社の人間が泣こうがわめこうが興味はない。知りたいのはきみが何をしたかだ」

バブはたくさんしゃべりはしたものの、またしても中身は空っぽで、十年前に失踪した少年について近隣住民に聞きこみを行った結果を――既知の事実を――もう一度並べたてただけだった。

「有益な情報ばかりだね」

「ご期待に沿えず残念です」バブは非難がましい口調で言った。「あなたのアドバイスに従って捜査を進めたわけですが。なんの成果も得られないとは思いませんでした」

「きみはことのほかアドバイスが好きだね」レジーは鷹揚に応じた。「少年の骨が発見されたことを受けて、検死審問を開こうとは思わなかったのかね」

「思いましたとも」バブは噛みつかんばかりの勢いで反論した。「聞きこみが先だと言ったのはあなたですよ。だから本部長はまずは事情聴取を終わらせるのが最善と考え、検死官の同意も得ていた。ついでに言えば、うちの監察医にあの骨を見せました。現代のものというあなたの考えに賛同するそうです」

「本人から聞いたよ。賛同してもらえて嬉しいかぎりだ。それなら検死審問を開いて、事情聴取のあいだだけ休廷にすればいい話だ」

「だったら先にそう言ってくださいよ」バブは不満を爆発させた。

「なんだね、バブ。わたしが捜査の邪魔をしているとでも言いたいのか？　そんなわけないだろう。言いがかりもいいところだ。もっと自分に自信を持ちたまえ。きみの能力はそんなものじゃない。話を続けよう。わたしが提案したのはさらに踏みこんだ聞きこみだ。成果が上がらないのは、きみの慎み深い性格が災いしているんだよ。偽物のカメオの線は？　例の〈猫のゆりかご〉でカメオを買ったのは誰かわかったのかね」

「そっちは手詰まりの状態で」バブが言った。「本部長がミス・ブラバゾンを呼びだして事情を訊いたのですが、覚えていないの一点張りで。崖崩れ跡で発見されたカメオが自分の店で売ったものかどうかも定かでないそうです」

「なんとね。まったくもって癪に障る女だ。いったい何を考えているのやら」レジーは目を伏せた。「それはさておき。聞きこみはたとえ空振りに終わったとしても圧力にはなる。本部長の身に起きたことはその結果じゃないのか？」

「圧力とは、どういう意味ですか」バブはぽかんとして言った。

「子どものように純真なきみの心に幸あれ」微笑むレジーの目は笑っていなかった。「つまり宣伝だよ、世間に広く知れ渡らせるんだ。たとえ有力な証人が見つからなくても、あるいは見つけた証人が真実を語らなかったとしても、少年の骨を審理する検死審問を開けば、世間の耳目を集めることができる。そうすれば、捜査に協力的でなかった人が考えを改めるかもしれないし、きみが見落とした人が現れる可能性だってある」

「見落としなどありません」バブが抗議した。

レジーは目を大きく見開き、「〈親愛なるクラレンス、それが真実であるはずはないわ〉」と詩の一節を引用した（十九世紀英国の政治家で詩人、W・マクワース・プリードの詩 Our Ball より）。「過信は禁物だ。良心ある警察官の知性に対する信頼を揺るがすことになる。明らかに見落としているんだよ。カメオを買い、ひそかに崖崩れ跡を訪れて、きみとわたしに見つけさせるべくあの場所にカメオを置いていった誰かを。その人物こそが複雑にからみ合った謎を解き明かす鍵である。本部長はそのことを見抜いていたんじゃないのか」

バブは眉間にしわを寄せてしばし考えたのち、ようやく口を開いた。「当然ながら本部長はカメオのことで頭を悩ませていました。捜査の糸口が見つからないとこぼしていたのを覚えています。わたしが理解したとおりなら、あのカメオは何者かがアストンに罪を着せるために置いたとあなたは考えている。だとしたら、そんな人間がみずから名乗り出て証言することをどうして期待できるのですか。つじつまが合いません」

「バブ！　なんの手立ても講じずに期待したりしないさ。死んだ本部長もきみも、怪しいと思う人物さえいなかった。ある意味、幸せな状態ではある。それはともかく、カメオが現場に置かれたのは深夜もしくは翌朝の早い時刻――後者と考えてまず間違いないだろう。少年の骨が発見されたことを警察本部に知らせたあとだ。これでもまだ誰も頭に浮かばないなら、バブ、情けない話だ。この人物が悪天候の早朝に出歩くところを、誰かが目撃している可能性はまだ残っている。他には何もしなかったのかね？」

「わたしは崖崩れ現場周辺の聞きこみをしました」不機嫌な顔でバブが答えた。

「では、本部長は？　彼は誰の話を聞いたのかね」

「本部長がみずから出向いて聞きこみをすることはありません」

「あちこち駆けずりまわることはないだろう。だが、手をこまねいていたわけじゃあるまい。現にミス・ブラバゾンから事情を聞いたのは本部長だ。他にも誰かいるんじゃないか」

「いないと思います、わたしの知るかぎりでは。本部長はそういうタイプではない」

「ふむ、そうか」レジーは再び目を伏せた。「あとはきみが引き受けたわけだ。ともあれ、これ以上検死審問を先延ばしにする正当な理由はない。しかも今度は二件の審問を行う必要がある。どちらも重大な案件だからね。一件は気の毒な本部長について、もう一件は気の毒な骨について。骨が先だな。順番どおりのほうが何かと都合がいいだろう」

　バブがレジーを睨みつけた。「あなたのその話し方、人間味のかけらも感じられませんね」

「おや、とんでもない。人間味にあふれているさ。生まれながらの人間《ナチュラル・マン》は名もなき人の無慈悲によって挫折する。それでも論理的思考に信仰が残された」

「わたしにはなんのことだかさっぱり」バブが不平を漏らした。「もちろん本部長の検死審問は開かねばなりません。先に少年の遺骨の審問を行うことに異存はないし、たぶん検死官もだめとは言わないでしょう」

「大変結構」

「どっちが先でも関係ないと思いますが。何か考えがあるのですか」

「全部説明しなきゃわからないのか、バブ！　少年の骨と本部長の死にはなんらかの関係がある。われわれが提示する少年の骨にまつわる証拠に、誰が興味を示すか様子を見るのさ。本部長の検死審問の前に」

「ふむ、なるほど。法廷では専門家として証言されますか？」

「いや、今回はやめておこう。遅れて参加することになるかもしれないし、きみのところの監察医の説明で充分だ。ところで遺骨とカメオはここに？」

「ええ、ありますとも。もう一度ご覧になりますか」

「頼むよ」レジーは嬉しそうに言った。

バブは本部長室を出て、金庫を抱えて戻ってくると、鍵を開けた。

レジーは中身を検分した。「うん。骨は万事問題ない」

「当然でしょう」バブはむっとして言った。

「当然だ」レジーはおうむ返しに言ったあと、上目遣いにバブを見た。「しかし、例のカメオはどこだね？」

「そこにあるでしょう。厚紙の箱のなかに」バブは金庫をのぞきこみ、骨を脇によけた。「なんてことだ！」声がかすれていた。「なくなっている！」

「バブ警視は驚いているわけだ？」間延びした口調には疑うような響きがあった。

「どういう意味ですか」バブの顔が紅潮した。「まさかわたしが――」

「可能性はゼロではない」

「可能性って、どんな可能性ですか」バブは唾を飛ばしてまくしたてた。「わたしが持ち去ったとでも？　わたしが最後に見たのは、本部長がミス・ブラバゾンの事情聴取をする前に箱から取りだしたときで、以来一度も見ていません、神に誓って絶対に」

「ほう、なるほど。最後に見たのは本部長に渡したときか。あのカメオは、複雑な事件全体の鍵を握る人物に繋がる貴重な証拠だった。その人物は少年殺しの罪をアストンに着せようとした。カメオは模造品であるとわたしが指摘し、アストンに嫌疑をかける証拠にはならないと忠告すると、本部長は落胆していた。その後、当のカメオが消え、本部長もまた帰らぬ人となった。事故か自殺かあるいは他殺か。ひじょうに興味深い問題だ」レジーは穏やかに問いかけるような目でバブをじっと見つめていた。

「何が言いたいのですか、フォーチュンさん」バブはまだ怒りをくすぶらせていた。

「倫理にもとる行為があったということだよ、バブ。警察官として絶対に許されない行為が。カメオを持ち去ることができたのは、死んだ本部長以外誰もいない」

「否定はしません」バブはうめくように言った。「甘んじて受け入れますよ、何か事情があったのでしょう」

「おいおい、バブ。受け入れがたいのはわたしだって一緒だ。それで、どんな事情だね？」

「彼は正直な人間ではなかった、わたしに言えるのはそれだけです」挑むような口ぶりでバブが言った。

「では、他殺を疑っているのか」レジーは微笑んだ。「ありえないとさっきは言っていたのに」

「疑ったことさえありませんでした」バブが言った。「でもいまは、可能性はあると思っています。本部長の家でカメオが見つからなければ」

「見つからないだろね。どのみち、それはたいした問題ではない」

「では、何が問題ですか」

「持ち去られた理由に決まっているだろう、バブ」

「わたしとしては誰が持ち去ったとあなたが考えているか知りたいですね」バブは挑むように言った。

「まあ、気持ちはわかる」レジーは微笑んだ。「おいおい絞られていくだろう」

第十四章　密猟者

事件のこの段階で、レジーは無聊《ぶりょう》をなぐさめるものを見つけていた。ダーシャー産のハムだ。肥沃な黒土に育まれたハムには、他にはない独特の滋味があって、グリルすることでさらに深みを増す。

本部長が死んで証拠のカメオが消えたことは、レジーの読みの正しさを裏づけるものであり、不謹慎で不適切ではあるが、彼は胸のなかで小さく快哉を叫び、ひそかな満足感を味わった。何者かが全力で捜査をかく乱しようとしている。正体はわからないが狡猾で抜け目がなく、目的のためなら手段を選ばない人物。フォーチュン氏が時間を費やすに値する人物。そういう輩は仕事が早いから、すでに次の手を打っているかもしれない。

事件直後に先の展開が読めないのは気持ちのいいものではない。その人物とはいったい何者なのか。本部長は何かを知っていてあえて口をつぐんでいた。アストン以外の誰かに嫌疑がかかることを恐れていた。嫌疑がかかれば、傷つけたくない人を傷つけることになる。それは自分自身なのか、それとも友人なのか。

おそらく友人だ――あるいは友人ではなく本部長の弱みを握っている誰か。考えてみれば、偽物のカメオで捜査をかく乱する知恵や度胸を、あの本部長が持ち合わせているとは思えない。しかし事が露見したとき、誰のしわざか彼には心当たりがあった。だからひそかに連絡をとってかたをつけようとしたが、足をすくわれ、カメオもろとも葬り去られた。

ちゃんと筋が通っている。単なる仮説だが他の選択肢は見当たらなかった。第一の疑問――その人物は誰なのか――にはまだ答えられていない。バブ警視は？　愚直な怒れるバブはどうだろう？　彼にはすべての機会があった――狩りをしないことを除けば。とはいえ、狩猟グループのなかでレジーの興味を惹いたのはアストン青年だけだし、アストン父にしろ息子にしろ、証拠の模造カメオを葬り去りたいと思うはずがない。狩猟家である必要はないし、乗馬が得意である必要もない。しかしながらバブに不利な証拠はひとつもない。ただ、人がよすぎて裏がありそうな気がするだけだ。

心の窓は開けておかなければならない。偏見にとらわれない広い心を持つこと。誰であってもおかしくない。事故の可能性も残されている。その場合、本部長は死ぬ前にカメオを奪われていたことになる。

レジーがそのようにして公平かつ不確かな仮説を立てたのは、検死審問の初日、朝食後にパイプを燻《くゆ》らしているときだった。満ち足りた穏やかな顔をしているのは、グリルしたハムの独創的な味わいに負うところが大きいが、難事件に挑む高揚感と自信の表れでもあった。

運転手のサムは、ダーシャーの曲がりくねった狭い道に多少は慣れたものの、大きな車で隘路を走るのに神経をすり減らし、レジーがもっとスピードを出せと命じないことに驚き、困惑していた。いらだつサムの耳に入ってきたのは、のん気なつぶやきだった。「柳の木が芽吹きはじめているじゃないか。あそこに見えるのはクサノオウと、それにサクラソウか。ほら、見てごらん、サム、ラッパズイセンだぞ」

サムは背中を丸めてアクセルを踏みこんだ。

新緑に彩られた黒い大地の土手を走り、淡い緑の雑木林を抜け、灰緑色の白亜の尾根に出た。白い土地は春の訪れがまだ不確かで、丈の短い野草のつぼみも固く閉じたままだ。

車が停まったのは、エルストウという寒村の波型鋼板で造られた公会堂の前だった。周辺には車と好奇心に目を輝かせた村人が集まっていた。レジーはなかへ入り、バブ警視のもとへ向かった。バブは部下とともに側面の席にどっしりと腰をおろしていた。レジーは静かに審問を見守るつもりだった。

「お会いできて光栄です、フォーチュンさん」バブは慇懃無礼に言った。「おいでになると思いませんでした」

「だろうね」レジーはそっけなく言った。「早く始めたまえ、スノッドグラスくん（ディケンズの小説『英国紳士サミュエル・ピクウィク氏の冒険』に登場する詩人肌の男）みたいに」

バブはため息をついて黙りこんだ。検死官が入廷した。

レジーは席につくと、夢見るような目でぐるりと室内を見まわした。陪審席には表情の乏しい住民たちが、よそゆきに身を包んでぎこちなく座っていた。少なくともある一点に関して、バブの言うことはほんとうだった。そこにはバブに似た人々が大勢いた。陪審員の大半が、バブと同様に色黒でがっしりしている。服装を変えてべつの仕事に就かせれば、バブ警視もしくは銀行家のコープとして通用するだろう。ひとりかふたりはアストンの家系である長身で金髪の民族の血が混じっているかもしれない。気が荒くて赤毛のトレイシー家の血統らしき者はひとりもいなかった。

レジーの目は陪審席から傍聴席へと移動した。小さなホールにあふれんばかりの聴衆が集まっていたが、ほとんどが陪審員と同じ素朴な地元民だった。アストン家は見当たらないし、トレイシー家もいない。つまり憎み合うふたつの家族は、この検死審問に無頓着であることを示すと決めたのだ。弁護士の姿すらないし、目を引く人物はひとりもいない。ダーシャーはおもしろいくらい、おもしろみのない場所だ。それをかき乱すものは断固として排除される。死んだ本部長のように。

後方の席に見覚えのある顔があった。長くて肉づきのいい顔は、間が抜けているようで抜け目がない――謎の多い金持ちのブラウンだ。バブの話では、ブラウンはロンドンにいるはずだった。検死審問のために戻ってきたのなら、エネルギーと好奇心がありあまっているのだろう。そして、すでに事故として処理されていたトレイシー少年の死に関して、何が明らかになるのか不安を抱いている証拠だ。

ブラウンは胸をなでおろしたはずだ。バブと検死官の慎重な舵取りにより、審問は結論を求めない方向へと速やかに進行した。証言台に立ったデュドン将軍は、崖崩れ跡で骨を発見し、それを警察に届けでたことを質問に応じて手短に話しただけだった。バブはみずからの立場を明らかにしたあと、同じ場所で掘りだされたものについて説明を加え、鑑定した監察医の証言として、発見された骨は十代少年のものであり、十年ほど地中に埋まっていたと考えて間違いないことを報告した。

その後、バブは検死官に捜査が手詰まりの状態にあることを伝え、それを受けて検死官は無期限《サイニーダイイー》の休廷を宣言した。

レジーはこれらのやりとりに関心を示さなかった。法廷内の人々をじっと観察していたが、気だるく眠たげな眼差しは虚空を見ているようだ。審問が終わって人々が帰路につき、バブが慌ただしく帰り支度を始めても、レジーは席を立とうとしなかった。

「まあ、こんなところです、フォーチュンさん」バブが言った。「予想どおりではありますが」

「そう思うかね」レジーはバブをじろりと見た。「一緒に来たまえ」腕をつかむと、出口に吸いこまれていく群衆を追うように歩きはじめた。そしてドアの前で突然立ち止まった。

「どうかしましたか」バブがたずねた。

レジーは腕をつかむ手にぎゅっと力をこめたものの返事はしなかった。建物の外から、小馬鹿にしたような間延びした話し声が聞こえてきた。「なあ、ジョージ、あの検死官の爺さんが言ってた、無期限《サイニーダイイー》のって、どういう意味だ？」

「ああ、それはだな、次の審問はいつになるかわからねえってことさ、イライジャ」

耳障りな甲高い笑い声が上がった。「わからねえってか！　いやいや、たしかに。なんにもわかっちゃいねえもんな」

レジーは外に出ると、足を引きずりながら遠ざかっていく小男を指差した。「あの男を知っているかね」

バブが鼻を鳴らした。「知らないと言いたいところですが。片手じゃ数えきれないくらい刑務所の世話になっている。このあたりで指折りの密猟者《ノー・テリング》です。あの男がどうかしましたか」

レジーはホールのなかへ引き返した。「なんだ、バブ！　いまのやりとりを聞いていただろう。何も引っかからなかったのか。あの男だけが法廷でただひとり、きみの慎重な舵取りをおもしろがっていた。他の列席者はしかつめらしい顔で聞き入っていたのに。密猟者のイライジャだけがにやにやしていた。いまならその理由がわかる。なんにもわかっちゃ、い、い、いないからだ」

「失礼を承知で言わせていただければ、フォーチュンさん」バブは冷ややかに言った。「あんなやつの話を真に受けていたら、いいようにもてあそばれるだけですよ。わたしはあの男の本性を知っているし、あなたは知らない。警察や判事をからかって馬鹿にするのが楽しくてしかたない。あの男が求めているのはそれだけですよ」

「果たしてそうだろうか。まあいい。あとで調べてみよう。それにしても収穫の多い検死審問だった。ブラウン氏の姿があったな。ロンドンに戻っているんじゃなかったのか」

「ブラウン氏が来ていたのですか。気づかなかったな」バブは目を丸くした。

「やはりきみは何も見ていないんだな。しかし、うまくいかなかったら何度でもトライすればいい。もうひとつの審問もあることだしね。じゃあまた」

レジーは車に乗りこみ、待機していた運転手に新たないらいらの種を与えた。「ドライブしよう。好きなように車を走らせてくれ、サム。風の吹くまま気の向くまま。当てもなく旅をするのもときにはいいものだ。われわれは春に咲く花たちを愛でるだろう。なぜなら、彼らは今回の事件にいっさい関係ないからだ。ハルニレは赤く色づき、ズアオアトリは果樹のこずえで歌をうたう。そんなに美しい鳴き声じゃないが、陽気で、聞くと元気が出る。それにスミレが咲いているはずだ。サム、スミレを見にいこう」

サムはひざかけを乱暴に脇へほうった……。

翌朝、今度はコルスバリーで、昨日と同じ慎み深い検死官が警察本部長の検死審問を行い、レジーは再びバブと同じテーブルについた。手の脂がしみこんだ法廷は、当座の間に合わせではなく専用に作られたもので、伝統を重んじるがゆえの使い勝手の悪さはいかんともしがたい。聴衆はあか抜けていて、昨日のような不気味な均一感はない。陪審は他の多くの陪審と同じく、ごく普通の人々が混ざり合ったものだし、傍聴席にはあらゆる階級の人々が集まっている。ダーシャーの富裕層が本部長の死に興味を持っている証しだ。

黒いネクタイを締めたトレイシーの姿があった。いつにも増して顔が紅潮していることを除けば、とくに変わった様子はない。隣席と言葉を交わしているが、例のごとくその目はなんの感情も映していなかった。初対面のときにレジーの記憶に刻まれた、ポーカーのプレーヤーを思わせる目だ。酒飲みで気が短いのにめったに感情は表に出さない。冷徹なギャンブラー、ミスター・トレイシー――少なくとも本人はそう思っている。彼のまわりに座っているのは、見るからに同じ地主階級の人々だった。トレイシーと同じ四角い顔の人もいれば、アストン家に似た容姿の人もいる。だが、アストン家は父子ともに姿を現さなかった。

弁護人席には、銀行家のコープが弁護士らしき男と一緒に座っていた。ふたりとも古めかしい喪服で正装し、しかつめらしい顔で何事か話し合っている。

レジーはいま一度アストン父子を探したが、どちらも見当たらなかった。人目につくのがよほどいやなのだろう。昨日の審問に詰めかけていた住民は数えるほどしか来ていない。本部長の死と崖崩れ跡で発見された骨を結びつけていないのだ。ただひとりを除いて。日に焼けたしわだらけの顔が、肩越しに列席者の顔をうかがっていた。

レジーはバブの肩に手をかけて「イライジャが来てるぞ」と耳元でささやいたが、そっけなく手を払いのけられた。

トレイシーの猟場番が証人台に立ち、本部長の死体を発見した経緯をとつとつと語った。遺体を最初に診た医師と検死を行った監察医により、死因は溺死であることが確認され、故人が水のなかに落ちたとき、馬から振り落とされて意識不明の状態にあったという点でふたりの意見は一致していた。

狩猟クラブの幹事は、当日の朝、本部長は普段と変わらず元気そうで、早めに職場に戻ると言っていたことを証言した。続いて証人台に立った弁護士は、銀行家のコープとともに本部長の古くからの友人で、遺言執行人でもある。本部長の健康状態はすこぶる良好で、いかなる種類の経済的問題も抱えていなかった。締めくくりにバブが本部長は忠実な法の番人であったことを請け合うと、検死官は充分な証言がなされたと判断し、追悼の言葉を述べた。その後、陪審員は「事故死」という評決をくだし、深い哀悼の意を示した。

「なるほど。万事予定どおりか。手向《たむ》けの花も用意してありそうだ」レジーは独りごちたあと、バブに声をかけた。「さあ、行こう。イライジャを迎えにいくんだ」

バブはレジーを睨みつけた。「どういうつもりですか。この件はもう決着したんですよ」

「それは違う。思い違いもいいところだ。まだ始まったばかりだよ」

「わたしが責任者だということをお忘れなく。わたしはこの結果に満足しています」

「たしかに。それが問題だ」

「何を――」バブは怒りにまかせて口から出かかった言葉を呑みこんだ。「わたしが事件をもみ消そうとしていると言いたいのですか」抑えた声はかすれていた。

「誰がそんなことを？」レジーは問い返した。

バブはイライジャを追いかけるよう巡査部長に命じたあと、レジーに向き直った。「お望みどおりあの男に会えますよ。何を訊いてもまともな答えは返ってこないと思いますが。いまいましいこそ泥め。生意気な口を叩くに決まってる。責任は負いませんよ」

だが、巡査部長はイライジャ・ホークを連行できなかった。彼はみずから警察本部に来ていた。怒れるバブが本部に戻ったとき、イライジャはいまや遅しと待ち受けていた。

第十五章　歌

イライジャはベンチから立ちあがって噛みタバコを暖炉に吐き捨てると、黄ばんだ乱杭歯を剝きだしてにやりと笑った。「おいでなすったな、バブの旦那。調子はどうだね」

「また戻ってきたのか、ホーク！」バブが侮蔑をあらわにした。「今度は何をやらかしたんだ？」

「ぎゃんぎゃん騒ぎなさんなって。噛みつきやしねえよ。なんでそんなに目のかたきにするんだ。こっちはなんとも思っちゃいねえのに。こう見えて法を順守するキリスト教徒だからな、俺は。今日だって、ちょっとばかし力になってやろうと思って、こうして立ち寄ったんだ。あんたが喉から手が出るほど欲しがってるものを授けてやるよ。ほら」イライジャは汚れた指でバブを差し招いた。「とっておきの情報があるんだ」

バブはイライジャの前を素通りして本部長室へ入り、レジーもあとに続いた。「ほらね」レジーが微笑んだ。「きみはああ言ったが、検死審問を開いて正解だった。バブ警視は不本意かもしれないが」

「当てこすりはやめてください、フォーチュンさん」バブが声を荒げた。「わたしはいかなる証言も排除していません」

「だといいが。しかし見落としたのは事実だ。それがいまここにある。期待していたとおりだ」

「どういうことですか」

「地元の住民が何か知っているんじゃないかと期待していたんだ。忘れたのかね。はっきりと声に出して言っただろう」

「あの男は誰かの悪口を言うつもりですよ」バブが応じた。「ちょっとした憂さ晴らしに」

「警察を嫌っているのか。そいつは残念だ」

バブは呼び鈴を鳴らし、ホークを連れてくるよう命じた。イライジャ・ホークは片足を引きずりながらやってきて、勧められてもいない椅子に腰をおろした。「そっちの見かけない顔は誰だい、バブの旦那」

「おまえには関係ないことだ」バブはぴしゃりと言った。「用件を聞かせてもらおう」

イライジャは舌打ちをした。小柄で頰がこけ、肩幅も狭いのに、胴まわりは太くてがっしりしている。日に焼けた褐色の顔にはクルミの殻のようなしわが刻まれ、落ちくぼんだ黒い目は狡猾そうな薄ら笑いを浮かべている。

「きみはいわゆる旧家の出なんだろうね」レジーがたずねた。

甲高い笑い声が響いた。「そっちの旦那はなかなかの事情通らしい、なあ、バブの旦那。そうとも、俺は生け垣の下で産み落とされ、親父もこの土地で生まれた。俺の先祖は誰よりも早くここに住んでた。黒い土地も白い土地も正しくは俺らのものだ。いま持ち主を名乗っているやつらは盗っ人以外の何ものでもねえ」

「手あかのついた与太話は聞きたくない」バブが口をはさんだ。

「聞きたくないだって?」イライジャはいやみたっぷりに言った。「そう言うと思ったよ。わからねえって言っとけば知らなくたってかまわねえんだもんな。昨日のくそみたいな審問の終わりに、検死官殿が言ってたもんな、次はいつ開くかわからねえって。今日は今日で、あんたのボスが死んだのは事故だと決めつけた。ほんとになんにもわかっちゃいねえ！　的はずれもいいとこだし、あんたのためにもならねえ。だからこうして直接言いにきてやったのさ、バブの旦那。あんたがとっつかまえるべき相手は小地主のトレイシーだ」

「それがとっておきの情報か」バブは冷ややかに笑った。「そんなことだろうと思ったよ。おまえが直近で刑務所に入ったのは、トレイシーの猟場で密猟して捕まったんだったな」

「ああ、そうさ。あの男はいわゆる上流階級の人間だ。だからあんたはあえて関わろうとしねえ。言っとくが、あいつは鶏を盗んだずる賢い狐だ。まんまとだまされたあんたのボスは、いまごろ棺桶のなかで歯嚙みしてるさ」

「何を根拠にそう思うのかね？」レジーがたずねた。

「あんた、よそ者だな」イライジャは鼻で笑った。「面食らった顔してるもんな。バブの旦那を見てみろ。しれっとしてるだろ」たしかにバブは立腹しているが驚いてはいなかった。「あんたのボスはどこで死んだ？　トレイシーの領地だ。見つけたのは誰だ？　トレイシーんとこのくそいまいましい猟場番だ。じゃあ、そのとき小地主のトレイシーはどこにいた？　銃を手にほっつきまわっていたのさ。食いしん坊のオコジョを退治するために。いまは繁殖期だから狩りは禁止されてることなどおかまいなしに」

バブは引きつった笑い声を上げた。「だからトレイシーさんが本部長を撃ったと言うのか。残念ながら本部長は銃で撃たれてなどいない。くだらない作り話はもうたくさんだ」

「もうちょっと賢いと思ってたよ。撃たれたなんて言ってないだろう。待ち伏せして、本部長が乗っていた馬をびっくりさせたのさ、本部長は振り落とされてそれで終わりだ」

「自分の目で見たのか」たずねたのはレジーだった。

「俺は嘘はつかねえ。その現場を見たわけじゃねえ。だが、俺が実際に何を見たか教えてやるよ。それと、俺が見たものをバブ警視が見ていないとしたら驚きだ」

「どういう意味だ?」バブががなりたてた。

「いまになって慌てだしたか」イライジャはにやりとした。「本部長はどうして死ななきゃならなかったのか、例のトレイシー坊やの骨と関係があるのか。バブの旦那にたずねたところで、ろくな答えは返ってこねえだろう。俺が教えてやるよ。あれは、バブの旦那が朝早くに車で崩れた崖を見にきたときのことだ。ひでえ霧だった、なあ、バブの旦那。聞くところによると、あんたも何か見つけたそうだな。老いぼれの将軍が見つけたのとはべつのものを。あんたより先に男が来ていたんだ。霧のなかを崖のきわまでやってきた。あんたと入れ違いだったから、帰っていくところを見かけたんじゃないか。トレイシーの領地のほうへ走り去った。それと、あんたのボスはあの朝トレイシーのところへ行っただろ?」

「でたらめを言うな」バブはイライジャを睨みつけた。

「でたらめなんかじゃねえ。ほんとのことだから気が気じゃないんだろう」

「われわれはさほど多くのことを知らないんだよ」レジーが割って入った。「イライジャ——いまのきみの話——警視よりも先に、崖崩れ跡の近くに誰か来ていたそうだが、それはいったい何者なんだ?」

「何度も言うが嘘はつかねえ。男ひとりだった。だが、ひでえ霧だったし、見分けがつく距離まで近づく前に車で走り去っちまった」

「それは残念だ。その男がトレイシーであると考える根拠は？」

「車がそっちへ行ったからさ」

「ほう、なるほど。行き先はどこか他の場所かもしれない。ここへ来る道でもあるしね」

「まあ、そうだけど」イライジャはギラリと光る目でバブを睨んだ。「その少しあと、あんたのボスがトレイシーの屋敷から車で出てくるのを見た」

「なんだ、それしきのことか、イライジャ。そんなのトレイシーを犯人呼ばわりする根拠でもなんでもない、おまえだってそのくらいわかるだろう。トレイシーが発見された骨に興味を持っていると言うが、どうしてそう思うんだ？」

イライジャはにやりとした。「おや、猫っかぶりか？　あんたも知っているはずだ。骨が見つかったと聞いて、トレイシーは冷や汗を流しているにちがいねえ。だからあんたらは次の審問はいつになるかわからねえ《ノー・テリング》って言ったんだろう。あの骨はトレイシー坊主のものだとあんたらは確信している。そして坊主が行方不明になったとき、トレイシー・パパが息子は海で溺れて死んだ、死体は海に流されて二度と戻ってこないだろうと言い放ったことを知らねえやつはいねえ。おかげでトレイシー・パパは自分の母親の遺産を余分に手に入れた。ほんとは息子のものになるはずだった金を、誰に文句を言われることなく手に入れた。ところが今回の崖崩れで白い土地が埋まっていた骨を吐きだしちまったから、さあ大変。トレイシー・パパは窮地に立たされた。でも、パパには力を貸してくれるお友だちがいる。知らないねえ《ノー・テリング》とは言わせねえぞ」

「おい、イライジャ」レジーが嘆息した。「ずっと我慢して聞いているんだ。遠まわしな言い方はやめたまえ！」

イライジャは身を乗りだした。「だから言ってるだろう。実の父親が息子を崖から突き落としたんだよ」

「その瞬間を見たのか」レジーがたずねた。

「見ちゃいねえさ。俺を煙に巻こうとしたって無駄だぜ。いいかよく聞け。坊主が行方知れずになった日の朝、トレイシーの領地を歩きまわっていた俺は、ふたりが激しく言い争っているのを見た。あの親子の仲の悪さを知らねえやつはいねえ。バブの旦那に訊いてみな——いや、だめか、わからねえだもんな。坊主はトレイシー・パパにさんざん憎まれ口を叩いたあと、上機嫌《ノー・テリング》で歌いながら崖に向かって歩き去り、それから少し間を置いて親父があとを追いかけ、それきり姿を見た者はいない。坊主はどうやって殺されたんだ？　あんた知ってるんだろ」

「さあね」レジーはイライジャの悪意に満ちた顔をじっと見た。「少年はどんな歌を？」

イライジャは眉間にしわを寄せた。「題名はわからねえ」唇をひと舐めすると口笛を吹きはじめた。かすれた途切れ途切れの口笛はメロディの体《てい》をなしていなかった。

「いやはや、これはひどい」レジーがうめいた。

「こんな感じだ、間違いねえ」

バブが失笑した。「もう気はすんだのか。こんな話を十二年も温めていたとはね。他に伝えておきたいことは？」

「ねえよ。全部ほんとのことだ。嘘はつかねえ」イライジャはふてくされた顔で言った。

「嘘じゃないとしても、根拠のない悪口を並べただけだ。ただの妄想じゃないか。仮にほんとうなら、警察に提供するべき情報を隠していた罪を告白したことになる。わたしがいまの話を信じれば、ただちにおまえを刑務所送りにしただろう。それから、もしこのでたらめを言いふらしたら、そのときも行き先は一緒だからな。わかったらとっとと消え失せろ」

イライジャは憎々しげに侮蔑のしぐさをしたあと、足を引きずって出ていった。

バブはレジーを振り返った。「だから言ったでしょう。気晴らしにからかいたいだけなんですよ。役に立つ話なんてひとつもない」

「たしかにきみが言ったとおりだった。あの男は憎しみの塊だ。それでも注目すべき点はいくつかある。きみとわたしが落ち合う前に、崖崩れ跡に何者かが来ていたとイライジャは言った。それが嘘でないことをわれわれは知っている。同じころ、死んだ本部長がトレイシーの屋敷を訪れていたともイライジャは言っていた。何か心当たりはあるかね」

「わたしは信じません」バブが断言した。「本部長の口から何も聞いていませんから。トレイシーを陥れるための作り話に決まっていますよ」

「うん、その可能性はある。だが、もしそうなら、どうしてあんなややこしい嘘をつくんだ？　崖崩れの現場近くでトレイシーを見たと言えばすむ話じゃないか。嘘にしては遠まわしすぎる。トレイシーが息子に暴力を振るっているのを見たと言ったほうが簡単だ」

「遠まわしすぎる？　そう思われるのも無理はありません」バブは鼻を鳴らした。「それがあの男のやり口ですから。ずる賢くて卑劣な蛆虫野郎だ」

「おやおや、バブ。よほど嫌いなんだな」レジーが笑みをこぼした。「たしかに警察にとっては迷惑極まりない男だし、世界に名を馳せる偉人でもない。哀れな男だ。しかしまあ、念のため確認しようじゃないか。トレイシーに電話をかけて、あの深い霧に包まれた朝に本部長が彼の屋敷を訪ねてきたか訊いてみよう」

「わかりました」バブは不服そうな顔で受話器を手に取った。「……バブ警視だ。当主のトレイシーさんとお話ししたい……」片手で通話口を覆ってレジーを振り返った。「出かけているそうです。行き先もいつ帰るとも告げずに」

「ふむ、間が悪いな。夫人に訊いてみよう」

バブは言われたとおりにした。「……え？　なるほど、そうか……。ありがとう。さようなら」顔を上げてレジーを見た。「夫人も留守でした。先週の月曜日に出かけたきりで、連絡先はわからないそうです」

「先週の月曜日というと本部長が死んだ日だ。奇遇だな。トレイシー夫妻はどこかへ行き、イライジャが現れた。きみが責任をもって解明すべき事件だぞ、バブ。わたしならスコットランド・ヤードの犯罪捜査課に協力を求めるね」

「ご心配なく。自分で解決できますので」

「それはどうかな。まあいい。もうひとつ気になる点がある。イライジャの証言のなかで最も興味深い部分だ。トレイシー少年が死の旅へ出たとき歌を口ずさんでいたと言っていただろう」レジーは曲の一節を口笛で吹いた。陽気でロマンティックな曲調だった。

「ちょっと待ってください。全然違う。やつの歌はそんなふうじゃなかった」バブが異議を唱えた。

「いや、違わないさ。イライジャは音感が悪いんだよ。だが、歌おうとしていたのはこの曲だ。自作自演じゃない。学校の音楽会ではおなじみの歌だよ」

船が一隻、北の国からやってきた
その船の名は黄金の虚栄《ゴールデン・ヴァニティ》――

「トレイシー少年がその歌をうたっていたとして、だからなんだと言うんです?」バブがたずねた。

「それだけではなんの証拠にもなりませんよ」

「いまのところはね。やるべきことがたくさんある」レジーは立ちあがった。「失礼するよ」

ホテルに戻ると、彼宛ての手紙が届いていた。

拝啓　フォーチュン様
昨日、エルストウでは声をかける機会がありませんでした。ロンドンにお戻りの際は是非ともご一報ください。わたくしども夫婦はリージェンツ・ゲートに住んでおります。ご都合のよろしいときにお会いしたく、いつでもお待ちしております。
敬具　ウィリアム・ブラウン

第十六章　ロンドンのブラウン

ロンドンへは寄り道をしながら帰った。芽吹きはじめたブナ林や、キバナノクリンソウがちらちら光る新緑の川辺をそぞろ歩いた。フォーチュン氏がこうした気晴らしを好むのはいつものことだが、仕事を怠けているとか、次に打つ手がわからず途方に暮れているといった申し立てを、彼は軽蔑の念とともに一蹴する。

のちにフォーチュン氏自身が述懐したところによれば、彼は次にやるべきことを決めていた。敵はそれを待ちかまえているにちがいなく、実際、そのとおりだった。決めかねていたのはバブ警視の扱いだ。当時、その判断は人知を超えており、この世は役人を守るべく作られていることを力説したうえで、フォーチュン氏はみずからの迷いを率直に認めている。事件の大筋をつかんでいながらコントロールするすべを持たない――ともすると無力感に襲われがちな精神状態にあった。原始的かつ野蛮な力が、彼の圧力に対してどんな反応を示すか予測がつかなかった。猛烈な嵐を巻き起こす恐れもある。それでも、彼には自信があった。慎重な思考の積み重ねに裏打ちされた、穏当な自信だ。

ロンドンに戻ったフォーチュン氏は、研究室で疣の世話に追われながら楽しい時間を過ごした。数日後の午後、お気に入りの培養物を捨てて研究室を出ていくまでは。唖然とする助手をよそに、彼はブラウニングの詩をつぶやいた。

天国はあるかもしれない、地獄はあるにちがいない、
しかし、なすべきことはここにある。上等じゃないか。（ロバート・ブラウニングの詩 Time's Revenges のもじり）

フォーチュン氏を乗せた車は公園を走りぬけ、ブラウン氏の招待に応じるべくリージェンツ・ゲートへやってきた。

ブラウン氏の屋敷は、ダーシャーの白亜の丘に建てたコンクリートの巨大な構築物と同じくらい風変わりで人目につくが、悪趣味の方向性は違っていて、こちらはフランス・ルネサンス様式の宮殿を模したものだった。

案内されたのはルイ十五世様式の応接間で、淡いブルーやピンクや金色で彩られた室内に、気の毒なほど不釣り合いな女がいた。グリーンのドレスを着た赤毛の娘が、警戒感をあらわに寝椅子の端に腰かけていた。

「ミス・トレイシーじゃないか。こんなところでお会いできるとは嬉しい驚きだ」

「お元気そうで何よりだわ。ミセス・ブラウンならもうすぐ来るはずよ」ひと息に言った。「あたしがこの家にいることを知らなかったの？」

「ああ、ブラウンは何も言わないから。慎み深い男だ。こんな魅力的なお嬢さんが家にいるのに自慢ひとつしないなんて」

「ありがとう。お世辞でも嬉しいわ。あたしがいると知っていたら、あなたは来なかったでしょうね」グリーンの瞳に一瞬、赤い炎が燃えあがった。

「どうしてそんなことを言うんだね」レジーは悲しげにたずねた。「考えすぎだよ、ミス・トレイシー」

「あなたはすごく率直な人なんでしょう?」

「ああ、うん。それがわたしの長所だからね。ナチュラルな人間なんだ。ナチュラルな人間がナチュラルに喜んでいるんだよ」レジーは彼女の豊かな赤毛から紅潮した優美な顔、窮屈そうな胸元へと視線を移した。その目には控えめな称賛の色が浮かんでいた。「それに対してきみもまたナチュラルに怒っている」

「笑われるのがいやなのよ」

「考えすぎだよ、笑ったりしないさ。少なくともわたしは違う。お父さんもここにいるのかい?」

「まさか」彼女は声を荒げ、紅潮した顔がいっそう赤くなった。「いるわけないでしょ」

「ダーシャーで会おうとしたら留守だったのでね。こっちに来ているのかもしれないと思ったんだ。お父さんがどこにいるか知らないかな」

「知るもんですか。おおかた、モンテカルロだろうけど」

「ほう。よく行くのかい?」

「大のお気に入りなのよ」腹立たしげに言う。「あの人になんの用?」

「ちょっと話したいことがあってね」レジーは言葉を濁した。「まあいい。時間はたっぷりある」そう言うと、いきなり歌を口ずさみはじめた。

　船が一隻、北の国からやってきた

レジーはさりげなく彼女の様子を観察していた。仮にその歌がなんらかの意味を持っていたとしても、彼女はそれを表に出さなかった。「いまダーシャーを騒がせている事件のことで、きみが心を痛めていなければいいいが」

「かわいそうなシーモア本部長、あんなことになるなんて」

「ほんとうに気の毒なことをした。彼のことをよく知っていたのかい？」

「よくは知らない。それを言えば、よく知っている人なんているのかしら。それはいいとして、シーモアさんはいつも優しくしてくれたわ」

「だろうね」レジーはうなずいた。衣擦れの音をさせてブラウン夫人が現れた。

フォーチュン氏は若かりしころからマダムキラーとして定評がある。ブラウン夫人はお世辞やお追従をまくしたてた。ひとりよがりな母親を思わせる口調のおかげでかろうじて聞いていられるが、レジーが気まずい思いをしたことに変わりなかった。

例えばこんな感じだ——噂によると、フォーチュンさんはいっさい外出しないそうね。無理もないわ、仕事漬けの毎日ですものね。あちこちの病院で偉大な実績を残されているとか。お医者様ほど崇高な職業はないわ。あたしにも息子がいたらお医者様にしたかった。ところで、いまはとくに何をしていらっしゃるの？　是非とも聞かせていただきたいわ。アリソンも聞きたいわよね。

「お話しするようなことはありません」レジーは悲しげに言った。「疣を調べています。なんの変哲もない、ごく普通の疣を」

夫人は引きさがらない。賢いとされる人を困らせて場の空気を和ませるという無益な行為に喜びを見いだしているらしい。「フォーチュンさんにはうんと幸せになってもらわないと、ねえ、アリソン」

「見るからに幸せそうだわ」アリソンが言った。

「あなたたち気が合いそうね」ブラウン夫人の赤ら顔がぱっと輝いた。「自分が正しいと思うことをする。それ以外のことに興味がない。彼女はそういう子なのよ、フォーチュンさん」

「参りましたね」レジーが言った。「比較されてミス・トレイシーが喜ぶわけないでしょう。わたしは彼女と違って愛すべき存在《エンジェルズ》ではありません」

「案外似ているのかもしれないわ、フォーチュンさん」答えたのはアリソンだった。「子どものころは小さな悪魔だったとみんなに言われるし。いつまでたっても大人になれないの」

「心にもないことを」レジーは首を横に振った。

「もっとあなたの話をお聞きしたいわ」ブラウン夫人は甘えるような口調で言った。「ああ、お茶が来たわね」

　執事と下男がうやうやしく運んできたのは、たっぷりの紅茶と食事だった。午後の紅茶の時間が大好きな根っからの食いしん坊のレジーでさえ、ひるむほどの量だ。ブラウン夫人は料理や紅茶をせっせと勧めながら、夫がその場にいないことを残念がった。ウィリアムがいれば、自分の手で紅茶を淹れて差しあげたはずよ。ほんとにどこへ行ってしまったのかしら――と言ってるうちに当のウィリアム・ブラウンが帰ってきた。挨拶もそこそこに食べはじめたブラウンは食欲旺盛で、レジーの節制ぶりをからかい、玉子に関する薀蓄を語った。レジーは我慢の限界だった。

「ほんとにお帰りにならなきゃいけないの?」ブラウン夫人が不満をあらわにした。「せっかくお会いできたのに。そうね、無理を言ってはいけないわ。ロンドンにいらっしゃるのよね。カードを送ってもかまわないかしら」

「どうぞ」レジーは軽く頭をさげて逃げるようにその場をあとにした。

ブラウンが応接間を出て追いかけてきた。「招待に応じてくださってありがとうございます、フォーチュンさん」声をひそめているものの、長くて肉づきのいい顔には依然として屈託のない笑みが輝いている。「ほんの数分ですみますので時間をいただけませんか」ブラウンはレジーの腕をつかんだ。「女性陣の前では言いだせなくて。どうぞこちらへ」

案内されたのは、長らく使われた形跡のない薄暗い図書室だった。ブラウンはレジーに椅子を勧め、自分はクッション入りの丸椅子に腰かけた。妙に落ちつきのない翳りのある目は、レジーを通り越してどこか遠くを見ているようだ。「覚えていらっしゃるでしょうね、舞踏会の会場で少しだけお話ししたこと」

「ええ、もちろん。興味をそそられました」

「そのようですね。真相究明が及ぼす弊害は利点より大きいかもしれない、わたしはそう言いました」

「要約すればそうなりますね。すなわちある種の警告だ。どうしてブラウンさんはわたしに調べさせたくないのかと疑問に思いました」

「その疑問はじきに解けたのではありませんか。例の気の毒な少年の骨の検死審問で、わたしを見ても驚いていませんでしたね」

「おもしろい質問だ。答えるのは難しいが。多少は驚きましたよ、ブラウンさん」

「ふむ。思っていたとおりの方だ」考えこむような沈んだ口調で言った。「では、わたしが何を言いたいかわかるでしょう。少年が誰であろうと死因がなんであろうと、アリソンの弟であり、何者かに殺害されたという評決がくだされたら、それでその子が浮かばれるわけではないし、アリソンの人生はめちゃくちゃになる。違いますか？」

「なんとも言えませんね」レジーは慎重に答えた。

「アリソンはアストンの息子と結婚するつもりでいる。彼女にお会いになったでしょう。欲しいものは是が非でも手に入れる、そういう娘です。そしてジャイルズ・アストンは彼女に首ったけだ。ジャイルズが誠実な若者であることはわたしが保証します。わたしは彼を信じていますし、年相応に人を見る目はあるつもりです。ふたりを結婚させて、太古から続く憎しみの連鎖を断ちきる、それがわたしの望みです」

「なるほど」レジーはつぶやいた。

「検死審問に行ったのは、あなたの出方を見極めたかったからです。失礼を承知で言わせてもらえば、あなたは静観するという賢明な判断をくだされた」

「それは違う」

「あなたに訊くことではないかもしれません。でも、事態は収束に向かうと思われますか」

「訊く相手を間違えているね。いずれにしろ、わたしには答えられない。あなたにも答えられないし、アリソンとジャイルズにも答えられない。ところで、ふたりはどの程度まで知っているのですか」

「実を言えば、彼らは何も知らないし、何も恐れていない」

「それはどうかな」

「疑り深い人だ」ブラウンが言った。

「それが仕事ですから。わたしは正義の側にある。では、失礼」

第十七章　結婚式

一週間後の夕食のあと、くちくなった腹を満足げに伸ばしながら、レジーは二通の手紙を読んだ。

一通目はフランスの保安局調査官からだが、私的な書簡の体裁をとっていた。それによるとトレイシーという名の紳士が――手紙にはその男の外見が歯に衣着せぬ言葉で記されていた――十日ほど前からモンテカルロに滞在している。ツキに見放されたまま賭博に大枚を投じつづけ、どんなに負けがこんでも表情ひとつ変えない。確証はないが常連客とは認識されていないようだ。以上、おおいなる期待と友情をこめて、デュボワ――手紙はそう締めくくられていた。

二通目はバブ警視から公的文書として送られてきた。亡き本部長の行動について、イライジャ・ホークの証言をもとに関係各所への聞きこみを行い、今月十一日付の捜査会議で以下の結論に達した――フォーチュン氏立ち合いのもと崖崩れ跡の発掘調査が行われた日の朝、本部長は普段どおり朝食後に家を出た。車が家の前に横づけされたのも普段と同じ八時四十五分ころで、ほどなく本部長はみずからハンドルを握り、ひとりで出発した。警察本部に出勤したのは、確認のとれたかぎりでは十一時以降。ジェームズ・トレイシーの執事の証言によると、正確な日時は定かでないが、同じころ本部長が当主を訪ねてきたという。あいにくトレイシーは不在で、自家用農園の周辺を捜したが見当たらず、執事が状況を伝えると本部長はすぐに立ち去った。その足で向かった先が崖崩れ跡でないことは、距離や経路を考えれば明らかである。もし訪れていたら、フォーチュン氏かバブ警視に車を目撃されていたはずだ。

「うん、たしかにそうだね、バブ」レジーは独りごちた。「きみは彼を見たのかもしれないし、彼がきみを見たのかもしれない。あるいは他の誰かを見たのかもしれない。〈そのとき、その場に、いまは亡き最愛の人とともに（ブラウニングの詩 Never the time and the place のもじり）〉。哀れシーモア。善意の人。結果はどうあれ彼なりに最善を尽くした。一方デュボワによれば、トレイシーという男がツキに見放されたままギャンブルに大金をつぎこんでいるという。さて、どうしたものか」

　椅子に身を沈めて目を閉じると、モンテカルロのカジノのテーブルに陣取るトレイシーのポーカーフェイスがありありと浮かんで見えた。そこにはディーラーとなってゲームの行方を見守る自分自身の姿もあった。勝敗に無関心でツキを左右する力もなく、運命を決する単なる道具として彼はそこにいた。「いや、わたしは道具ではない」レジーは強く抗議した。「勝つのはいつだって胴元と決まっている」それはなぐさめにはならなかった。「平均的にはそうだ。人生は平均的じゃない。平均で語れるのは法の世界だ。すべては起こるべくして起こる。だが、それは起こるべきではない。実際、起こる必要のないことだ。彼らはみなそれぞれの悪魔と戯れている。まったくもって厄介だ」敗北感とともにベッドに入った。

　数日後、レジーは一通のカードを受けとった。ブラウン夫人が送ると言っていたカードだが、内容は予想をはるかに超えるものだった。ブラウン夫妻からレジナルド・フォーチュン氏へ結婚式の招待状。式を挙げるのはアリソン・トレイシーとジャイルズ・アストン。新郎新婦の両親の出席の有無については触れられていなかった。

レジーはカードを見つめたまま引きつった笑みを浮かべた。

「大きな賭けに出たな、ブラウン。この事件には向こう見ずな人間が多すぎる。わたしは違う。そうとも、わたしは慎重派だからね。それはさておき、大それたことをするものだ。謹んで出席させてもらうよ」

聖ウィルフレッド教会は、ゴシック様式が宗教的建築物から富裕層の邸宅にまで広がりを見せたリバイバルブームまっさかりの十八世紀に建造された。内部はアルバート記念碑と一流ホテルのラウンジを足して二で割ったような造りだ。

レジーは早めに到着すると、見通しのきく薄暗い一角から式を見守ることにした。さほど混み合っておらず、顔ぶれは様々で、質素な人もいれば、けばけばしい人もいる。ブラウン夫妻の友人にちがいない。そこへブラウン夫人が現れた。極楽鳥を思わせる派手ないでたちのブラウン夫人は雌鶏のように落ちつきがなく、花嫁の母親のようにいまにも泣きだしそうだ。

アストン家、トレイシー家ともに両親の姿はないから、いさかいが起こる心配はない。不穏な空気はどこにもなかった。数は少ないがダーシャーの地主階級らしく盛装した人々の姿も見える。ダーシャーの社交界がこの結婚を完全に黙殺しているわけではないということだ。

ジャイルズ・アストンが意気揚々と身廊を歩いてきた。花婿の衣裳を着ていてもハンサムな若者であることに変わりなく、本人もそのことを自覚していた。人々の注目を一身に浴びて臆せず、後ろを歩く花婿介添人は飾りものだった。ジャイルズは挙式前の不安や緊張を和らげてもらう必要はない。おもむろに歩みを止め、この世界を支配する王のように振り返った。そこにいる全員がとるに足らない存在なのだ——彼が待ち焦がれているひとりの女性を除いて。ジャイルズは自分の役割を全力で演じていた。稀に見る完璧な花婿だ。

長く待たされることはなかった。フロックコートを着たブラウンがアリソンとともに登場した。ブラウンの腕につかまって一歩後ろを歩く彼女は、引きたてられていく生贄のようだ。しかし花婿のもとへ向かう歩みは速く、ベールに覆われた顔はまっすぐ前を見ていた。飾り気のない純白のドレスは床に届くほど長く、ベール越しに見える赤毛がなければ他の花嫁と見分けがつかない。なるほど、結婚式前後の花嫁はみな同じということか。

花嫁介添人は少女ふたりだけで、ダーシャーからお祝いに駆けつけた友人に囲まれることもなさそうだ。

式が始まった。……わたくし、ジャイルズと、わたくし、アリソンは……。花婿と花嫁による宣誓。花嫁の声は以前と感じが違っていて低音の響きが心地いい。……夫、ジャイルズ・アストンと、妻、アリソン・アストンは、幸福なときも失意のときも……。

新郎新婦が身廊を引き返してきた。手袋をはずした新婦の手と新郎の手は指と指をからませ、しっかりと握り合わされている。ベールを脱いだアリソンを笑顔で見つめるジャイルズは、幸せの絶頂にある花婿そのもので花嫁しか眼中にない。一方のアリソンは、心持ちあごを上げて唇を薄く開いているが、微笑んでいるわけではない。まっすぐ前を見据える目は、実際は何も見ておらず、青白い顔は悲しげで固くこわばっている。

「絶望か？」レジーは自問した。「かもしれない。女はときに絶望し感傷的になり――」そのとき、オルガンによる『ローエングリン（ワーグナー作曲のオペラ。第三幕第一場の〈婚礼の合唱〉は新郎新婦の入退場時に使用される）』のロマンティックな調べが聖堂に響き渡り、レジーはぞっとして逃げるようにその場をあとにした。

披露宴会場であるリージェンツ・ゲートのブラウン邸へはゆっくりと歩いて向かった。心はわが身を哀れむ気持ちで満たされていたが、腹を括《くく》ってもいた。もともと結婚式は苦手だからいたたまれない気持ちになることは覚悟していたものの、花嫁に新たな興味が湧くことにより、事態が複雑になるとは予想していなかった。レジーはアリソンを単純明快で注目に値しない不作法者に分類していた。彼女の評価を見直す必要がある。混沌にさらなる混沌の要素が加わった。

夢遊病者のごとき頼りない足どりで、レジーは会場に足を踏み入れた。華やかに飾りつけられた室内には大勢の人が集まり、新郎新婦に温かい祝福の言葉をかけている。ブラウン夫妻は感激の面持ちでふたりに寄り添っていた。

他に知っている人はいなさそうだ。そう思いながら視線をめぐらせた先に、ダーシャーで見かけた顔があった。そうだ、間違いない。豊かな口髭をたくわえた矍鑠《かくしゃく》たる老人は、本部長の検死審問を傍聴に来ていた。では、老人が話している相手、がっしりした背中の男は誰だろう。後ろ姿はバブ警視に似ているがここにいるわけがない。銀行家のコープだ。レジーが滑るような足どりで近づいていくと、コープは笑顔で片手を上げた。

「これはこれは、フォーチュンさん。ウェルネ卿をご存じですか」

老人は改まったお辞儀をしたが実はおしゃべり好きらしく、もったいぶった顔つきで滔々と語りはじめた。ダーシャーでお会いできなかったのは誠に残念だ。ロンドンに戻られたあとも、こうしてダーシャーの住民に興味を持ってくださるのは喜ばしい。花婿と花嫁、どちらの友人の立場をとられるとしても。

レジーとしてはどちらかに肩入れするつもりはなかった。

最古参の住人を名乗るウェルネ卿ですら、トレイシー家とアストン家の双方と友好な関係を築いた人を知らなかった。強いて言えば、ここにいるコープか。彼は万人受けする男だ。もしくは、死んだシーモア本部長。あの男はほんとうに運が悪い。

「悪すぎますよ」コープはかぶりを振った。

「だからといって、きみが本部長と同じ運命をたどるとは思っていないよ」ウェルネ卿が言った。「きみはどんな馬でも乗りこなせるからね、コープ」

「いくら馬の扱いがうまくても振り落とされる可能性はある」コープが言った。「つまりわたしが言いたいのは、気の毒なシーモアが不正に加担したかのように語られるのは公平でないということです」

「同感だ」とウェルネ卿。「あれほど裏表のない人間はめったにいない。しかも、わたしは彼の管轄地域で起きた強盗事件の被害者だからね。しかし、本部長についてフォーチュンさんに意見を求めるのはお門違いというものだ」

「はなから求めていないでしょう」レジーはぼそりと言った。「わたしとしてもとくに言いたいことはありませんし。しかし、アストン家とトレイシー家の両方と仲良くなるのがそんなに難しいとは知りませんでした。結婚式にはダーシャーの人たちも何人か来ていたようですが」

「思ったより大勢来ていましたね」コープがうなずいた。

「そうは言っても」ウェルネ卿が言う。「物見高い連中ばかりですよ、フォーチュンさん。褒められた話じゃない。なかにはトレイシーとアストン両方の悪口を平気で言う輩もいる」

「あなたはどうなんですか」レジーがたずねた。

「他人の不幸を喜ぶには年齢《とし》をとりすぎましたよ、フォーチュンさん。不仲の解消に一役買えたらいいのですが。幻想になぐさめを見いだしているんですよ」

「そんな皮肉っぽい言い方、あなたらしくもない」コープが言った。

「きみには感謝しているよ。いつだって誠実な男だ」

「ただの銀行屋ですよ」コープが微笑んだ。

ウェルネ卿はコープに軽く頭をさげた。「希望と慈善の人でもある。わたしはただの投機家だが。さて、若いふたりの門出を祝っていっときの幸せを手に入れるとするか。冥途のいい土産になるだろう」そう言って新郎新婦のもとへ向かった。

「あの人は変わり者なんですよ」コープが言った。「決して本心を明かさない。ほとんどの場合、自分で自分がわかっちゃいない。笑いを欲しているだけだ」

「辛辣ですね」レジーはつぶやいた。「若者を祝福しに駆けつけるなんて、ふところが広いじゃありませんか。あなただってそうだ」

「まあ、ウェルネ卿は温厚な老人ですからね。わたし自身は、この先祖代々続く家族同士のいがみ合いを深刻に考えていません。問題を抱えていない家族はないし、はた迷惑なだけだ。あの若いふたりがアストン家とトレイシー家の不毛な争いから解き放たれて、一緒になるのはすばらしいことだ。彼らの幸せを祈っています」

「さすがに結婚は性急すぎるのでは？」

「父親たちが足かせになると？　否定はしません。どちらの父親もかっとなると何をしでかすかわからない。しかもこのロンドンの結婚式はブラウンの庇護のもとで行われた。父親たちは怒り狂うに決まっている。ブラウンがしゃしゃり出てきた罪は重い。あの男がこんなに事を急がなければ、普通に結婚式を挙げられたかもしれない。ブラウンを悪いやつとは思わないが、根っからのお節介やきなんですよ。ああいう一代で財を成した連中は、なんにでも首を突っこみたがる」

「たしかに、わたしもそういう輩に会ったことがある。しかし、なぜ彼はこの結婚に興味を持ったのでしょうか」

「問題はそこです」コープの瞳がきらりと光った。「いまだにウィリアム・ブラウンの正体を見破れた気がしない。とらえどころのない男なんですよ、フォーチュンさん」

「信仰心では説明がつかないし」レジーがつぶやいた。「たぶんあなたが正しいのでしょう」

彼らがよそよそしく言葉を交わす様子をブラウンは遠巻きに眺めていた。やがて近づいてきて、陽気な挨拶とともにふたりの背中をぽんと叩いた。「やあ、おふたりさん。なんの話をしているのかね。よからぬことを企んでいるんじゃないだろうね。今日は遠路はるばる駆けつけてくれてありがとう、コープ。それにフォーチュンさんも。ウェルネ卿が言っていましたよ、フォーチュンさんが出席してくれたことで式に箔《キャッシェイ》がつくって。ウェルネ卿がそう言ったんです——箔《キャッシェイ》。正確な意味はわかりませんけど。でも、彼なりの褒め言葉なんでしょう。わたしはそう感じました。さあ、花嫁に声をかけてあげてください。じきに旅立ちますので。どうです、美しいじゃありませんか。花婿は果報者ですよ、ねえ?」ブラウンはウィンクをしてにやりと笑うと、レジーをせかしながらコープに話しかけた。「ふたりは新居に落ちつく前にパリへ新婚旅行に行くんだ、うらやましいねえ!」

レジーのブラウン氏に対する評価は変わらないが、花婿のかたわらに立つアリソンはたしかに美しかった。荒々しい生命力はなりをひそめ、たたずまいは気高ささえ感じさせる。乳白色の肌と純白のドレスを淡い光が包みこみ、物憂げで、辛抱強くて、慈悲深い。いまの彼女はそんな女性に見えた。

「ほら、フォーチュンさんを連れてきたよ」ブラウンが声をかけた。

「来てくださってありがとう」アリソンは微笑んだ。「あなたは優しい方ですものね」

「どうぞ末永くお幸せに、アストン夫人」レジーは彼女の手を軽く握った。

すっかり舞いあがっている花婿にコープが声をかけた。

「万事丸くおさまることを祈っているよ。アリソンのためにもね。だが、まずはきみにおめでとうと言わないとね」

「そうですね」ジャイルズが屈託なく笑った。「ありがとうございます」

「お幸せに、アストン君」そう言ってレジーはその場を離れた。男は花婿になると雄《おす》としての尊厳を失うというのが彼の持論だが、ジャイルズ・アストンの腑抜けっぷりは目に余るものがあった。

レジーが自宅に戻り、腑抜けた心に活を入れるべく、パイプ片手にボズウェルの著作を開いたところで電話が鳴った。応対に出た女中によると、ウィリアム・ブラウン氏がいまから会いにいきたいという。「いまから！」レジーは肩を落とした。「いいとも。会おうじゃないか。大急ぎで来るよう伝えてくれ」出端を挫かれたボズウェルのページをめくり、「しかし、きみ、わたしは自分がするべきあれやこれやを人にやらせる習慣だからね（J・ボズウェル著『サミュエル・ジョンソン伝』のジョンソンの台詞）」と声に出して読みあげたあと、不平をこぼした。「なるほど、ブラウンと同じやり口ですね、ジョンソン先生。よくない習慣だ」

ブラウンが慌ただしく入ってきた。「お会いできてよかった、フォーチュンさん。ほんとうは披露宴会場でお話ししたかったんですが、あの場ではやめたほうがいいと思いまして。変に人目を惹くかもしれない。なにより、若いふたりの門出を台無しにしたくなかった。妙な噂を立てられても困る。

わかっていただけますか」

「いいえ」

「それが、こういうことなんです。ご存じのとおり、あの子、つまりアリソンは、わが家で暮らしているわけですが、今朝がた届いた手紙のなかに彼女宛ての葉書がありまして、それを見た妻が悪意を感じて動揺し、わたしのところへ持ってきました。わたしには何がなんだかさっぱりわからないのですが——」

「ではなぜ、奥さんは悪意を感じたのです?」

「実物を見てもらったほうがいいでしょう。先に言っておきますが、葉書の宛名はジャイルズ・アストン夫人で、名前の後ろに感嘆符が三ついている。それだけでもいい感じはしませんよね。加えて、彼女はまだ結婚していなかった。妻がアリソンに葉書を渡さなかったのは正しい判断だった。あなたもきっとそう思いますよ。しかもメッセージが不可解極まりない。ごく一部が活字体で、大半は英語ではない文字が使われている。eとoとaに似た文字以外は、外国語か記号か何かでしょう」

レジーは葉書を手に取った。宛先の住所はゴシック体。消印はコルスバリー。通信面には何かから切りぬいた文字が貼られていた。レジーは声に出して読んだ。「Tod epi gan peson——」

「辞書なしで読めるのですか」ブラウンが驚きの声を上げた。

「ええ。ギリシャ語ですよ。ギリシャ語の有名な詩だ」レジーは葉書を見つめたまま眉をひそめた。

「それで、どんな意味ですか」

「よくはない。うん。あなたが危惧したとおりだ。〈死とともに、人の足元にひとたびこぼれた黒い血を、まじない唱えて呼び戻すなど誰にできよう（アイスキュロス著『アガメムノーン』より。一族の血にまみれ呪われた運命を描いた現在最古の戦争批判文学）〉」レジーは顔を上げ、冷徹な目でブラウンの表情を観察した。

「もう一度聞かせてください」

レジーは不吉な文章をひと言ずつゆっくりと読みあげた。「〈死とともに、ひとたびこぼれた黒い血を、呼び戻すなど誰にできよう〉。何か思い当たる節はありますか」

ブラウンの大きな顔が、けんかや激しい運動で肉体を酷使したように苦しげに歪んだ。「思い当たることだらけですよ」声は低くかすれていた。「説明するまでもない。その葉書は、弟が殺されたことをアリソンに思い知らせるために送られてきたものだ」

「たしかに、その可能性はある。しかし仮にあなたが葉書を渡したとして、彼女がこれを解読できると考える根拠は？　そもそも彼女はギリシャ語を知っているのですか」

「知らないでしょうね。でも、ジャイルズに見せたはずだ」

「彼はギリシャ語を？」

「読めるでしょう。オックスフォードを出ているんですから」

「根拠としては不充分ですね」レジーは冷ややかに微笑んだ。「もちろん彼はそれがギリシャ語だとわかったかもしれないし、メッセージの意味を理解したかもしれない。悪意に満ちた結婚祝いだ。あなたの言うとおり。送り主はふたりに気づかせようとしたにちがいない、花嫁の弟は花婿の家族によって殺害されたのだと。その件はまだ証明されていないし、すべきでないとあなたに言われていますが、ブラウンさん。そもそも、どうしてあなたは他人の家の問題に首を突っこんでいるのですか」

ブラウンは落ちつきをとり戻していた。眉間のしわは消え、ふくよかな頰のこわばりも解けている。

「ほんとうにおわかりにならない？　たしかにわたしは、トレイシー少年の失踪をめぐるスキャンダルを蒸し返すべきではないとあなたに率直に申しあげた。どうしてそんなことを言ったのか？　あのふたりが結ばれると知っていたからです。少年の身に起きたことをいまさら明らかにしたところで、アストン家とトレイシー家のくだらない憎しみの炎に油をそそいで、アリソンとジャイルズを地獄に突き落とすだけだ。あなたもそのことに気づいていると思っていました、フォーチュンさん、検死審問でのあなたの態度を見て」

「わたしの態度？　それは違う。あなたの勝手な思い違いだ。とすると、あなたは少年の死の真相が明らかになれば、この結婚は破談になると思っているのですね。すなわちそれは、少年が実の父親かあるいはアストンによって殺害されたことを意味する。息子を殺された家族と、殺した家族の縁談をまとめたあなたの責任は重大だ。若い夫婦がこの先背負っていくもののことを考えれば」

ブラウンは平然と言い返した。「ちょっと待ってください。あくまでもそれはあなたの考えであって、実際にはなんの根拠もない。それで、どこまで話しましたっけ？　少年の死因についてはいろいろ言われていますが、わたしはどれも信じません。根も葉もないただの中傷ですからね。わたしが縁談をまとめた？　それこそあなたの思い違いですよ。あのふたりをご覧になったでしょう。たがいに惹かれ合っていたし、古い世代とは反目し合っていた。ふたりに神のご慈悲があらんことを。彼らは何か間違ったことをしましたか？　長い人生は始まったばかりだし、本日めでたく結婚した。あのふたりなら過去の愚かな憎しみをきれいさっぱりぬぐい去って、物事を正常に戻してくれるでしょう」

「それはどうかな」レジーはつぶやいた。「あなたは並はずれて親切で、並はずれて楽観的だ。早々に結婚式を挙げようと決めたとき、両家の親に協力を求めなかったのですか」

「わたしがせかしたわけではない」とブラウン。「双方の両親には伝えてあります」

「おや、そうですか。とすると、同意は得られなかったということですね」

「ひどい騒ぎになりましたよ。それでわたしの妻がこっちで式を挙げたらどうかとアリソンに勧めたんです。ご両親も招待して」

「それこそ楽観的ですね。向こうから反応はありましたか。手紙が届くとか」

「訊くまでもないでしょう」

「そしてふたりは結婚して末永く幸せに暮らしましたとさ」おどけた口調でレジーが言った。「愚かな憎しみをきれいさっぱりぬぐい去って」葉書を手に取ってもう一度読んだ。「〈死とともに、人の足元にひとたびこぼれた黒い血を、まじない唱えて呼び戻すなど誰にできよう〉」冷たく澄んだ青い目がブラウンをひたと見すえた。「このことは口止めされないのですか」声に棘があった。

「あなたにはお知らせすべきだと思いまして」ブラウンは陰気な目でひるむことなくレジーを見返した。「これは一種の脅迫もしくは中傷だ。あとのことはおまかせします」

レジーは立ちあがった。「なるほど。それはどうもご親切に。ある種の挑戦状でもある。では、さようなら」

ブラウンが帰ると、レジーは書棚に歩み寄り、緑の表装の本を手に取った。ページを開き、葉書のギリシャ語の詩と一言一句慎重に照らし合わせた。それから葉書を鼻に押し当て熱心ににおいをかいだ。

第十八章　ディナー

　犯罪捜査課のローマス部長はフォーチュン氏の自宅に招かれて、鮮やかなコントラストを成すディナーに舌つづみを打った。料理はレジーが常日頃から欲している以上に濃厚で、量もたっぷりとあった。キャビアから始まり、高級魚のヒメジを経て、カモ肉のブルゴーニュ風へ。パンケーキのキュラソー風味クロテッドクリーム添え、エンジェルズ・オン・ホースバック（牡蠣のベーコン巻きを串刺しにして焼き、トーストにのせた英国料理）。だが、レジーの口から出るのは薄っぺらな中身のない話ばかり——ドイツ人の女優を揶揄したり、最新型マンションを皮肉ったりと似たような雑談が続いた。

　レジーはポートワインをパスした。「どうせきみは飲むんだろう」嘆かわしげに言う。「甘ったるくて神経に障る味だ。イギリス人のポートワイン好きには閉口するよ。慎みもデリカシーも調和の妙もない。必要以上のものをワインに求めた成れの果てだ」レジーは自分のグラスにクラレットをそそいだ。「〈美は真実にして真実は美（キーツの詩「ギリシャの壺によせるオード」の一節）〉——どちらも唯一無二である。これはすばらしいワインだ。純粋で混じりっけがない。きみにはわからないだろうが」レジーはグラスを明かりにかざし、「マルゴーの九九年ものだ」うやうやしく言って満足そうに口に含んだ。「この味がわからないなんて、同情するよ、ローマス」

「たしかにわれわれはポートの甘さに惑わされているのかもしれない」ローマスが言った。「ほんの少しだけね。腹ペコの野蛮人みたいにたらふく食べたあと、抑制の美しさを説くきみが好きだよ」

「おいおい、聞き捨てならないな」レジーはショックを受けていた。「野蛮人とはなんだね。ごく普通の食欲だよ。一般成人男性の食欲だ。食事にルールなんてない。ルールは弱い者のために作られるものだ。心が栄養を欲しているのさ。言っただろう、気が滅入ってしかたないんだ」グラスにクラレットをそそぎ足し、そのまま黙りこんだ。

「それでも頭を働かせることはできるんだろう、レジナルド」ローマスは励ますように声をかけた。

「だめだね。本来の動きとはほど遠い。警察には邪魔されるし、外野の連中には困惑させられるし。どっちも一緒じゃないかって？　いや、全然違う。警察は職務を果たす気がないが、外野の連中はやる気満々だ」大きな目でローマスを睨みつけた。「参考までに、それがダーシャーってところだ」

「恐れていたとおりだ」ローマスは顔をしかめた。「きみは無駄に道義心が強いところがあるからね、厄介事に巻きこまれるんだ」

「たしかにその点は認めよう。自分が哀れだよ。しかしだね、われわれの存在意義はなんだね、ローマス。殺人者のために世のなかを安全にしておくことか？　それでプロとは聞いてあきれるよ。いやだね、そんなの」

ローマスはワインを飲み、タバコに火をつけた。「殺人があったという証拠はない」

「表向きにはないし、決定的なものもない。それでも殺人犯が一名ないしは二名、野放しになっている恐れがある。粛々と行われた二件の検死審問で明らかになったことは知ってのとおり。ここからは審問で明かされなかったことを話そう」レジーは消えたカメオと密猟者のイライジャについて話して聞かせた。「これで証拠は出そろった。きみの評決を聞かせてくれ」

「厄介な事件だ。うんざりするね」ローマスが言った。「ダーシャーの警察官は——死んだ本部長にしろ、本部長代理を務めている警視にしろ——ふたりともずいぶん腰が引けているんだな。そのバブという警視のことを、きみはどう見ているのかね？」

「どうもこうもないよ」レジーがぼやいた。

「本部長が殺害されたのは、消えたカメオの出所に心当たりがあったからだときみは考えている」

「ああ、そう考えるのが妥当だろう」

「同感だ。きみはバブにもその旨を伝えたが、彼は話に乗ってこなかった。何かあるんじゃないかと勘ぐりたくなる。しかしきみの説に従えば、カメオを置いた人物は、アストンと少年の死を結びつけるために証拠を捏造したと推測される。すなわちそれは、少年は他殺ではないか、もしくは、アストンが少年を殺害したのではないことを意味する」

「そういう推測も成り立つ。断定はできないが」

「きみのことだ、安直な推測だと思っているんだろう」

「ああ、たしかに安直ではあるが、ありえないことではない。かなりいい線を行ってると思うよ——ここまでの経過を見るかぎりでは。それはさておき、検死審問のあとで新たな問題が浮上した。浮上したというか押しつけられたと言うべきだな。カメオのときと同じようにね。それできみの力が必要になったというわけさ」ジャイルズとアリソンがブラウンの庇護のもとで性急に結婚したことを話して聞かせた。

「ブラウン？」ローマスがたずねた。「金持ちの有力者で、きみに余計な口出しはするなと言った男だね」

「そうとも。お節介でやり手のビジネスマンだ。それがどういう風の吹きまわしか、わたしに介入するなと言えなくなったらしい。つかみどころのない男だよ、ブラウンは。わたしにこれを押しつけてきたんだ」

ローマスは葉書を受けとり、宛名を読んだ。「ミセス・ジャイルズ・アストン。感嘆符が三つとはね」声には侮蔑の響きがあった。「普通の葉書だな」と言って裏返した。「くそっ、ギリシャ語か」

「全然普通じゃないんだよ」レジーは満足そうに言った。

「なんて書いてある?」

「おいおい、ローマス! ケンブリッジで何をしていたんだね」レジーはにやりと笑った。「アイスキュロスのギリシャ悲劇『アガメムノーン』の一節だよ。〈人の足元にひとたびこぼれた黒い血を、まじない唱えて呼び戻すなど誰にできよう〉真理をつく先人の言葉だ。家族間で殺人事件が起きた場合、それを贖《あがな》うすべはなく、殺し合いを続けるしかない。ミセス・ジャイルズ・アストンへの当てつけだ。自分の弟を殺した男の息子とよくも結婚できるな、差出人はそう言いたいんだろう」

「すばらしい祝辞だな」ローマスは顔をしかめた。「どこぞの親切な人間が、家族の闇を告発するメッセージを花嫁に送りつけてきたということか。それにしてもギリシャ語とは! 彼女が理解できるとは思えないが」

「できないだろうね。花婿も怪しいものだとわたしは思っている」

「では、なぜギリシャ語を?」

「問題はそこだ。ジャイルズの父親は古典語のちょっとした権威で、書斎には関連書がひととおりそろっている」ローマスを見つめるレジーの目は眠たげで、まぶたがおりてきた。「見たところ、ギリシャ語でものを考えそうなのはアストンしかいない。しかも彼はなかなかの策士だ——狂言強盗の件を覚えているだろう。トレイシーの息子と激しく言い争っていたという証言もあるし、このたびの結婚に強硬に反対していた。憎っくきトレイシー家の花嫁にギリシャ語の呪いの言葉を送りつける、アストンはまさにそういうことを思いつきそうな男だ。設定は完璧だ。だが問題はここからだ。葉書に記されたこの呪いの言葉は、トレイシー家の花嫁とアストン家の花婿のあいだには人殺しが存在することを——すなわちアストンがトレイシー少年を殺害したことを示唆している。それが真実である可能性はある——としても、張本人のアストンがそれを吹聴するとは思えない。たとえ怒りでわれを忘れていたとしても」

ひとしきり考えたあと、ローマスはゆっくりと口を開いた。「さあ、どうかな。家同士の憎み合いが高じて子どもを殺した男なら、自分の息子がその一族の娘と結婚するとなれば、どんな手を使ってでも阻止するかもしれない」

「なかなか冴えているじゃないか、ローマス」レジーが微笑んだ。「たしかにアストンはトレイシー家に対する憎しみと恐怖にとりつかれているし、自分を悲劇の主人公だと思っている節がある。後先を考えずに行動しそうなタイプだ。だから、きみの考えが正しい可能性はあるし、そう思わせるだけの説得力もある。だが、否定すべき理由もある。トレイシーも憎悪の塊みたいな男だし、この結婚に腹わたを煮えくり返らせている。呪いの言葉は、アストン家の子孫と結婚する娘に父親が送りつけたと考えるほうが理にかなっている。自分が疑われる心配はないし、アストンを殺人犯として告発できる。例の模造品のカメオのことを思いだしてみたまえ。あれは古典的な手法で、アストンに殺人の罪を着せようと仕組まれたものだが、企みが失敗に終わるとカメオは処分された。アストンに不利な証拠が差しだされたのはこれで二度目だ。そして、このぞっとする代物は――」レジーは葉書をぽんと叩いた。「――実によくできている。完璧ではないけどね、ローマス。見てのとおりギリシャ語の文字は手書きではない。本から切りぬいたものだ」

「それがどうした？　手あかのついたやり口じゃないか」ローマスは鼻で笑った。「差出人のサインがしてあったら完璧だったとでも言うのか」

「いや、そうじゃない。たとえ名前が書いてあっても本物とは思わないさ。きみは肝心な点を見落としている。このギリシャ語の文章は難解な作品から引用したものだ。ということは、差出人はギリシャ語に精通しているはずだ。アストンと同じくらい。だが、葉書に貼られた文字はローブ古典叢書から切りぬかれたものだ。片方のページにギリシャ語の原文が、反対側のページに英訳が記載されている対訳版だ。アストンが使用している原書とは違う。切りぬくために対訳版を買う必要があるか？　いや、ない。対訳版を買って切りぬいたのはギリシャ語をよく知らない人間だ。カメオの模造品を使った人間が、カメオのことをよく知らなかったのと同じように」

「さすがだな、レジナルド」ローマスは微笑んだ。「目のつけどころが違う。しかし、その話はどこへ向かっているのかね。とりあえずアストンは葉書の差出人から除外されたわけだ。仮に殺人の証拠がでっちあげられたものだとしたら、そもそも殺人事件などなかったと考えるのが自然じゃないか」

「それなら本部長はどうなる？　事情を知っているはずの本部長は事故であの世へ行き、証拠のカメオは忽然と消えた。それも自然なことだと言えるのか」

「くそっ、お手上げだよ！」ローマスが顔を歪めた。

「おいおい、しっかりしてくれ。それは言いっこなしだ。手に余るのはいまに始まったことじゃない」

ローマスは探るような目でレジーを見た。「嘘だろう、レジナルド。きみの手に余ることなどあるわけがない。自分なりの筋書きはできているんだろう。聞かせてくれ」

「筋書きなんてないさ。鬱憤がたまる一方だよ。多すぎる登場人物、多すぎる要素、多すぎる企み、多すぎる可能性。トレイシー少年は殺されたとわたしは確信している。誰のしわざかはわからない。本部長も他殺と考えて間違いないだろう。こちらも犯人は不明。アストンが少年を殺害した可能性は充分にあるが、彼が警察本部長を殺害する理由は見つかっていない。他に考えられるのはトレイシーだ。彼が実の息子を手にかけたのかもしれない。欲深くて気が短い男だ。見つからないはずの骨が見つかったとき、トレイシーは模造品のカメオを使ってアストンに罪をなすりつけようとした。その試みが失敗に終わり、本部長が彼に疑念を持ちはじめたとき、トレイシーは本部長とカメオを消したのかもしれない。つじつまは合うし、それを裏づける密猟者の証言もある。トレイシーは気が荒くて冷酷なギャンブラーだ。彼がギリシャ語に通じているとしたら驚きだよ。通じていないからこそ、呪いの言葉を探すために英訳つきの版を買い求めた」レジーは夢見るような目でローマスをじっと見た。

「この筋書きはどうだね、きみの高等な知性に照らして」

「悪くない」ローマスが言った。「なかなか説得力がある」

「うん、自分でもそう思うよ。矛盾する要素を無視すれば、というただし書きがつくけどね。アストンはあの崖のことをしきりに気にしていた。骨が発見されるや、急いで現場を見にきたくらいだからね。そして彼は保身のために罪を犯すこともいとわない――例の狂言強盗を思いだしてみたまえ。彼には嘘で窮地を切りぬける才能がある。トレイシーにはない才能だ。さらに言えば、不可解な行動をとった人は他にもいる。死んだ本部長もそのひとりだ。初めは少年の骨の捜査に後ろ向きで、その後、アストンに疑いの目を向け、犯人に仕立てあげることにやたらと熱心だった。他の容疑者を探さなければならない証拠が出てくると、腹を立てて意固地になり、こっそり人目を忍んで行動するようになった。何を探っているのか誰にも言わずに——信義に厚いバブの証言を信じれば。そのあげく、本部長自身も抹殺された。それからバブは本部長の死を事故とするシナリオを苦心して書きあげ、わたしが密猟者から聞いたトレイシーに不利な証言を持ちだすと、聞く耳を持たないばかりか全力でもみ消そうとする。何かと邪魔をしてくるんだ、バブという男は」

「たしかに」ローマスはうなずいた。「警察官としてあってはならないことだ。ただ、そのことに拘泥しちゃいけないよ、レジナルド。田舎の警察が地元の有力者を恐れるのはままあることだからね」

「そうとも。都会ではありえないことだ。それと、もうひとり扱いに困る人物がいる。お節介やきのブラウンだ。どうして彼はジャイルズとアリソンを手厚い庇護のもとに置こうとするのか。どうして急いで式を挙げさせたのか。なんの下心もなく優しさだけでやっているなら高潔の士と呼びたいところだけどね。アリソンの弟が殺害されたことを口外するなとブラウンはわたしに言った。愛し合う若いふたりの夢を打ち砕くことになるからと。実に思いやりがあってセンチメンタルだ。ところが、ギリシャ語の葉書が届くと、迷わずわたしのところへ持ってきて口止めもしなかった。結局のところ、彼はシロなのかもしれない。複雑な事件に巻きこまれただけなのかもしれない。だけど、やはりそうは思えない。ブラウンの大きな頭には、目に映る以上のものが詰まっているはずだ」

「だとしたらブラウンの狙いはなんだ?」

「決まってるだろう。あの男は野心家だ。ダーシャーで最も重んじられる人物になると心に決めていて、そのための立ちふるまいを考えているのさ」

「なるほど、そういうことか」ローマスは肩をすくめた。「それで合点がいったよ。新参者の金持ちは往々にして、由緒ある一族を手のひらで転がしたがるものだ」

「ゆえに、由緒ある一族とブラウン氏の手のひらについて、もっと知る必要がある」レジーはクラレットを飲み干して葉巻に火をつけた。「そうだろう？」

「わたしにやらせようとしているのか」ローマスは顔をしかめた。

「ああ。ひととおり調べてもらいたい。ひと筋縄ではいかない事件だ。しかも事態は急を要する」

「協力したい気持ちはある」ローマスは言った。「そのバブという男は警察官としての職務を果たしていないし、それは死んだ本部長にも言えることだ。だが、わたしには彼らの捜査に口を出す権限はない。所轄の警察が助けを求めてこないかぎり行動を起こすわけにはいかない。そのくらいきみもわかっているはずだ」

「警察の縄張り意識の前では神すら無力である。なるほど。それが警察の不文律であることは知っている。しかし世界はきみが思うほど邪悪ではない。厄介な田舎の警察との衝突を回避する手立てはある。ほら、これを見たまえ。きみの目の前にはロンドン市民を脅迫する葉書がある。調べるのはきみの仕事だ。優秀な部下をひとり、ダーシャーに派遣してほしい」

ややあってローマスは重い口を開いた。「それくらいなら可能だろう。たいした成果は期待できないが。捜査のとっかかりがないし」

「おや、ローマス。とっかかりならたくさんあるじゃないか。葉書の投函にまつわるあれこれを調べるんだ。コルスバリーは小さな村だ。郵便物も少ない。ことによると、目配りの利く郵便局員が奇妙な葉書に目をとめたかもしれない。どのポストに投函されていたか覚えているかもしれない。消印の日にコルスバリーにいたのは誰か。海外にいたトレイシーはすでに帰国していたのか。ブラウンはロンドンに滞在していたはずだが、一時的にコルスバリーに戻っていたのか。切りぬいた文字についても調べてほしい。アイスキュロスのローブ古典叢書を買ったのは誰か。切りぬきを貼りつけるのに使われているのは、ゴム糊じゃなくてペースト糊だ。接着力が強い。その手の糊を使うのは誰か」

「いじくりまわすものはたくさんあるわけだ」ローマスは肩をすくめた。「それで成果が得られると信じているなら、きみはかなりの楽天家だ。しかし仮に得られたとしよう。例えば葉書の差出人を突き止めたとして、それ以上どこへも行けまい。行き止まりだ。その程度の脅しで罪に問うことはできないからね」

「まあ、そりゃそうだろう。だがね、優秀な警察官があの村へ出向いて、深刻そうな顔で聞きこみをすれば、村全体を浮足立たせることができる。不安の種を撒くんだ。なんらかの反応が返ってくるはずだ」レジーは上を向いて葉巻の煙で輪をいくつか作ったあと、まじないのようにつぶやいた。「Tis an palin agkalesait epaeidon」

「なんだって?」ローマスがたずねた。「隠語か何かかね」

「おっと、失礼、ギリシャ語だよ。〈ひとたびこぼれた黒い血を、まじない唱えて呼び戻すなど誰にできよう〉。葉書に書いてあった詩の一節さ。これは挑戦だよ。きみとわたしへの挑戦状みたいなものだ。受けてたとうじゃないか」

「ちょっと待ってくれ、レジナルド」ローマスが笑った。「きみの熱意には心を動かされるものがあるが、死者を蘇らせることができるとは思えない」

「わたしだって思わないさ。生きている人間を救うことに異存はないだろう?」

ローマスは肩をすくめた。「やれやれ、わかったよ。葉書の出所を調べてみよう。それでそのバブとやらを浮足立たせられたら上出来だ」

「そうこなくっちゃ」レジーは頬を緩めた。「警察もまだまだ捨てたもんじゃない。ひとりの警察官のごく自然な欲求が他を駆逐する……」

というわけで、ダーシャー警察の職業倫理はアンダーウッド警部補によって強化され、レジーは尋常性疣贅《じんじょうせいゆうぜい》(ウイルス性の疣)の研究に戻った。病気は犯罪よりもはるかに興味深いとレジーは常日頃から主張しているが、今回はいままで以上に研究室の疣たちに感謝し、なぐさめを見いだすこととなった。ダーシャーで新たな事実が判明するまでに思いのほか長く待たされたからだ。

アンダーウッドは葉書の差出人やローブ古典叢書を買った人物を突き止められず、糊については地元では売られていないという結論に達した。トレイシーは葉書が投函される前にモンテカルロから帰国していたが、コルスバリーで彼を見かけた者はいない。アストンの目撃情報もなし。ブラウンは葉書が投函された時分にコルスバリーの自宅に立ち寄ったが、泊まらずにロンドンへ戻っていたし、それがいつのことか特定できなかった。

アンダーウッドの捜査が続くあいだ、バブは比較的礼儀正しく協力的だったが、徒労だと思っていることは明らかだった。トレイシー関連で目ぼしい収穫はなかったとバブはアンダーウッドに言った。本部長が死ぬ直前に彼の屋敷を訪れていたことについてトレイシー本人に単刀直入にたずねたところ、本部長には会っていないし、訪問の目的は見当もつかないとの答えが返ってきたという。バブは真実を語っているというのがアンダーウッドの意見だった。トレイシーはいつにも増して不機嫌だったと、訊いてもいない情報をバブが暴露したからだ。娘の結婚に立腹しているせいではないかとアンダーウッドがたずねると、バブいわく、原因はそれだけではなく、大切な土地をギャンブルで失い、それをブラウンが狙っていることに腸《はらわた》を煮えくり返らせているという。アンダーウッドが調べたところ、そのような噂はたしかにあったが、それ以上の収穫はなかった。

これだけの成果を得るのに長い時間を要した。ジャイルズとアリソンが新婚旅行から帰国し、ブラウンの土地代理人が管理する美しくリフォームされた家で暮らしはじめたことがアンダーウッドから報告された。ふたりがトラブルに巻きこまれた形跡はなく、周囲の人々は親切で、双方の両親と音信が途絶えていることを除けば、穏やかな日々を送っている。ジャイルズはブラウンの代理人として真面目に働いているが、それでもブラウンはふたりのもとを頻繁に訪れ、とりわけアリソンのことを気にかけて何くれとなく世話をやいているという。

数週間が経過し、捜査は頭打ちとなった。アンダーウッドから報告が届くたびに、いつまで経っても事件とは呼べない事件から彼を解放するべきではないか、という点に議論は集約されていった。彼は帰還を命じられた。

ローマスは申し訳なさそうにその決断をフォーチュン氏に伝えた。「さぞかし落胆しているだろうね、レジナルド。わたしも同じ気持ちだよ。期待していた成果は得られなかった。だが、もう手は尽くしたからね」

レジーはにっこり微笑み、ローマスの感情を逆なでした。「おや、きみのせいじゃないさ、ローマス。勤勉なアンダーウッドのせいでもない。彼はよくやった。〈何かを試み、何も成さず、一夜の眠りを手に入れた（米国の詩人、H・W・ロングフェローの詩「村の鍛冶屋」のもじり）〉わけだ」

「愉快な夢を見られるだろうね」ローマスは皮肉たっぷりに言った。「きみはもっと真剣にこの事件にとり組んでいると思っていたよ」

「当てこすりはやめたまえ。夢なんか見ないさ。わたしはいつだって真剣だよ」レジーは抗議した。

それからデュドン将軍に手紙を書くべく腰を落ちつけた。

返事は翌週の初めに届いた。将軍はレジーからの便りを喜んでいた。新たな問題は起きていないかという問いに対する将軍の答えは驚くべきものだった。村全体が言い知れぬ不安に包まれている。地元の若い娘が、夕暮れにブラウンの領地で何者かに銃撃されたと訴えたからだ。

レジーは将軍に電話をかけた。

第十九章　クラブ

同じ日の夕方、レジーを乗せた車がデュドン将軍宅に到着した。

将軍は小走りで出迎えると、矢継ぎ早に歓迎の言葉を口にした。

「急に押しかけて申し訳ない」レジーはしゃべりつづける将軍を玄関へと促した。「わたしが来ることは誰にも言っていないでしょうね」

将軍は急いでレジーを書斎に招き入れると、ブラインドをおろしてドアを閉め、質問の答えを早口でまくしたてた。機密を守ることの重要性は重々承知しているし、軍人時代に身をもって学んだ。その点は信頼してもらってかまわない。こうして再びわが家を訪ねてくれるなんて、ほんとにきみは義理堅い男だ。きみがこの家にいて、どんな形であれ支援してくれるとは誰も夢にも思っていない。助言だけでもありがたいが、そのうえ何かしら手を打ってくれるならこれにまさる喜びはない。若い娘が恐ろしい目に遭ってひどくおびえている。それなのに警察ときたら！　どいつもこいつも怠け者で、救いようのない馬鹿ばかりだ。言いすぎだと思うかね。

「コメントは控えます」とレジーは答えた。「それで警察は何をしているんです？」

「何もしていないのと同然だよ。ひどいもんだ。わしら住民に尻を叩かれて警察がやったことといえば、現場近くをぶらぶら歩きまわることと、被害者の娘を自分が正気かどうかわからなくなるまで問い詰めることだけだ。あげくに愚かな巡査がここへやってきて、あの娘は銃撃などされていないし、たとえ発砲があったのが事実だとしても、彼女を狙ったものではないとわしに言った」

「なんとね」レジーがつぶやいた。「何を根拠にそんなことを？　その娘でないとしたら、いったい誰を狙ったというんだ」

将軍はかすれた笑い声を上げた。「むろん根拠などありゃしない。警察の得意技、厄介事を回避するための方便だよ。少年の骨が見つかったときと同じ。死んだ人間を悪く言うのは気が進まんが、本部長は職務を怠ったあげくに殺害された。それでもなおバブと無能な部下たちは、恥ずべき組織の悪しき伝統を守りつづけ、警察の出る幕ではないと見せかけることに腐心している」

「まあ、ここはいったん広い心で考えてみましょう」レジーが言った。「警察の主張その一、娘は信用できない。なぜなら神経過敏だから。もしくは世間の注目を集めたいという子どもじみた願望の持ち主だから。彼女はそういうタイプですか」

将軍は冷ややかに笑った。「あの娘に比べれば、羊の蹄のほうがまだ敏感だろうね。素朴なごく普通の田舎娘だよ。ダーシャーで一番よく見かけるタイプの」

「ああ、バブみたいな感じですね」

「まさしく！　言われてみればよく似ている」将軍は含み笑いをした。「あの娘の頭のなかは空っぽだが」

「なるほど。では次へ移りましょう。警察の主張その二、娘の近くで銃が発射されたが、狙いは彼女ではなかった。そんな言い分が通用するとは。ありがたいことにわたしは狩りをしないが、いまは夏季だ。夏季を通して狩猟が認められているのですか」

将軍は首を横に振った。「ああ、いや、言いたいことはよくわかるが、それは都会の物の見方だ。禁猟期は当然ながら狩りをしちゃいかん。だが、ウサギやハトや害獣を狙う連中はいて、夕暮れどきに銃声を耳にすることも少なくない。農民やその息子たちは、夕食の深鍋に放りこむために、もしくは畑を荒らす獣を駆除するために狩りをする。夏の日没どきは人気の時間帯だ。様々な人が一日の終わりに銃をたずさえて野へ向かう。トレイシーもそのひとりだ。むろんあの男は鳥専門だが——タカやフクロウ、それに飼育している貴重なキジを傷つける恐れのある生きものは、たとえ珍しい鳥であっても容赦しない」

「そういうものか」レジーがつぶやいた。「トレイシー家は鳥に興味があるんだな。息子は珍しい卵探しに熱中し、父親は珍しい鳥を撃ち殺す。価値観の不一致。家族愛の形成には役に立たないだろうね。それはさておき、銃撃された娘に話を戻そう。銃声を聞いただけなら身の危険を感じたりしないだろう。銃声を日常的に聞いていたのならなおのこと。彼女はどうして自分が狙われたと思ったんだろう」

将軍いわく、彼女は自分が狙われたことに一片の疑念も抱いていないという。銃は近くの雑木林のなかから発射され、散弾銃のペレットが背後の垣根に当たる音が聞こえた。悲鳴を上げたが誰も姿を現さなかったため、一目散に家へ帰った。銃撃された道沿いには、自分以外に狙って撃つようなものは何もなかったと彼女は断言している。

「けしからん」とレジーが言った。「狩猟者としての心得について以前聞いたことがある。むやみに発砲しない、公道に向かって発砲しない。今回はどちらも守られていないわけだ」

論点はそこではない、と将軍はいらだちをあらわにした。そんなのはどうでもいいことだ。向こう見ずで不注意な発砲による事件や事故はたしかにあるし、いまどき珍しくもなんともない。キジよりきみを銃で撃ちそうな輩がひとりもいないホームパーティなんて、今日日《きょうび》めったにお目にかかれるものじゃない。だが、それとこれとは話が違う。猟師として育てられた人間は——一年を通して野で働く人間は——いたずらに発砲したりしない。狩猟経験がないことを差し引いても、きみがそんなことを言うなんて驚きだよ。まさかこの事件を棚上げにするつもりじゃあるまいね。

「ここの警察と同じように?」レジーは微笑んだ。「心外ですね、将軍、わたしを彼らと一緒にするなんて。わたしはその道のプロと呼ばれる人たちのことを信じています。熟練の猟師はいたずらに発砲しないというあなたの知見はおっしゃるとおりだと思います。それを踏まえて先ほどの話をもう一度検討してみましょう。近くの林のなかから娘に向かって一発の銃弾が発射された。熟練それは銃の扱いの扱いに慣れた人物が発射したものだが、娘に命中せず、二発目が発射されることもなかった。意味深長で実に興味深い。殺害するのをためらったのか。単に怖がらせることが目的だったのか。

なふうに言われているのですか。恨みを抱いている恋人がいるとか?」

将軍は即座に却下した。あの子の顔は皿みたいにのっぺりしているし、体型はイモの入ったずだ袋だ。気立てのよさは折り紙つきだがね。

「徳行はそれ自体に報いがある、ということわざもあるが、現実はかくも残酷である。それはさておき、事件当時、あたりには夕闇が迫っていた。銃を撃った人間は彼女を誰かと間違えたのかもしれない。その夜、銃を手に外をうろついていたのは誰か? 地元のゴシップ好きなら知っているはずだ」

「手前味噌ながら、わしが真っ先にたずねたのがそれだよ」将軍は嬉しそうに甲高い声を上げた。

「さすが、将軍。警察官顔負けですね。それで質問の答えは?」

「わしが話を聞いたのはふたりだけ、農家の親子だよ。一緒にウサギ狩りをしていたそうな。彼らがいたのは娘とは全然違う場所だから、完全に無関係だ」

「なんだね、将軍、そんなのゴシップでもなんでもない。もっと地元ならではの想像力を働かせないと。トレイシーはどうです？　さっき言っていましたよね、トレイシーはしばしば銃を手に領内を歩きまわっていると」

将軍は獲物を飲みこむ鳥のように頭と喉を妙な具合に動かした。「トレイシーが怪しいなんてひと言も言ってないぞ。なんの根拠もない。行きすぎた偏見だ」

「偏見とは思いませんね」レジーは目を伏せた。「根拠の有無とは関係なしに、ただ考えをめぐらせているだけです。トレイシーが人々の口の端《は》にかかることはありませんでしたか」

「言われてみれば」将軍は決まり悪そうに言った。「どこかで彼の名前を耳にしたような……はっきりとは覚えていないが。なにしろ悪い噂が絶えない男だから」

「人民の声は神の声である、場合によっては」

将軍は鼻で笑った。「それは違う。到底受け入れられないね。間違った認識だ」

「そう思いますか」レジーは微笑んだ。「まあ、たしかに必ずしも真実ではない。とりあえず世論を信じてみましょう。地図が必要だ。大きな地図をお持ちですか」

将軍は口をぽかんと開けていた。「わしにはなんのことだかさっぱり……。ああ、そうか、この村の地図のことか。もちろんあるとも」

「ええ、それです。世界地図ではなく。世界が相手なら勝ち目はない。われわれは世界を形成する力と闘っているわけですが」そう言って歌を口ずさみはじめた。レジーが初めて村を訪れた夜に頭に浮かんだ歌だ。


ジャングルの住人にはみなそれぞれの習わしがある……

いも虫はまわれ右して楽な道進め……

されど象は決して忘れまじ！


将軍は覚えていなかったが、軽薄な曲調が不快らしく眉をひそめた。「そんなのはいいから、見てみるとしよう」いまいましげに言って地図を広げた。「これは一マイル六インチの地図だ。発砲事件があった現場の地勢を知りたいんだろう？　結構。いまいるのはここ――フェアシート、わしの家だ。ここから東へ目を移すと、川辺にクームという集落がある。家は数えるほどしかない。問題の娘はそこに住んでいる。彼女はこの道を歩いて家へ帰るところだった。銃が発射された雑木林はちょうどこのあたりだ」

「なるほど。人里離れた場所ですね。彼女はどうしてそこに？」

「丘の上の農場で日がな一日洗濯の仕事をしていたそうだ。そこはブラウンの自家用農園で、彼の屋敷はさらに丘をのぼった突端にある」

「とすると、銃が発射されたのは――銃撃が実際にあったとしたら――ブラウンの領地からということか」

「いや、そうじゃない。彼の領地は谷の麓まで達していないんだ――現時点では。ブラウンの領地はこのあたりでトレイシーの領地と接している」将軍は指で地図に線を引いた。「こっちの丘陵地帯は巨人の墓──つまり白亜の竪穴を含めてトレイシーのものだし、彼の土地の境界は広大な谷間の平地にまで至る。森もこの雑木林もすべて彼のものだ」

「なるほど、銃が発射されたとされる雑木林の持ち主はトレイシーなのか。実に興味深い。そして銃撃された娘はブラウンのところで働き──トレイシーの領地に住んでいる？」

「いや、そうじゃない。集落はブラウンのものだ。ここに集落の北端を示す建物がある。両家の土地の境界はそこから川に向かって延びている。その建物はクーム邸といって、トレイシーが手放し、売りに出されると、待ってましたとばかりにブラウンが買いとった。そして彼の代理人として土地を管理するアストンの息子を住まわせるために改築した」

「なるほど。新婚さんはそこで暮らしているのか」レジーは地図の上に身を乗りだした。

代理人を住まわせるにしては妙な場所だと将軍は言った。なにしろその家は領地の端っこに建っているのだ。むろんブラウンはもっと広げるつもりでいるが──可能なら州ごと買い占める勢いだ。トレイシーの土地の大部分を手に入れれば、その家はちょうどブラウンの領地のまんなかあたりにくるだろう。

「おっしゃるとおり先見の明がありますね、ブラウンという男は」レジーは身体を起こした。「地図は片づけて結構です、将軍」憂いを含んだ大きな目で将軍をじっと見た。

突如として将軍のもてなしの心が目を覚まし、あれこれとレジーの世話をやきはじめた。執拗に酒を勧め、慌ただしく客室へ案内し、腹が空いているにちがいないと言って鱒やチキンや一番軽いシェリー酒をふるまった。レジーは将軍に調子を合わせつつ、頭の隅でぼんやりと考えていた……。

早めにベッドに入り、珍しく早起きをした。夜明けから一時間以内に、レジーは寝静まる家を抜けだし、銃撃された娘が歩いていた小道へと向かった。銀色に輝く朝靄が丘や谷や川を包みこみ、聞こえるのは無数の鳥のさえずりと遠い海鳴りだけ。レジーは周囲に目を配りながらゆっくりと歩き、例の雑木林を見つけると、立ち止まって自分と林の位置関係を確認した。うん、あの林に身を隠すことは可能だ。あそこで銃を構えて狙いを定め、下向きに発射したにちがいない。とすると、銃弾は反対側の生け垣に当たったはずだ。レジーは朝露でしとどに濡れた茂みを丹念に調べてまわり、それらしき場所を見つけた。複数の葉が千切れ、枝に引っかいたような傷がついている。レジーは枝の一本からつぶれた散弾銃のペレットを取りだした。

「ふむ。これで実際に銃撃があったことは証明された。バブはいったい何をやっているんだ」レジーは愚痴をこぼした。発砲地点に目星をつけてから斜面をのぼり、雑木林のなかへ分け入った。しばしのち、下生えのなかに鈍く光る真鍮を見つけた。空の薬莢と未使用の弾薬筒だった。それらを拾いあげて不機嫌な顔で眺めまわした。「ずいぶんそそっかしいハンターだな。それとも念の入った策士なのか。毎度のことながら痕跡が露骨すぎる。発見したのがバブでないのも毎度のことだ」ハンカチにくるんでポケットにしまったあと、雑木林の探索を再開した。開けた斜面で立ち止まり、陽の出とともに薄れていく朝靄を眺めた。

連なる池が決壊したかのように川は勢いよく流れ、堆積した黒い泥のあいだを蛇行しながら海へと至る。広大な畑で実りつつある麦の穂が朝陽を受けて輝いている。そこは川の上流であり、肥沃な黒い土地であり、トレイシーの土地だ。丘の裾野には低木が点在する牧草地が川や海に向かって広がっている。レジーが立つ斜面の真下に教会のずんぐりとした四角い塔、その奥にブラウンが猫かわいがりするアリソンとジャイルズの住む白い家が見える。丘の麓の川べりに建つその家は、まるで不毛な白い土地の前哨基地のようだ。シダややぶに覆われた深い谷が目と鼻の先にあって、そこからせりあがる白亜の丘の頂上付近には大昔の土塁や墓所があり、デュドン将軍が愛してやまない巨人の墓が大きな口を開けている。

教会の鐘が六時を告げた。レジーはうめき声を上げながら大きく伸びをすると、ベッドへ戻るべく足を急がせた。

遅くまで寝ていたレジーが朝食の席に姿を見せたとき、将軍はすっかり機嫌を損ねていた。「悪いが朝食は先にすませたよ、フォーチュン。起こしたくなかったのでね。ゆうべはよほど寝つきが悪かったとみえる」

「残り物に福はなし」レジーはため息をついた。「後悔先に立たず」ベーコンエッグの皿のふたを持ちあげ、ひと目見るなりもとに戻すと、トーストにかじりついた。「それはコーヒーかね？　ありがとう」コーヒーをすすってまずいパンを飲みくだす。「さてさて。この家の使用人は信用できますか――より重大な問題に関わる場合でも。わたしはここにいない。彼らはわたしについて何も知らない。そういうことにしてください。しばらく滞在させてもらおうと思いますので」

将軍は目を輝かせた。「ひと晩寝て何かひらめいたのかね。納得のいく仮説を思いついたか、ついに行動を起こすときが来たとか？」

「起こすのはわたしじゃありませんけどね。わたしはじっと座って考えるのが専門ですから。あなたなら成し遂げられるかもしれない。贔屓にしている例のコルスバリーのクラブへ行って、今回の射撃事件についてどう思うか、誰のしわざだと思うかを客同士で話し合わせるんですよ。ここの警察はあまりにお粗末だから、あなたに活を入れてもらわないと。安心して暮らせませんからね。適当な噂話をして反応を見るだけです。とくにブラウンとトレイシー、もしくは彼らの友人たちがどう出るかを知りたい。やってくれますか？」

将軍はふたつ返事で引き受けた。重大な任務をまかせられたと将軍が喜び勇んで出かけると、レジーは書斎にこもって犯罪捜査課に電話をかけた。

「もしもし、フォーチュンだ。ローマス、バブから何か連絡はあったかね？　……音沙汰なしか、予想どおりだ。あの男は内にこもるタイプだからね。ところでアンダーウッドの地道な捜査がいまになって実を結びはじめたと言ったら驚くかね？　……ああ、そう言うだろうと思っていたよ。まあ、落ちついて聞きたまえ」レジーは地元の若い娘が狙撃された一件について語って聞かせた。

「ちょっと待った」ローマスがさえぎった。「きみはいまどこにいるんだ？」

「黒い土地と白い土地のあいだ。戦いのまっただなかさ。だが今回はお忍びだよ。連絡先はデュドン将軍方、ダーシャー州クーム村フェアシート。コルスバリー一二〇三だ」

「みずから出向くとは、どういう風の吹きまわしだね？」

「だから言っただろう。銃声に合わせて行進してきたのさ。常に警戒を怠らない将軍から報告があったのでね。デュドン将軍は何事も見逃さない。その意味を理解するかどうかはべつとして。アンダーウッド警部補がきみの賢明なる指示によりロンドンへ撤退したことを受けて、その後の経過を知らせてくれるよう将軍に頼んでおいたんだ。それでいまここにいるというわけさ」

「ひどい言われようだな。もはや彼にできることはないと言ったのはきみじゃないか」

「ああ、そうさ。できることはなかった。アンダーウッドをロンドンへ帰したのは正解だった。彼はどこへもたどりつけず、邪魔な警官がいることを関係者全員に知らしめただけだった。身に覚えのある人間は――もしそいつが臆病者だったら――さぞかし気をもんだだろう。だが今回は違う。犯人に関してひとつだけたしかなのは凶暴かつ大胆で、底が知れない人間だということ。アンダーウッドが消えたことにより事態は再び動きはじめた。目論見どおりだ」

ローマスは声を荒げた。「つまりその子が狙撃されることを予期していたってことか。そんな馬鹿な。トレイシー家とアストン家の問題と関係があるのか？　いったい――」

「きみは話を聞くつもりがないのか？」レジーは不機嫌にさえぎると、将軍とのやりとりや発砲現場を調べたこと、弾薬筒を見つけたことを話して聞かせた。

「ふむ」ひと呼吸置いてローマスが口を開いた。「またしても妙な事件だな。それにしてもバブという男は厄介だ。ただの無能よりたちが悪い。無能でいようと決めているみたいだ。それでも、きみは何がしかの結論を導きだしてみせるんだろう」

「いや、結論はこれからだ。なにせ証拠が多すぎるのでね」

「多すぎるだって？」ローマスは素っ頓狂な声を上げた。「それを言うなら少なすぎるだろう、レジナルド。事件かどうかさえ定かでないのに」

「しっかりしたまえ、ローマス！　たくさんあるじゃないか。それに明らかに事件だよ。恐ろしく重大な事件だ。罪もない若い娘が銃で狙われた。なぜか？　明確で理にかなった答えはひとつ。夕闇のなかで彼女はアリソンと間違われた。結婚式当日に届いた脅迫状で予告されていたとおり、アリソンは消される運命にあった。銃を撃ったのは誰か？　職務に忠実なデュドン将軍の報告によれば、地元ではは父親のトレイシーが有力視されているそうだ。脅迫状の差出人はトレイシーではないかとする率直で理にかなった疑念とも合致する。トレイシーは銃をたずさえて領地を歩きまわっていた。銃は彼の領地から発射された。バブとその部下は証拠を見つける気がないし、正攻法でトレイシーと折り合いをつけようとした本部長は抹殺された。話の流れとしては完璧だ。だが、あからさまな証拠が残されていたのはなぜだ？　どうして雑木林のなかにふたつの弾薬筒があったのか。よほど不注意なのか――もしくは故意か」

「それでも明らかな事件だと言うのか」ローマスが笑った。「結局確実なことなどひとつもないじゃないか。故意にせよ事故にせよ、銃を撃った人間は弾がそれたのを見て、慌てて立ち去った。弾薬筒を回収するのを忘れて。もう一発もそのとき落としたのかもしれない」

「たしかにありうるだろうね」

「充分にありうる。とすると、きみが見つけたのはトレイシーに対する漠然とした疑念だけじゃないか。しかも、その疑念は以前からあったものだ」

「いいや、ローマス。これはべつの事件だ。実に不可解で興味をそそる事件だ。捜査する価値はある。勤勉なアンダーウッドにもう一度こっちへ来てもらって調べてもらいたい」

「勘弁してくれ。いくらきみの頼みでも、その程度の理由でトレイシーを連行することはできないぞ」

「たしかにそれは無理だ。連行してほしいとは言ってない。だけど捜査はするべきだ。きみにはその責任がある。ロンドン警視庁がじきじきに脅迫状の捜査に乗りだしたあとで、脅迫された女性のすぐ近くで殺人未遂事件が起きたわけだからね。真相を突き止めて負の連鎖に終止符を打つのはきみの務めだし、喜びでもあるだろう。ただちに行動に移したまえ。アンダーウッドをひそかに送りこんで、調べた結果をわたしに報告させるんだ」

答えが返ってくるまでにしばらく間があった。「アンダーウッドの捜査が今回の発砲事件を引き起こしたかもしれないと言うんだな」

「捜査の失敗が、だよ」レジーが訂正した。「たしかに要因のひとつではある。そしてもうひとつの要因は彼が村を去ったこと」

「それはきみも同意したじゃないか」

「ああ、そうさ。正しい戦術だった。最初の攻撃が失敗に終わったあとの次の手だ。いったん退却して敵をおびきだす。果たして誰がおびきだされたのか。それを突き止めるんだ」

「きみはいつだって正しいんだな」ローマスが言った。

「当てこすりはやめたまえ。いつだって正しい？　そんなわけないだろう。無力であることを常に思い知らされているし、しょっちゅう敗北感を味わっている。目くらましに惑わされて本質を見抜けずにいるんだからね。それでも人間の論理的思考に対する信頼は揺らいでいない。さらに言えば、きみの勤勉な部下たちに対する信頼もね」

「そりゃどうも」ローマスがそっけなく応じた。「なるほど、追加の捜査が必要かもしれない。明日、アンダーウッドを行かせるよ。そっちできみと打ち合わせするよう言っておこう。だが、何か行動を起こすときは、事前にわたしの許可をとること。いいね？」

「きみの言い分はわかった」レジーが言った。「始発に乗せてくれたまえ。ではまた」

電話を切ったあと、レジーは午前中いっぱい縮尺の大きな地図と格闘して過ごした。集落、雑木林、トレイシーの家、アストンの家、ブラウンの家、ジャイルズとアリソンの家、それぞれの長さ——道路を通った場合と、畑野を横切った場合——を測り、それをいちいち距離に換算した。午後は昼寝をし、夕方遅い時刻にアフタヌーンティーの軽食をぼんやり食べていると、デュドン将軍が帰ってきた。

「おや、お帰りですね」レジーは眠たげに目を瞬いた。「どうでした、クラブは？　誰か来ていましたか」

こんな遅い時刻にティーポットが使われていることに衝撃を受けた将軍は、一拍置いて落ちつきをとり戻したあとで言った。客は普段と変わらないくらい大勢来ていた。アストンは父子とも姿はなかったが、トレイシーは一杯やりにきていた——いや、一杯じゃなくて一ダースか。とにかく浴びるように飲んでいた。昼間からあんなにアルコールを摂取して平気なわけがない。自制心のたがはずれて、やけになっているように見えた。ずっとひとりで飲んでいた。よくない兆候だ。兆候というより誰の目にも明らかだった。そこへブラウンが来て、そのすぐあとに銀行屋のコープが現れて、ブラウンがコープに声をかけて一緒にカクテルを一杯か二杯飲んだ。トレイシーはいっときコープと懇意にしていた。ふたりとも年季の入った古狸だ。コープはトレイシーに手を振ったが、トレイシーはそっちを見なかったし、見ようともしなかった。ブラウンがランチにしようとコープを誘い、席を移動するとき、通りしなにみんなの背中を叩いて愛想よく声をかけていたが、トレイシーには一瞥もくれなかった。ブラウンとコープは他の客と一緒に長テーブルを囲んでランチを食べ、トレイシーはひとりで奥まった席に移動した。

「すばらしい観察眼だ、将軍」レジーは感心してみせた。「よくわかりました。あなたは誰と一緒に座ったのですか」

「トレイシーではないよ、残念ながら」将軍はしわだらけの顔にいたずらっぽい笑みを浮かべた。「長テーブルへ移動して、ブラウンのひとつ席をはさんだ隣に腰をおろした。反対側の隣はウェルネ卿だ」

「さすがですね、将軍。理想的な並びだ」レジーは手放しで称賛した。「なんでもべらべらしゃべるのがウェルネ卿ですからね」

「わしもそこが狙い目だと思ったんだ」将軍は嬉しそうに声を弾ませた。「おおいに語り合ったよ。話題に上がらなかったことを見つけるのが難しいくらいだ」

「ええ、想像がつきます」レジーは期待の眼差しを向けた。「何か特別なことは?」

「あるとも。わしが水を向けたからね」将軍は甲高い声で笑った。「今回の一件についてああだこうだと意見を闘わせていると、まわりの客も口をはさんできた。ウェルネ卿が州警察に辛辣なのはいまに始まったことじゃない。腐敗してもかまわんが、愚かなのは許せないと彼が言い、ブラウンが大笑いして、自分も前からそう思っていたと同調した。悪党は矯正できるが、馬鹿につける薬はないってわけだ。ダーシャーの警察が腐敗しているとは思わないとべつの客が口をはさみ、亡き本部長の不正を疑う者はひとりもおらず、その場にいる大半が本部長を擁護した。しかしウェルネ卿は、死んだ人間を悪く言うのは気が引けるからねと冷ややかに笑った。その後、わしは話を娘が銃撃された件に戻した。それが事実だと信じる者は皆無に等しく、もしほんとうだとしたら、悪さがばれることを恐れた密猟者が慌てて逃げだしたのだろうということで意見が一致した。前にもそういうことがあったからね、トレイシーの領地を根城にする連中がいる——イライジャ・ホークのように」

「ふむ、イライジャか」レジーがつぶやいた。「イライジャの名を出したのは誰ですか、将軍」

「誰かと訊かれても……」将軍は驚いて目を見開いた。「イライジャは悪名高い密猟者だし、トレイシーの使用人に捕まったのは一度だけじゃない。だから自然と名前が出たんだ」

「なるほど。トレイシーの敵と見なされているわけだ。この話は彼の耳に届いていたと思いますか」

「トレイシーを常に目の端にとらえていたんだが、どの程度聞こえたかはわからん。トレイシーはずっとブラウンを見ていたがね」

「ほう、そうですか。ブラウンはイライジャ犯人説を信じているようでしたか」

将軍は首を横に振った。「その話はあっさり切りあげて、コープ相手に今年の作柄予想を始めた。それでわしは再び話を戻した。警察が事実関係を確認できないのはけしからん、次に不慮の死を遂げるのは誰だろうな、とね。それでみんなの関心が一気に高まった。するとウェルネ卿が皮肉っぽい口調で、密猟者が犯人とわかったら、殺された人間はあの世でおおいになぐさめられるだろうねと言いだした。それは座の不興を買うことになった——笑い話ではすまないからね。それで話題は本部長の後任をどうするかに移った。外部から招いてはどうか、バブでは役不足だと」

「さすがですね、将軍」レジーは手放しで称賛した。「感服しました。慎重かつ効果的、惚れ惚れするような仕事ぶりだ」

「わしもまだ捨てたもんじゃないってことか」将軍は歓喜の声を上げた。「だが、効果的とは言えん。連中は意欲がない。やる気も度胸もない。彼らが行動を起こすことはまずないだろう」

「あなたは起こしてくれましたけどね。われらがブラウンとトレイシーは？　本部長の後任の話に興味を示しましたか」

「報告するほどのことはなかった。ブラウンは新しい人が来てくれたらありがたいと言って帰っていったし、トレイシーもあとを追うように出ていった。で、残された者は同じ話を延々繰り返していた」

「なるほど。そうですか。いや、わかりました。悪いが夕食は席をはずさせてもらいますよ。現場を訪れてみたいのでね。銃が発射されたのと同じ夕暮れどきに。待たなくて結構。残っているものをいただきますので」

将軍は抗議した。きみをもてなすための晩餐なのに、食事は決まった時間にとるべきなのに……。しかし簡単に説き伏せられた。「きみは仕事人間だもんな、フォーチュン」

「ええ、まあ」レジーは曖昧に微笑んだ。デュドン将軍の食事を甘んじて受け入れることは、仕事のためとはいえ犠牲をしいられているとレジーは思っている。しかし、晩餐を辞退することに特別な胸の痛みは感じなかった。デュドン家の台所で作られるものは、温かろうが冷たかろうが大差ないからだ。

第二十章　教会の時計

　太陽はすでに白亜の丘陵の向こうに沈んでいた。東側の斜面は暗く翳り、麓の谷間一帯は形も色も深まる闇に呑みこまれつつあった。その一方で、西の空はいまだ黄金色の光にあふれ、満ち潮で波立つ川面がきらきらと輝いている。生まれたての夜霧が薄い銀色のベールを広げ、泥の土手やそぼ濡れた牧草地を覆いはじめていた。

　レジーは丘の斜面に腰をおろした。ジュニパーの茂みに身をひそめ、まわりから彼の姿は見えない。村から丘の上へと至る道、つまり発砲事件のあった道は目と鼻の先にある。どちらの方向からも人はやってこないし、トレイシーの領地である雑木林やその周辺に人の気配はなかった。法律が遵守されている平時において、夜間に住民が頻繁に行き来する道ではないというレジーの予想は当たっていた。やがて日没が訪れ、川面から輝きが失われた。

　丘の方角から遠い銃声の残響がかすかに聞こえてきた。それがやむと空気はぴたりと動きを止め、重苦しい静寂が再び訪れた。次に聞こえてきたのは、車が近づいてくるかすかな振動音だった。レジーは谷間を走る道に目を凝らし、それから集落に視線を移し、さらにアリソンとジャイルズが住む白い家を見た。到着した車も出発した車も見当たらない。エンジン音が止まったあとも耳を澄ませていたが、それきり聞こえてこなかった。集落のなかを行き来する人がぽつりぽつりと見えた。白い家の庭に誰かいる。レジーはとっさに立ちあがると、刻々と深まる夕闇のなか、麓の道目指して斜面を駆けおりはじめた。その道は谷間を通る街道と合流し、白い家へと続いている。レジーはその家に向かって足を急がせた。

あたりに人影はなく、不審な物音も聞こえない。街道の片側、古くて巨大な生け垣がめぐらされた背の高い土手は、右下に広がる川辺のじめじめした牧草地から道路を守るべく築かれたものだ。左側には生け垣も塀もないが、棘のある下生えやクラブアップル、ハリエニシダ、ワラビなどが密生する地面が急激にせり上がり、尾根へと続いている。

突きでた谷の入り口を回避するべく道が大きくカーブし、間近に見えた白い家がやぶにさえぎられて視界から消えた。そのとき前方から物音が聞こえた。ずるずると何かを引きずる音、落ち葉がかさこそと鳴る音。レジーが歩みを止めると音も止まった。しばし息を殺して暗い茂みに目を凝らしたあと、やぶをかき分けて音が聞こえてきた場所へ突き進んだ。すると再び物音が聞こえてきた。彼の背後を左側に向かって動いている。振り向いた瞬間、暗闇のなかに男と振りあげた棒がちらりと見えた。レジーはすばやく身をかわし、叫び、よろめいた。倒れながら、男のボディに渾身のパンチをお見舞いした。その刹那、頭に強烈な衝撃を感じた。世界がぐるぐるとまわり、やがて真っ暗になった……。

意識が戻ったとき、あたりは漆黒の闇と死のような静寂に包まれていた。レジーはちくちくと刺すような痛みを感じ、それから激痛に襲われた。キイチゴの茂みの上にあおむけに倒れていた。よろよろと立ちあがると、いくぶん闇が薄れた気がした。まだ夜じゃないのか？　それともすでに明けようとしているか……。ここはどこだ？　いったい何が……？　レジーは思いだした。やぶをかき分けて進むと、道路が見えた。立ち止まって耳を澄ましたが、聞こえるのは自分の荒い息遣いだけだった。

周囲を見まわすと……まだ宵の口だ。先ほどより暗いが、夜の帳は完全におりていない。それほど長い時間が経過したわけではなさそうだ……。そのとき一発の銃声が鳴り響いた。すぐ近くではない——彼を狙ったのではない——ないはずだ——しかし危ないところだった——一発食らっていてもおかしくなかった。

白い家を目指して懸命に足を急がせた。頭が痛むおかげで意識ははっきりしていた。

教会の時計が半時を告げた。懐の時計を見ると、予想どおりきっかり八時半だった。

思わず漏れた笑い声は苦しげなあえぎ声に変わった。「ああ、頭が痛い。身から出た錆ってやつか」

第二十一章　白い家

白い家の正面の窓に明かりはなかった。しかし玄関の鍵は開いていた。ドアをノックして呼び鈴を鳴らすと、奥から女中が現れて明かりをつけた。レジーは屋外の暗がりにとどまったまま、ジャイルズ・アストンさんはいるかとたずねた。

「旦那様は出かけていて、まだ戻っておりません」女中は素朴な若い娘だった。

「それは残念だ。ずいぶん遅くまで出かけているんだね」

「普段なら帰宅していらっしゃるんですけど」

「今日にかぎってどうして遅いんだろう」

「さあ、わかりません」

「家を出たのは?」

「いつもと同じ——昼食のあとです」

「それから一度も戻っていない?　そうか、なるほど。奥さんを呼んでもらえないかな」

「奥様も留守です。旦那様を迎えにいかれました」

「ほう。それはいつのことだい?」

「時間はわかりません。つい先ほどです」

「ジャイルズに会いにいくと言っていたのかね？」

「いいえ、そうじゃありません。奥様は何もおっしゃいませんでした。ただ、道を歩いていくのが見えたもので。旦那様の帰りが遅くなると、奥様は決まって歩いて迎えにいくんです」

「アストンさんの帰りを待たせてもらおう」レジーは玄関ホールに足を踏み入れた。

「どうぞこちらに。まあ、大変！」明かりに照らされた彼の汚れた顔や衣服を見て、女中は驚きの声を上げた。「事故にでも遭われたのですか」

「ああ、たいしたことはない。洗い流したほうがよさそうだな」

「そう思います」女中は心配そうに言った。「こちらです」レジーを洗面所へ案内した。「痛みますか。何かお手伝いしましょうか。必要なものがあればお持ちします」

「いや、結構。心配いらないよ」レジーは洗面所のドアを閉めると、鏡に映る自分の姿を見た。ずきずきと痛む頭の傷に手で触れた。「ひどい目に遭ったものだ。短い棒のようなもの――おそらく乗馬用の短鞭だ。殴られたのは一度だけ。運がよかったな、レジナルド。いや、よくはないか。男は急いでいたし、叫び声を誰かに聞きつけられる恐れもあった。必要以上にわたしを痛めつけなかったのは、何か理由があってのことだろう。いずれにしろツキはすべて向こうにあった」レジーは髪を整え、顔と手を洗った。左手に痛みを感じ、見ると指の関節に打撲した傷ができていた。「もみ合っている最中に男を殴った。ボディブローを一発。みぞおちには当たらなかったが、男をひるませることはできた。脇腹か――あるいはポケットのなかの固いものに当たった。あれが八時ころ。そして意識が戻ったのが八時半――少しあとに銃声が聞こえた。いったい何があった？　何かが進行していて、わたしはその邪魔をしたのだろうか」レジーは身震いをして長いため息をついた。「神よ、助けたまえ。そうか、わかったぞ。読みは正しかった。しかし手遅れだ。もう間に合わない」

洗面所から出てきたレジーの血の気のないやつれた顔を見て、女中は息を呑んだ。「ウィスキーをお持ちしましょうか」

レジーは首を横に振って身震いをした。「アストンさんは？　まだ戻らない？　電話を貸してもらえるかな。どうもありがとう」デュドン将軍に電話をかけた。「フォーチュンだ。ジャイルズ・アストンの家に車で来てほしい。懐中電灯を持って。他にはない。ありがとう」受話器を置くと女中を振り返った。「炭酸水をもらえないか」

ソファに座って運ばれてきた炭酸水を飲んだ。一台の車が横づけされたとき、炭酸水の瓶はすでにからになっていた。駆けてくる足音、そして男の声が叫んだ。「アリソン、アリソン！」

レジーは廊下に出てジャイルズ・アストンと対面した。「奥さんは留守だよ」

「どういうことだ？」ジャイルズは目を見開いた。「フォーチュンさん、ずっとここにいたのですか。ここへは妻に会いに？」

「ああ、そのつもりで来たんだがね。ここへ着いたのが八時半過ぎ。でも奥さんはいなかった。女中の話ではきみを迎えにいったそうだが、会わなかったのかい？」

「どういう意味だ？」ジャイルズの顔が紅潮した。「もちろん会っていないさ。妻の名前を呼んだのを聞いたでしょう。なのにそんなことを言うなんて。僕は妻の行き先を知らないんですよ」

迎えにでてきた女中はすっかり動転していた。「まあ、旦那様、奥様にお会いにならなかったのですか。奥様の身に何かあったのでは」

「馬鹿を言うな」ジャイルズが声を荒げた。「彼女はどっちの方向へ行ったんだ？」

「いつものように街道を村に向かって。でも、それは一時間も前のことです」

ジャイルズは踵を返し、レジーはすぐにあとを追いかけた。「どうするつもりかね？」

「探しにいくに決まってるだろう」ジャイルズが怒鳴った。

「村へ向かう道を？　いまきみが通ってきたばかりじゃないのかね」

「ああ、そうさ」ジャイルズは戸口で立ち止まってレジーを睨みつけた。「きっと暗くて見落としたんだ」

「ほんとうにそう思うのか？　きみの車が走り去るのを奥さんは呼び止めもせず見送ったと？」

「それはわからないけど」ジャイルズは口ごもった。

「わたしが歩いてここへ来たとき、奥さんと出くわさなかった。きみが車で通ったときも奥さんを見かけなかった。としたら、その道にいま彼女がいるとは思えない。アストンさん、そもそもきみはどの道を通ってきたのかね？」

「丘を越えて集落の手前でこの道に入った」

「なるほど。奥さんはきみがどこを通ってくるか知っていたんだね？」

「もちろんさ。僕が今日の午後どこにいたのかも知っている。丘の向こうのリッジ農場でブラウンさんと打ち合わせをしていた。彼女が道を間違うなんてありえない。車が通れる道は他にないし」

「だが、きみの帰りは彼女が予想していたよりも遅かった。だから迎えにいくことにした。それは間違いない。なぜ遅くなったんだね」

「なぜってそんなこと関係ないだろう。ブラウンさんに頼まれたんだ、レディさんとの契約の詳細を詰めておくようにって。うちで彼の土地を売りにだすことになったから。こんな話が何かの役に立つんですか。あなたの狙いはなんだ？　そもそもここへ何をしにきた？」

「数日前の夕暮れどきに、集落の娘が銃で狙われる事件があった」レジーは言った。「あれと何か関係があると思わないか」

「まさかそんな！　つまりアリソンが――」

「わからない」レジーはゆっくりと答えた。「きみの帰りが遅いとき、奥さんがひとりで迎えにいく習慣があることをわたしは知らなかった。だが、きみは知っていた」

「さっきの銃声――思ってもみなかった」ジャイルズがつぶやいた。「たまに道路の向こうから流れ弾が飛んでくることがあるんだ」

「奥さんはそのことを忘れているのだろうか」

「いや、覚えているはずだ。発砲事件のことを聞いたとき、彼女とその話をしたから」

「ほう。事件があったあの道を通って帰宅することは頻繁にあるのかね」

「頻繁ではないけど。ときどき。だからなんだっていうんだ」

「なんの不安も感じなかったのかね、きみも奥さんも？」

ジャイルズは大きく息を吸いこんだ。「不安なんかないさ。もうたくさんだ。彼女を探しにいかないと」そう言い捨てて暗闇に飛びだした。

レジーはしばしその場にたたずんでジャイルズの後ろ姿を見送っていた。それから室内へ戻り、再び電話をかけた。「州警察本部かね。こちらはクーム邸、ジャイルズ・アストン氏の自宅だ。ジャイルズ・アストン氏の妻が今夜八時前に徒歩で外出したあと行方不明になった。ただちに捜索隊を派遣してもらいたい。なんだって？　なんのための警察だね？　いいから、行動に移したまえ」レジーがガチャンと受話器を置いたとき、ドアの向こうから車が近づいてくる音が聞こえてきた。デュドン将軍が降りる前に、レジーは車に駆け寄った。「来てくれてありがとう。呼びつけて申し訳ない。車を出してください。ただスピードは控えめに」将軍は一方的にしゃべりはじめた――きみの頼みならどこへだって喜んで行くさ。何か悪いことが起きたんじゃなければいいが。ここへ来る途中におかしなことがあったんだ。危うく人にぶつかるところだった。酔っぱらいみたいな男が車の前に飛びだしてきて、女を見なかったかとわめいている。車を停めてみると、アストンの息子のジャイルズだった。奥さんが出かけたきり戻ってこないと言う。誰も見なかったと答えると、ジャイルズは立ち去った。あれはいったいどういうことだね？

口角泡を飛ばしてしゃべりつづける将軍に、レジーは最小限の言葉で指示した。「そのままゆっくり。停まって。うん、このあたりだ。懐中電灯を」レジーは車から降りると、懐中電灯で道路沿いの茂みを照らした。夜露に濡れたワラビの葉がきらきらと光を反射するなか、レジーは先ほどやぶをかき分けて通った場所を見つけ、その痕跡をたどった。踏みつけられたキイチゴの茂みに行きついた。少し離れた場所に彼の帽子が落ちていた。「うん。わたしが倒れていたのはここだ」懐中電灯で周囲をぐるりと照らしてみた。落ち葉に踏みつけられた痕跡があり、キイチゴや草の茂みも押しつぶされている。明確な足跡はなかった。「ずいぶん派手にもみ合ったんだな」レジーは感心したようにつぶやくと、やぶの奥の暗がりを懐中電灯で照らし、じっと目を凝らした。「だめだ。陽が昇るのを待つしかない」探索を諦めて車に戻った。「終わりました。家に連れて帰ってください」

将軍は心配そうに甲高い声でまくしたてた――もちろん連れて帰るとも。ほんとうに大丈夫かね。危ない目に遭ったにちがいない。無茶をしちゃいかんよ。やっぱり医者に診せたほうが……。

「気持ちはありがたいが、将軍。わたしは医者です」レジーは悲しげに言った。「それに頭は固い。とても固い。内側も外側も、ちょっとやそっとじゃ割れません」

将軍はしゃべりつづける――レジーを襲ったのは何者なのか、アリソンの身に何があったのか、何か手を打たなくては……。レジーはシートに背中をあずけて目を閉じた。

家に到着すると、レジーは将軍にたずねた。「何か役に立ちたいですか？　それなら村へ行って、眠っている人たちを叩き起こしてください。とり乱した夫がそこまで気がまわるとは思えない。彼女を見かけた人がいるかもしれないし、誰かが何かを目撃しているかもしれない。くれぐれもわたしのことは言わないように。もし誰かに訊かれたら、とっくにベッドに入ったとだけ答えてください。わたしは寝ます。夜明けを待ちわびながら」

第二十二章　スカーフ

レジーが目を覚ましたとき、寝室のカーテンの隙間から淡い光が射しこんでいた。言い知れぬ不安と重苦しさを感じながら徐々に記憶が蘇り、やがて完全に覚醒した。それからベッドを出てデュドン将軍の部屋へ向かった。将軍はおらず、彼の質素なベッドには寝た形跡がなかった。

重い身体を引きずって部屋を出ると、髭を剃り、風呂に入った。さっぱりして気力は戻ってきたが、膝と腰に力が入らず、身体と心にぽっかりと穴が開いたようだ。レジーは一階へおりて、食料品が整然と並ぶ貯蔵庫と戸棚を物色した。普段どおり六時十五分に出勤したデュドン将軍の料理女とその夫である雑役夫は、台所でコーヒーを飲みサンドウィッチを食べるレジーを見てぎょっとした。夫婦が怒りを嚙み殺してレジーと彼の食べていたものをダイニングルームへ移動させているとき、デュドン将軍が帰ってきた。

「いったいなんの騒ぎだ？　いいから向こうへ行っていなさい」将軍は甲高い声で命じた。「早起きだな、フォーチュン。よく眠れなかったんだろう」

「いいえ。ぐっすり眠りましたよ」レジーはあり合わせの朝食を追ってダイニングルームに将軍を連れていった。「あなたは寝ていないようですね」将軍の痩せた顔には深いしわが刻まれ、目は落ちくぼみ、充血していた。「何かわかりましたか」

「わしは平気だよ。年は食ったが軍人だからね。しかし悪い知らせだ、フォーチュン。あの娘は川に落ちたらしい」

サンドウィッチを口に運びかけていたレジーの手が止まった。まるで激痛が走ったみたいに丸い顔がこわばり、やがて冷ややかな怒りの表情に変わった。「どうぞ続けて。何があったのですか」

「それが、わからないんだ。彼女がどういう経緯で川に入ったのか。事故ではないと思うが。川へ行く理由はないし、みずから川に入るとは思えない。溺れるつもりでないかぎり――自殺かもしれない。愚かな巡査部長はそう解釈したがっていた。わしは犯罪行為があったと確信している。きみはどうかね」

レジーは弱々しく微笑んだ。「確信しようがしまいが関係ない」いらだたしげに言った。「わたしが知りたいのは、何があって、あなたや他の人たちが何をしたかだ」

「悪かった、フォーチュン。いらいらするのも無理はない。順を追って話そう。ゆうべわしが車で村に戻ってみると、驚いたことにジャイルズは誰にも話していないどころか、村に来てさえいなかった。わしは居酒屋兼宿屋《イン》へ行って、ほろ酔いかげんの男たちに片端から聞いてまわった。事情を理解させるのに少しばかり手間どったよ。普段と変わったことを見たり聞いたりした者はひとりもいなかった。ひとたび状況を呑みこむと、彼らは快く協力を申しでてくれた。その場にいた全員が捜索に加わってくれたはずだ」

「反応はどうでしたか。彼らが案じているのは妻か――それとも夫か」

「なんとも言えんね。ふたりとも好かれているよ、わしが聞いたかぎりでは。彼女を探しにいく途中にジャイルズと出くわしたんだが、ひどいとり乱しようでね。それでもみんないやな顔ひとつせず、気遣ってやっていた。気のいいやつばかりだ、この村の連中は。精いっぱい手を尽くしてくれた。あれ以上は望めまい」

「買いかぶりすぎでは？」レジーは冷ややかに言った。「本心ではどう思っているのか。あいつが怪しいとかそういう話を聞きませんでしたか」

「聞いてないよ」将軍はむっとして言った。「わしは読心術の使い手じゃないんでね、フォーチュン。彼らの考えていることまではわからない。きみはいったい何を望んでいるんだ。行方不明者を探している人間は、それ以外のことを考える余裕などないものだ。それくらいきみだってわかるだろう」

「もちろん、わかっているとも。人間の一般的傾向を知りたいわけじゃありませんからね。では、迅速かつ賢明な対応が売りの警察はどうですか。電話で支援を要請しておいたのですが」

　将軍はあざけるように盛大に鼻を鳴らした――村の派出所から無能な巡査部長がやってきて、何があったのかと犬みたいにぎゃんぎゃん吠えたてるからひととおり説明してやったら、上司に報告して指示を仰がねばならんときた――まったく、やってられんよ。次にコルスバリーの警部補がパトカーで現れて、せかせかと歩きまわりながら偉そうな口調で状況を説明しろと言う。男たちがそんなやつの命令を聞くわけがない。総好かんを食らってろくに話も聞けず、仕方ないからジャイルズにまとわりついていたよ。警官を見たのはそれが最後だ。男たちは牧草地や谷間を夜どおし探しまわった。夜が明けて少し経ったころ、川辺を捜索していた若者が潮の流れにとり残されたスカーフを見つけた。泥をかき分けて回収すると、それはグリーンのシルクのスカーフだった。よく似たスカーフをアリソンが身に着けているのを見かけたことがある。女中に確認すると、ゆうべ彼女が着けていたものだという。それでボートを出して川のなかを捜索することにした――いまはちょうどその最中だ。

レジーは深刻な面持ちで将軍の話に聞き入っていたが、そのあいだもせわしなく食べものと飲みものを口に運びつづけた。そして最後の大きなひと口を飲みくだすと、すっくと立ちあがった。「スカーフを発見した場所を見てみたい。案内してもらえますか。結構。先に行ってください。わたしは自分の車で追いかけますので。行きましょう」

大型車が小型車のすぐ後ろを走り川沿いの道へやってきた。将軍は白い家を通りすぎた少し先で車を停めた。「このあたりだよ、フォーチュン」垣根のゲートを開け、ぬかるんだ草地に足を踏みだした。ぬらぬらと光る黒い泥のへりにひとりの男が立っていた。泥はその先にも広がっているが、潮がまだ完全に引いていなかった。男は泥の川の上を漂う数隻のボートに向かって何やら叫んでいた。「ここだよ」将軍が甲高い声で言った。「ちょうどあの男の足元だ。あそこでボートに指示を与えているんだ。おーい！　おーい！　彼女は見つかったかね？」

髭面の男が振り返り、探るような目で将軍とレジーを見た。「いんや、見つからねえよ、旦那」

彼らは男に近づいた。白髪交じりの髭面がヤニ色の唾を吐きだし、倦んだ目でふたりを見ていた。「なんべんも行ったり来たりして探してるんだがね。泥のなかに沈んじまったんだろう。泥ってのは速くて貪欲だからな。死体が上がらねえのはこれが初めてじゃねえ」

「そうか」レジーは遠ざかっていく小舟を見ていた。「ということは、誰も彼女が見つかるとは思っていないのか」

「口にゃあ出さねえがね、旦那。潮の流れってのはひと筋縄じゃいかねえ。ひょっとすると見つかるかもしれねえし、だめかもしれねえ。見つかるときゃ早く見つかるし、そうでなけりゃ泥に呑みこまれちまう」

「なるほど」レジーは足元の泥の土手に視線を落とした。潮が到達した最高水位の跡がくっきりと残っていた。「ここがスカーフを見つけた場所かね?」

「ああ。ガーゲ・ウィックっていう若いのが見つけた。三時間くらい前かな。それからああして棒で突っついてまわっているんだ」

「三時間か。そのときは引き潮だったのかね?」

「ちょうど半落潮あたりだ」

「うん、そうか。アリソンが家を出たまま行方知れずになったのが昨夜八時ころ。そのとき潮は満ちていた」

「半満潮ってところだ」老人は頼もしげにレジーを見た。「死体は川底へ沈んで、スカーフだけ流れついたのかもしれん。そう思って若いのが探ってるが、だめだね、手ごたえなしだ。川はあちこちで渦を巻いているからどこに流されてもおかしくねえ。このへんに沈んでるかもしれんし、もっと向こうかもしれん。できることはやった。もうお手上げだ。次の満ち潮のときもういっぺん舟を出すつもりだが」

「よき隣人たちですね」とレジーが言った。「あなたはこの件をどう思いますか」

老人はチッチと歯を鳴らした。「どうって言われても難しいねえ。身分も気位もめったにねえほど高いお嬢さんだったが、最近は丸くなったみてえだし。惚れた亭主と結ばれていつかは赤ん坊をもうけて幸せになるはずだった。そうは言っても、アストンとトレイシーだからな。アストンとトレイシーは決して結ばれねえし、絶対に交わらねえ。そいつは昔もいまもおんなじだ」

「彼女は丸くなった」レジーは老人の言葉を反芻した。「幸せだったんだろうか」

「不幸だとは聞いてねえが」老人は重い足どりで立ち去った。

「やれやれ」レジーはため息をついた。「彼は手を尽くしてくれている。そして将軍、あなたはそれ以上のことをしてくれた。無理をさせて申し訳ない。食事と睡眠をとってください。あとは引き受けますので」レジーはなだめたりすかしたりして将軍の熱烈な抗議と支離滅裂な妄想を退けた。「ああ、いや、だめです。無駄な言い合いはやめましょう。では、さようなら」押しきられた将軍はとぼとぼと帰っていった。

レジーは泥の土手のへりを下流に向かってゆっくりと歩いた。しばらくすると向きを変え、牧草地をぶらぶら歩いて道に戻った。その後、昨夜殴られて意識を失ったやぶに足を向けた。

昼間の陽光は、暗闇のなかで懐中電灯が照らしだした以上のものを明るみにしてくれなかった。押しつぶされた茂み、踏みつけられた地面。しかし判別できる足跡はなく、下生えを踏み分けて通った痕跡もない。

再び道に戻り、立ち止まって白い家をしばし眺めた。だが、彼の丸い顔にジャイルズ・アストンに対する同情の念は表れていなかった。いかなる感情もなく、あるのは冷徹な好奇心だけだった。レジーは車にとって返すと猛スピードで走り去った。

第二十三章　探り合い

ダーシャーの美点は、と問われてレジーが真っ先に挙げるのは、芳醇で繊細な味わいのハムである。そのすばらしさの証しとして、早朝の空腹を埋めるためにハムサンドを食べたあと、二度目の朝食としてグリルされたハムを食べ、飽きるどころかさらに好きになった、と彼は打ち明けた。

そうして腹を満たしたレジーは、コルスバリーの軽食堂〈メイズ・ヘッド〉を出たあと、駅へ車を走らせてロンドンからの一番列車を出迎えた。

万事に慎重なアンダーウッド警部補は、フォーチュン氏を見ても声をかけられるまで気づかぬふりをした。「奇遇ですね、こんなところでお会いするとは」

「たしかに。危うく現世では二度と会えなくなるところだった。それはさておき、きみはここにいて、わたしもここにいる。これからはわが身を守るために捜査をするんだ。正体不明の誰かにひどく嫌われているみたいだからね。もっと具体的かつ有効な行動に出ることを認めてもらわないと。さあ行こう」

アンダーウッドが連れていかれたのは郵便局で、その道中に事情を説明された。局内の電話ボックスにふたりで入り、犯罪捜査課のローマス部長に電話をかけた。

ローマスはしばし驚きと罵りの言葉を吐きつづけた。「いいから落ちついて話を聞きたまえ」レジーが戒めた。「ここからが本題だ――村の娘が銃撃された場所は、脅迫状を送りつけられた娘の家のすぐ近くだった。後者の娘は川に沈んだまま見つかっていない。きみの傑出した専門家レジナルド・フォーチュン氏は、彼女が姿を消した現場の近くで同時刻に頭部を殴られ、昏倒させられた。どうだね、ここまで聞いた感想は？」

「許しがたい所業だな」

レジーは声を出さずに笑った。「率直な感想をありがとう」

「きみはどう見ているのかね？」

「また始まった。どうもこうもないさ。無意味な質問だ。調べなければならないことが多すぎる。例によって例のごとくさ。いまの状況にふさわしい質問はただひとつ。犯罪捜査課はこの案件をどのように扱うつもりなのか、だ」

「州警察へはまだ行っていないのか」

「まだだよ。アンダーウッドの援護を待っていたんだ。死にたくないんでね、ローマス」

「縁起でもないことを言うな、レジナルド！」ローマスが抗議した。

「いいんだよ、それは。職業柄、リスクは覚悟のうえだ。とはいえ、援護してくれる同業者がいてほしい。わかるかね？」

「もちろんさ。それと同時にきみは、地元警察による重大な職務怠慢、もしくは犯罪行為の黙認が疑われる根拠を示している」

「そうなんだ。気づいてくれて嬉しいよ。で、この先どうするかだ。きみはアンダーウッドに捜査の続行を命じるつもりかね――どんなおぞましい結果が待ち受けていようとも」

しばしの沈黙のあと、ローマスが答えた。「いいだろう。続けたまえ。最後まで見届けようじゃないか」

電話を終えて郵便局をあとにした。「これで自由裁量と支援を約束されたわけですね」アンダーウッドが言った。「すべて作戦どおりなんでしょう、フォーチュンさん。あなたはチャンスをものにした。僭越ながら、なかなかできることじゃありませんよ、事件を終わらせるためにわが身を犠牲にするなんて」

「買いかぶられても困る」レジーは微笑んだ。「そんなんじゃないさ。殺人犯を絞首台送りにするために自分の命を差しだしたりしないよ。過去にはそういう事例もあるが、わたしはお断りだ。自己犠牲という名の英雄的行為はわたしの仕事じゃない。殴られるつもりはなかった。激痛を伴う驚きだったよ。腹も立つしね」

アンダーウッドが笑った。「そういうことにしておきましょう。でも、あなたと仕事をするのは初めてじゃありませんからね。今回みたいにひとりで突っ走って危険を冒すことがないよう祈っていますよ」

彼らがやってきたのは州警察本部だった。応対に現れた尊大な警部補は、バブ警視に面会を求めるふたりを追い返そうとしたが、こてんぱんに言い負かされて結局は彼らの来訪を上司に知らせにいくことになった。卑屈な笑みを浮かべて戻ってくると、だだっ広くて薄暗い本部長室へふたりを通した。バブは立ちあがって出迎えた。「やあやあ、おはようございます、またお会いできて光栄です」差しだされてもいない手を強引に握った。

「おやそうですか」レジーはからかうような口調で言った。「警部補はそのことを知らなかったんでしょうね。すんなり通してくれないのはいつものことだが」

「それは違う。根拠のない言いがかりですよ」バブは抗議した。「彼はわたしが仕事に忙殺されていることを伝えようとしただけだ。うちはみんな手いっぱいなんです」

「なるほど。とすると、当然ながら協力を申しでても断られるんだろうね」

「めっそうもない、フォーチュンさん。いつだって大歓迎ですよ。それはあなたが一番よくわかっているはずだ。初めてお会いしたときからあなたのアドバイスを頼りにしてきた。本部長が亡くなったときはとくに、あなたに意見を求めたことは覚えているでしょう」

「ああ、覚えているとも。実に賢いやり方だ。その点は評価するよ。たとえ成果はゼロでも。聞きこみのやり直しを勧められ、結果、なんの収穫もなかった」

「それはわたしの落ち度ではありません。そちらの警部補に訊けばわかることだ。彼が例の奇妙な脅迫状について調べに来たとき、わたしはあらゆる面で協力を惜しみます、最大限の便宜をはかりました。しかし、彼は手がかりひとつつかめなかった、簡単に尻尾を出さない狡猾な相手であることの何よりの証左でしょう」

「ああ、たしかにその言い分には一理ある」レジーはなかば閉じた目でバブを見ていた。「過去は過去だ。それより今日訪ねてきた理由をきっときみは聞きたいだろうね」

意表を突かれたらしく、バブはいかめしい表情を緩めてふっと微笑んだ。「冗談がお好きですね、フォーチュンさん。聞くまでもない。昨夜の一件でいらしたんですよね。ちょうど報告を受けたところです。それでそちらの警部補をお呼びになったんですね。ありがとうございます、手間が省けました」

「喜んでもらえて何よりだが、どうしてもっと早く彼を呼ばなかったのかね。数日前、村の若い娘が銃で狙われたときに連絡するべきじゃなかったのか。彼はジャイルズ・アストン夫人に脅迫状を送りつけた人間を探していた。そして娘が銃で狙われたのはアストン夫人の家のそばを歩いているときだった。なのに、きみはそのことをわれわれに知らせなかった」

「いや、ちょっと待ってください」バブが抗議した。「あの娘が狙撃されたと考える根拠はない」

「違う。見ないようにしているだけだ。きみは現場に残されていた散弾銃のペレットを見落とした。薬莢を見落とした。わたしはそれを見落とさなかった」

「それがどうしたというんです？」バブは眉をひそめた。「狩りは年がら年中行われている。落ちていた銃弾や薬莢が何に使われたかなんて誰にもわからないでしょう」

「おもしろいところに目をつけたね。だが、いま話し合うべき問題ではない。ジャイルズ・アストン夫人はどうなったのかね」

「お聞きになっていないのですか！」バブは驚きの声を上げた。「彼女のスカーフが見つかったんですよ、川辺に打ちあげられていたそうです」

「それなら知っているよ。発見したのはきみの部下じゃないことも。警察はひと晩じゅう何をしていたのかね。アリソンが行方不明になったという知らせは、九時にはきみのもとにも届いていたはずだ。出かけていたのかね」

「わたしがすべての案件をとりしきるわけにはいかないんですよ、フォーチュンさん」バブは芝居がかった口調で言った。「ただちに有能な警部補を現場へ派遣しました。彼が手を尽くしてくれたことに満足しています」

「村人に捜索を丸投げした部下に、きみは州警察の長としておおいに満足しているわけだ。なるほど、よくわかったよ。きみの有能な警部補は、アリソンが行方知れずになったのと同時刻に、レジナルド・フォーチュン氏が何者かに襲撃されたことを知っているのかね?」

「まさかそんな!《ゴッド・ブレス・マイ・ソウル》」バブが驚きの声を上げた。

「そのまさかなんだよ。気楽なもんだね。この期に及んで神頼みとは」

「しかし、そんな——」バブは言葉に詰まった。「どういうことか教えてください——何があったんです?」

レジーは簡潔に説明した。「ほんとうに知らなかったのかね。情報をかき集めて徹底的に調べたうえで、見て見ぬふりを決めこんでいるんじゃないのか」

「ひどい言われようですね、フォーチュンさん」バブは憤然として言った。「襲われたことをどうして電話で知らせてくれなかったのですか。すぐに駆けつけたのに」

「よく言うよ」レジーは冷ややかに言った。「わたしが電話で緊急事態を——女性が行方不明だと伝えたとき、きみは現れなかった。なぜだ? どこへ行っていたんだね、バブ」

「長い一日でした、フォーチュンさん」バブは重々しい口調で言った。「わたしは自宅にいました。失礼を承知で言えば、もったいぶらずに洗いざらい話すべきだと思いますよ」

「話す必要があるのかね」レジーは眠たげな口調でたずねた。

「どういう意味です?」

「きみは有能な警部補をジャイルズ・アストンの家に派遣したんだろう。あの家の使用人はわたしが彼女を訪ねていったことを知っているし、わたしが暴行を受けたことも知っている。警部補はきみにそのことを報告しなかったのかね」

「あなたがあの家にいたことは聞いています」バブは声を荒げた。「しかし、襲撃を受けたことを警部補は知らなかった」

「わたしの様子をたずねることさえしないとは。怠慢としか言いようがないね。しかしまあ、それはいいとしよう。わたしが頭を殴打された件に関しては調べがついている」

「なんですって？　誰のしわざかわかっているということですか」

レジーはにっこり笑ってしばし沈黙し、それからたずねた。「きみはわかるかね？」

「すぐに現場に呼ばれていれば、わかったかもしれませんね」バブはレジーを睨みつけた。

「怪しいものだ」レジーがつぶやいた。「アリソンの行方がわからなくなったとき、すぐに駆けつけられたはずだ。何をおいても駆けつけるべきだった。誰が彼女を連れ去ったか見当はついているのか、バブ」

「連れ去られたとは言いきれないと思いますが」バブは深刻な面持ちで言った。

レジーは目をすがめた。「たしかにそうでない可能性もある」

「では、いったん話を白紙に戻しましょう。腹蔵のない意見をお聞きしたい。あなたは常にあらゆる要素を考慮に入れてきた、フォーチュンさん。スカーフが川辺に流れついているのを発見されたことで、彼女が川の近くへ行った可能性は高まった。しかし殺害された証拠はない。みずから川に入ったのかもしれない。夫のジャイルズ・アストンがうちの警部補に語ったところによると、彼女は必ずしも幸せでなかった。先祖代々続く家族同士のいさかいに頭を悩ませていたし、父親やそのとり巻きから無視されることも気に病んでいた。そのへんは予想どおりですが。その一方で、ジャイルズとアリソンが激しく言い争っていたという証言もある。若い妻が、結婚したばかりの夫との関係や言い争いが絶えないことを思い悩んでいた。みずから命を絶つ条件はそろっている」

「条件はそろっている。都合のいい結論を出すのが得意だね。弟は解決不能な怪死。本部長は事故死。アリソンは自殺。無駄な労力を省いてくれて助かるよ。だが、アリソンは自殺ではない。彼女はみずから川に身を投げたのではない」

「どうしてそう断言できるのです?」バブがたずねた。「たしかなことは誰にも言えないでしょう」

「ずいぶん見くびられたものだな。少し考えれば誰だってそう断言するさ。わたしは一連の事件を調べるためにたまたまこっちに来ていたんだ。それでただちに捜査を開始した。アリソンの行方がわからなくなったとき、川は半満潮の頃合いだった。川に入るには、泥のなかを何ヤードも漕いで進まねばならなかった。自殺にふさわしい方法とは思えない。しかも土手には満潮時の水位の跡が残っていた。とすると、土手の上には彼女の足跡が残っているはずだ。そう思って今朝川沿いを歩いてみたが、それらしき痕跡はひとつもなかった。彼女は川に放りこまれたのかもしれない。生きたままにせよ、死んでからにせよ。殺人者が犯行後に足跡を消した可能性もある。だが入水自殺だとしたら自分で足跡を消すことはできない。絶対に。誰かが自殺と見せかけて罪を逃れようとしているのでもない」

「どんな手を使おうと罪を逃れることはできませんよ」バブは声を荒げた。

「そういうことじゃない。誰かが必死で罪を逃れようとしているにせよ、彼女のスカーフを川辺に置いたにせよ、わたしを消したがっているにせよ、自殺説とは相容れないということだ。きみはその事実を見過ごし、わたしは見過ごさなかった」

「なるほど、たしかにあなたが提示した証拠は自殺を否定するものだ」バブは判事のごとく重々しくうなずいた。「新たな事実が判明し、自殺説は消えた。わたしはひとつの可能性として自殺を挙げただけです。あなたが言うように可能性はひとつではない。どう考えているのか教えてください、フォーチュンさん」

「本腰を入れて調べることにしたよ――この事件を」レジーはゆっくりと言った。「ここにいるアンダーウッド警部補と一緒に」

バブは陰気な目で挑むようにレジーを見た。「責任者はわたしであることをお忘れなく」

「たしかに責任者はきみだ。そしてなんの手立ても講じられなかった。だからわたしとアンダーウッドにお鉢がまわってきたわけだ。異論があるのなら興味深く聞かせてもらうよ」

両者の目が火花を散らし、先に視線をそらせたのはバブだった。「なんの手立ても講じられなかったというのは事実と違う。できることはすべてやったし、今後もするつもりです」

「何をするつもりかね?」

「ジャイルズ・アストンとブラウンがもうじきここへ来ることになっています。彼らから改めて話を聞くつもりです。あなたも同席して質問しませんか、歓迎しますよ」

「それはどうもご親切に」レジーは蔑むような笑みをちらりと浮かべた。「ジャイルズとブラウン。どうして彼らを?」

「昨夜の行動を確認するためですよ」バブはいらだちを募らせていた。「最優先事項でしょう。昨夜、事情を訊いたとき、ジャイルズはまともに質問に答えられず――」

「そいつは驚きだ」レジーがつぶやいた。

「ええ、そうなんですよ。だから、ジャイルズがブラウン氏と別れた時刻と、そのときの様子を知りたい。あなたが考えている以上の収穫があるはずだ」

「見こみは薄いと思うが。結果はおのずとわかるだろう。バブ警視はひとつ目の可能性として自殺を挙げた。ふたつ目の可能性として彼女の夫もしくは夫の雇用主が彼女を葬り去ったと考えている。そう考える根拠はなんだね？」

「なんでも口に出さないと気がすまないんですね、フォーチュンさん」バブは自信をとり戻しつつあった。「ブラウンのことはよくご存じでしょう。アリソンをペットのようにかわいがり、今回の結婚を性急に推し進めてダーシャーじゅうを驚かせた。なぜブラウンはそんなことをしたのか、あなたも疑問に思われたことでしょう。巷の噂では、ブラウンの狙いはトレイシーの目をくらませることだと言われています。なぜならブラウンはトレイシーの土地を手に入れたいのに、トレイシーはそれを売ろうとしないから。ブラウンはアリソンをわがものにしたくて、ジャイルズと結婚させたのは彼女を手ごめにするのに好都合だからという噂もある。ブラウンが頻繁に彼女のもとを訪ねていて、夫のジャイルズはそれを快く思っていなかったという話は有名です。ほらね、根拠ならあるんですよ。ブラウンは彼女を引き止めるのに躍起になっていたのかもしれない。あるいは彼女に我慢の限界を超えることを要求したのかもしれない。拒絶されて激昂し、殺害したのかもしれない。もしくは妻の不貞を知ったジャイルズが手にかけたのかもしれない。どうです？　いずれの場合も、彼女が行方知れずになったことやあなたが襲われたことの説明になりますよね」

「うん。きみの言うとおりだ。実によくできた筋書きだ。どれも可能性のひとつではある。だが全部ではない。どうしてジャイルズとブラウンに限定するのかね。アリソンには父親がいるし、ジャイルズにも父親がいる。ふたりとも結婚に猛反対していた。しかも両家のあいだにはすでに怪死事件が存在する。気の毒な本部長の横死は言うに及ばず」レジーは葉書に切り貼りされていたギリシャ語の詩をつぶやいた。「〈Tis an palin agkalesait epaeidon――ひとたびこぼれた黒い血を、まじない唱えて呼び戻すなど誰にできよう〉。どこかの親切な人間が結婚式当日にこの一文をアリソンに送りつけた。差出人は彼女が幸せになることを望んでおらず、そのための行動に出る公算はかなり高い。子ども思いのふたりの父親を呼ぶべきじゃないのか、バブ」

「アストンさんを疑っているのですか。可能性があることは認めますよ。彼を呼びにいかせましょう」バブは立ちあがって部屋を出ていこうとした。

「ちょっと待った」レジーが呼び止めた。「トレイシーも頼む」

「トレイシーを！」バブは眉をひそめた。「まさか彼が自分の娘を殺したと思っているわけじゃありませんよね」

「いやはや、きみには驚かされるよ」レジーは目を丸くした。「父性愛に全幅の信頼を置いているんだな、バブ。先入観は捨てるんだ。トレイシーを呼んでもらいたい。何者かが若い娘に向かって発砲した。狙われたのはトレイシーの娘かもしれない。銃弾はトレイシーの領地から発射された。そしてトレイシーは宵の口の涼しい時間帯に銃をたずさえて出かけることがある」

バブは眉をひそめたままその場に立っていた。「わたしはそうは思いませんね。娘に発砲したのはトレイシーではない」ゆっくりと言った。「彼は並はずれて目がいいんですよ。狙った相手を間違えるはずはありません。あなたの言うように彼女がほんとうに狙撃されたのなら、撃ったのは彼ではなく他の誰かですよ。おそらく密猟者だ。そしてそれが故意だとしたら、十中八九トレイシーを陥れるために仕組まれたものだ」

「おや、はっきり言うじゃないか」レジーが眉を吊りあげた。

「言いますとも。あなたは地元の意見を知りたいんでしょう、フォーチュンさん。あれは密猟者のしわざだと思いますよ」

「ほんとうに？」眉毛がもとの位置に戻り、彼は含み笑いをした。「われらがイライジャの出番だな！　しかし、まずはトレイシーの話を聞きたい。さあ急いで」

横柄な警部補が先まわりをしてドアを開き、ふたりそろって部屋を出ていった。

第二十四章　ビジネス

「さすがに尻に火がついたようですね」アンダーウッドが言った。

「だといいが。自分に都合のいい解釈しかしないからね。いつもそうだ。多くの情報を仕入れて頭のなかでこねくりまわし、独創的でバラエティに富んだ筋書きをあらゆる方向からひねりだす。ただし必ず避けて通る場所がある。ひじょうに示唆に富んだ男だよ、われらがバブは。とりわけ彼が何を避けているかは注目に値する」

バブは自信に満ちた足どりで戻ってきた。「アストン氏とトレイシー氏を呼びにいくよう指示を出しました。ジャイルズ・アストンを待たせているので先に話を聞きましょう」

到着を告げる警部補を押しのけて、ジャイルズはずかずかと本部長室に乗りこんできた。「なんだって僕をこんなところへ呼びつけたんだ?」ジャイルズはわめき散らした。

「おかしなことを言いますね」バブが不思議そうに言った。「わたしはあなたの奥さんの身に何があったのか知りたいんですよ、アストンさん。あなたもそうでしょう?」ジャイルズが悪態をついた。

「感情を抑えるすべを学ばないといけませんね。ゆうべ奥さんが身に着けていたスカーフが、川の浅瀬で見つかったことをご存じですか」

「もちろん知ってるさ」ジャイルズはバブを睨みつけた。「ボートを出して彼女を探しにいくはずだったのに。あんたが僕を無理やりここへ連れてこなければ。こんなくだらない話をするために」

「昨夜、行方不明になった奥さんについて訊かれたとき、川で溺れたかもしれないとは言わなかったですよね」

「ああ、言わないさ。そんなこと考えもしなかった。彼女が川に落ちるなんてありえない」

「つまり事故のはずはないと？　ゆうべは何かしらの事故に巻きこまれたのかもしれないとおっしゃっていましたね」

ジャイルズは激昂した。「僕はただ無事であってほしいと――」

「無事であってほしいと思われた。なるほど。ではもうひとつお訊きします、奥さんは川に身を投げたのかもしれないと考える理由はありますか」

ジャイルズはいきりたった。「馬鹿言うな。そんなわけないだろう。汚い嘘をつきやがって。アリソンは自殺したんじゃない。殺されたんだ」

「一点の迷いもなくそう言いきれるのですね。よろしい。誰のしわざだと思いますか」

ジャイルズは絶句した。青ざめた顔は怒りと悲しみで歪んでいた。

「答えてください。これは重大な犯罪ですからね、アストンさん。奥さんを殺害しそうな人として思い浮かぶのは誰ですか」

「誰も浮かばないよ」ジャイルズはぼそぼそと言った。「特定の人を告発したわけじゃない」

「それはないでしょう、アストンさん。殺人事件として扱うべきだと言っているわけですから。あなたが知っている範囲で動機があるのは誰ですか」

ジャイルズはわめいた。「そんなやつ世界じゅうどこを探したっていないさ。アリソンは誰かの恨みを買うような人間じゃない！」

「お気持ちはわかります」バブが言った。「しかしこれが仕事ですので。失礼を承知で質問させていただきます。あなたのお父さんが奥さんに敵意を示すことはありませんでしたか」

「示すも何も、結婚してから一度も会っていないからね」

「とすれば、良好な関係を築いていたとは言えませんね。奥さんの行方がわからないことをお父さんに伝えましたか」

ジャイルズは目をそらした。「いや。今朝電話で母さんには言ったけどね」

「お母さんはどんな反応を示しましたか」

「すっかり動転して、僕の言うことをなかなか理解できなかった」

「お父さんを電話口に呼ばなかったのですか」

ジャイルズは首を横に振った。

「そうですか。では次にあなたとブラウン氏について少々おうかがいしたい」

「えっ？」ジャイルズはぎょっとしてバブを見返した。「いったいどういうことだ」

「そりゃあ驚くだろうね」レジーはぼそりと言った。「はしょりすぎだよ、バブ。アリソンにも両親がいるんだ。トレイシーが娘にどんな感情を示したか知りたくないのかね」

「それはこれからですよ」バブはむっとして反論した。

「義理の父は常に僕らを避けていた。僕の知るかぎり彼女に連絡が来たことは一度もない」

「とすれば、良好な関係を築いていたとは言えないね」レジーは先ほどのバブの台詞をそっくりまねて言った。「彼女の行方がわからないことを彼に伝えましたか」

「電話はしたよ」ジャイルズが答えた。「留守だと言われたけどね」

「そうですか」レジーはため息をついた。「続けてくれたまえ、バブ」

「どうもご親切に」バブが皮肉たっぷりに応じた。「では、アストンさん、昨夜の話をしましょう。あなたが警部補に語ったところによると、遅くまで仕事をしていたそうですね。ブラウンさんに頼まれてリッジ農場の売値を決める作業をしていたとか。あなたは九時ころまで職場にいて、ブラウンさんは先に帰られた。どのくらい早く帰られたのですか」

「一時間くらいかな。たぶんね。僕は細部を詰めるのに忙しかったから」

「ブラウンさんはよき理解者であり友であると言えますか、あなたや、あなたの奥さんにとって？」

「ああ、言えるとも」ジャイルズの顔が紅潮した。

「彼がなぜそんなに親切なのか、疑問を抱いたことは？　こう言ってはなんだが、彼は新参者だ。あなたや奥さんとは一年前まで見ず知らずの他人だったわけですよね」

「そのへんのことはあなただって知っているでしょう」ジャイルズは即座に言い返した。「ブラウンさんはたくさんの土地を買った。そしてもっと買おうとしていた。そのためにこの州と住民に通じている仲介役を必要としていた。で、僕に白羽の矢が立った」

「なるほど、よくわかりました」バブが大げさにうなずいた。「実を言うと、ブラウンさんがあなたの奥さんを気にかけすぎているという噂を耳にしましてね」

ジャイルズはぎくりとして、どもりながら悪態をついた。

「その手の噂を聞いたことは一度もない？　疑念が頭をよぎったことも？　ブラウンさんや奥さんと話題にしたこともないのですか」

怒り心頭に発したジャイルズは、性根の腐った嘘つき野郎とかなんとかわめきながら両方の拳を構えて突進した。バブはすぐさま呼び鈴を鳴らし、迎え撃つべく立ちあがって身構えた。

「まあまあ落ちついて」レジーはふたりのあいだに割って入り、アンダーウッドがジャイルズの拳を手で押さえた。

「今日は大目に見ますが」バブはしかつめらしい顔で言った。「そんな口の利き方――」

ジャイルズはアンダーウッドの制止を振りきって出口へ向かって歩きだした。呼び鈴に応えてやってきた警察官を跳ね飛ばし、そのまま部屋を出ていった。

「象徴的なドラマを見ているようだ」レジーはつぶやいた。「警察による自作自演の」

バブは面食らっている警察官にジャイルズを見送るよう命じ、ドアが閉まるとレジーに向き直った。

「象徴的とはどういう意味ですか」

「無能をさらしているってことだよ。実によくできている」

「無能？」バブは声を荒げた。「あれ以上どうしろというんです？　彼を無理に引き止めたところで得るものは何もない。わたしは目的を達成しましたよ――あの若者の化けの皮をはがした。ジャイルズはブラウンと自分の妻の関係を疑い、正気を失うほど嫉妬していた。これで捜査の方向性は決まったようなものです」

「驚いたね」レジーはなかば閉じた目でバブをじっと見た。「それはさておき、次は誰だね？」

「もちろんブラウンさんですよ。もう来ているはずです。心の準備はできているでしょう、待ち時間が――」

警部補が部屋に入ってきた。

「ちょうど呼ぼうと思っていたところだ。ブラウンさんは来ているんだろうね」

警部補はひとつ咳払いをした。来たのですが、警視は来客中だと伝えると帰ってしまいました。待たされるのはごめんだ、銀行かクラブにいるから、面会が可能になったら知らせるようにと言い残して。

バブはふんと鼻を鳴らした。「すぐに誰かを呼びに行かせるんだ」

「承知しました」警部補は前に進みでて小声で言った。「ちょっとお話があるのですが」バブはうなずいてふたりは部屋を出ていった。

「われわれは好かれていないようだね、アンダーウッド」レジーがつぶやいた。

「好かれようとしていませんからね」アンダーウッドはにやりと笑った。

「それもそうだ。目的は危機感を与えること。それと恐怖心も必要だ。恐怖心をしみこませること」

バブが戻ってきた。「警察の機密事項に首を突っこむつもりはないから安心したまえ」レジーが眠たげな声で言った。「きみの電話を拝借してトレイシーと話してもかまわないかな」

「この事件に機密事項などありませんよ」バブが眉をひそめた。「警部補が真っ先にわたしに報告するのは至極当然のことです。ここで問題を整理しましょう」

「どの問題だね」

「そうせかさないでください。いまから説明しますから。アストンさんと連絡がとれません。夫人が言うには車で出かけたそうです。行き先もいつ戻ってくるかも告げずに。気になりますよね」

「まあ、たしかに。トレイシーに電話していいかという質問をはぐらかされたのは、もっと気になるけどね」

「はぐらかしてなどいませんよ」バブが大声で抗議した。「話には順番ってものがあるんですよ。トレイシーの屋敷にも使いを出しました。執事が言うには、トレイシーは昨夜出かけたきりだそうです。外出自体は珍しいことではなく、日没後の涼しい時間帯に銃をたずさえてよく出かけていた。その後、何が起きたかわからない」

「いやはや」レジーは目を大きく見開いた。「ゆうべ失踪した人間がもうひとりいたとは。常に注意を怠らない警察だからこその発見だね」

バブはむっとして声を荒げた。「知らされるまで気づくわけがないでしょう。いま初めて知りました。お望みなら、どうぞトレイシーの家に電話をかけてください。同じ答えが返ってくると思いますが」

「まあ、そうだろうね。間違いなく答えは同じだろう。きみがその事実をいままで把握していなかった言い訳にはならないけどね。もっと早く知る機会はあった。きみは昨夜九時にトレイシーの娘が行方知れずだという報告を受けているんだから。トレイシーと娘のアリソンの不仲は広く知られているにもかかわらず――アリソンの家の近くでトレイシーの所有する森から若い娘が狙撃されたにもかかわらず――きみはトレイシーを調べなかった。今朝わたしが訪ねてくるまで調べる気はなかった。トレイシーをことごとく無視する理由はなんだね、バブ警視」

「我慢にも限界がある」バブは怒りをあらわにした。「そんな言いがかりを信じる理由は――」

「ない。きみに理由などないし」レジーが口をはさんだ。「必要としていないんだろう。死んだ本部長と同じように。それはさておき、行方不明のトレイシーを誰か探しているのかね」

「さっそく聞きこみを開始しましたよ、当たり前でしょう」バブは噛みつかんばかりの勢いで言い返した。「アストンさんのほうも調べています。無視と言えば、あなたのほうこそアストンさんを無視していますよね。最初からずっと」

「わたしが？　どこに目をつけているのかね、バブ。忘れ去られていた死亡事件をほじくり返して検死審問を開かせたのは誰だ？　アストン一族はわたしに無視されたとは思っていないだろうね」

「ああ、そうですか。あなたが眠っていた悪魔を起こしたことは認めますけどね」バブはいやみったらしく言うと、眉毛ひとつ動かさないレジーの顔を、怒りと不安がないまぜになった目で探るように見た。

ドアが開いた。「警視、ウィリアム・ブラウンさんをお連れしました」

「悪魔とはいったい誰のことだね、警視」ブラウンが大きな身体を揺らしながら入ってきた。「やあ、こんなところでお目にかかれるとは、フォーチュンさん」丸々とした手がレジーの手を握った。「わたしがここに呼ばれたのは、よくないことが起きたからでしょうね」

「よくはありませんね」レジーが応じた。

「進んで捜査に協力するつもりはなさそうですね」バブは話に割って入った。「捜査を避けるのはなぜですか」

「避けてなどいないさ、バブ。避けたところで居場所は知れているからね」ブラウンは椅子に腰をおろしてレジーのほうを向いた。「さて、何かお役に立てることはありますか、フォーチュンさん」肉づきのいい純朴そうな顔に深刻そうな目つき、その奇妙なコントラストはいつになく精彩を欠いていた。ブラウンの表情は硬かった。

「クラブにいたのですか」レジーがたずねた。

「ええ。銀行に寄ったあとクラブに行きました」

「誰かにお会いになりましたか」

「銀行でコープを見かけたのと、クラブには顔見知りが何人か来ていました。アストン氏、ウェルネ卿、それとひとりかふたり」

「ほう。父親のほうのアストンがクラブにいたのですか」

「いまはもういませんけどね。少し前に慌ただしく出ていきました」

「あなたと言葉を交わしたあとで？　それとも避けている様子でしたか」

「言うまでもなく、彼はわたしのことが好きじゃない。わたしが店に入ると逃げるように帰っていきました」

「それは残念だ。興味深い会話が交わされていたかもしれない。しかし、言っても詮無いことですね。他の人たちとは多少は話されたんでしょうね、コープやウェルネ卿なんかと」

「ええ、話しましたよ」ブラウンの物憂げな目はレジーを素通りして遠くを見ていた。「わたしは自分にできることがないか知りたかった。そしたら、アリソンの結婚は最初から破綻する運命にあったとか、トレイシーの子どもで行方不明になるのは彼女が初めてじゃないとか、そういう話を聞かされました。有益な話でしょう？」

「かもしれませんね。アストンもしくはトレイシーがアリソンを連れ去ったのかどうかの判断はあなたにおまかせします。で、あなたはどちらに賭けますか」

「よく知らないことに賭けたりしないので」

「でも、あの結婚には賭けた」

「たしかに」ブラウンは悪びれることなく言った。「お似合いのカップルだとわかっていたし、彼らなら過去のわだかまりを洗い流してくれることもわかっていた。だからわたしはその機会を与えたんですよ。それなのに、どうしてこんなことになってしまったのか。あなたがたの責任ですよ。警察はなんのためにあるんですか」

「まったくね」レジーはつぶやいた。

「そんな！　無責任にもほどがある」ブラウンは昂ぶる気持ちを抑えるようにゆっくりと言った。「充分な警告を受けていたのに。いったい何をしているんですか。あの子の安否も居場所も何ひとつわかっていないのに、こんなところでしゃべっているだけなんて」

「なるほど」バブは鼻で笑った。「彼女をたいそうお気に召しているのですね、ブラウンさん。最後に会われたのはいつですか」

ブラウンは振り返ってそっけなく答えた。「おとといです。妻と三人でお茶を飲みました」

「つまり、昨日は会っていないということですね」バブはもったいぶった口調で言った。「彼女が家を出たとき、どこへ行こうとしていたかご存じですか」

「女中に言い残した以上のことは知りません――夫を迎えにいくと言っていたとか」

「それだけですか。ジャイルズ・アストンさんの証言によると、あなたはリッジ農場に彼を残して先に帰ったそうですね。何時ころのことですか」

「七時半過ぎくらいかな。帰宅して八時に夕食を食べました」

「まっすぐ家に帰られた？」

「ええ、どこへも寄らずに。質問を続けてください」ブラウンはレジーに視線を移し、話しかけた。

「バブ警視は小さい錐《きり》を背中に隠し持っている人間を見つけだしたいんでしょうね。ひょっとしてあなたが持っているんじゃありませんか」

「ごまかそうとしても無駄ですよ、ブラウンさん」バブは声を荒げた。「よそ見をしないでください。聞きましたよ、あなたとジャイルズ・アストン夫人は懇意にしすぎていると――夫のジャイルズが気を悪くするくらい一緒にいると――噂されていたそうですね」バブは身を乗りだし、冷やかしの笑みを浮かべてブラウンを見た。

しかしブラウンは挑発に乗らず、肉づきのいい顔を曇らせてバブを見返しただけだった。「あなたにその作り話を吹きこんだのは誰ですか」

「情報源は教えられません」バブはブラウンを睨みつけた。「図星ですね」

「汚らわしい嘘だ」ブラウンは落ちつき払っていた。「そう言ってもあなたは納得しないでしょうね」レジーに視線を戻した。「問題は話の出所です。自分ででっちあげたのか、あるいはトレイシーか誰かの入れ知恵なのか」

「今日はまだトレイシーに会えていないんですよ」レジーが答えた。かたわらでバブが机をコツコツと叩き、大声で抗議した。「いまはわたしと話しているんですよ、ブラウンさん。あなたがアリソンさんにご執心だったことを指摘されて夫のジャイルズが怒りをあらわにしたと聞いたら驚かれますか」

「あなたからどんな話を聞かされようと驚きませんよ。しかしそれは真実ではない」ブラウンはまたしてもレジーに話しかけた。「あの若者がとり乱すように警視がみずから仕向けたってことですか。これは特筆に値しますね。事実も噂も全部ごちゃ混ぜにして、実際に起きたことを隠蔽しようとしている。いったいどういうことですか」

「失礼にもほどがある」バブががなりたてた。「さっき忠告したように――」

だがブラウンはレジーに話しかけるのをやめなかった。「ですから、あなたが頼みの綱です。後生ですから早く行動を起こしてください」

「肝に銘じます。何かしら動きはあるでしょう」レジーは立ちあがった。「さようなら」

ブラウンは立ちあがってうなずくと、重い足をひきずるようにして立ち去った。「今日のところは帰って結構です」バブが後ろから声をかけた。「まっすぐ自宅に戻って外出は控えるように。いいですね？」

「ジャイルズ・アストンのところへ寄っていくつもりです」ブラウンは肩越しに言うと、乱暴にドアを閉めた。

「やれやれ」バブはレジーに顔をしかめてみせた。「あなたの見立てどおり、ブラウンに関してはこれ以上話を聞く必要はなさそうですね。警察が濡れ衣を着せようとしていると訴える人間は後ろ暗いところがあるものだ」

「まあ、可能性がないとは言わないが」レジーが言った。

「トレイシーさんがわたしに嘘の情報を吹きこんだなんて」バブはもっともらしい顔つきで憤慨した。

「よもやあなたは騙されないでしょうね」

「そりゃあもちろん騙されないさ。当たり前じゃないか」

「次はどうされますか」

「銀行家と話してみたい。なぜブラウンは今朝コープを訪ねなければならなかったのか、その理由を知りたい。きみはどうだね、バブ」

「あなたがそうおっしゃるならコープに会いにいきましょう」バブは半信半疑ながら同意した。「時間の無駄と思いますが。わたしはトレイシーの行方のほうが気になりますね」

「ほう。順番で言えばそっちがあとだからね。優先すべきは先に行方不明になったアリソンじゃないのかね。どっちにしてもバブ警視はまだ何もしていないわけだが。しかし、このやりとりも時間の無駄だね。早く行こう」

銀行に到着したとき、それでもまだ正午まで一時間以上あった。十九世紀のギリシャ神殿とでもいうべきスタッコ仕上げの白亜の建物にコープはいなかった。ついさっき自宅へ帰ったところだという。コープの住まいはコルスバリーの修道院が建つ閑静な一画からさらに奥まった場所にあった。塀に囲まれた庭を進むと、シックで落ちついたたたずまいの十八世紀の赤レンガ建築が見えてきた。

一行が案内されたのは、淡い色彩と優美なデザインでまとめられた内装や白い化粧板張りの壁が、マホガニーの重厚な家具や褐色の革製品によって蹂躙されている部屋だった。シェリー酒を片手に安楽椅子でくつろぐコープは、身づくろいに余念がなかった――ブロード地のダブルのジャケット、ベストのボタンとポケットを結ぶ懐中時計の革ストラップ、細身のズボン。コープは立ちあがって彼らを迎えた。「やあ、バブ。ようこそいらっしゃいました、フォーチュンさん」コープの抜け目のない穏やかな目がきらりと光り、レジーはアンダーウッドを紹介した。「どうも初めまして。一杯いかがですか」コープはキツネの牙で作られたタイピンをひとなでして、シェリー酒をそそぐと、書き物机のまわりに三人を座らせた。大きなテーブルには多種多様な古めかしいビジネス用品が並んでいた。各種トレー、羽根ペン、糊、封ろう、ろうそく。「警察がこんな早い時間から活動している理由は訊くまでもないでしょうね。ジャイルズ・アストンの奥さんの件でしょう。昨日から行方がわからないとか。しかし、わたしでお役に立てることがあるでしょうか」

レジーはシェリー酒の匂いをかぎ、ひと口飲んで再び匂いをかいだ。「上等なワインですね」とつぶやき、満ち足りた面持ちで机の向こうのコープを見た。「うん、間違いない」さらにひと口飲んでグラスを置き、横目でバブを見た。「きみの事件だ」

「めったにない上物ですね」とってつけたような口調でバブが言った。「こういうことなんです、コープさん。先ほどまでウィリアム・ブラウンさんと会っていたのですが、ブラウンさんは今朝銀行に寄ったそうですね。そこで是非ともおたずねしたい。ブラウンさんはジャイルズ・アストン夫人が失踪した件について、何か手がかりになるようなことを言っていませんでしたか」

「そういうことなら、バブ、悪いが期待はずれだよ。わたしに言えるのは、ブラウンがひどく動揺していたことぐらいだ。それも当然だと思うけどね。あの娘はとびきり魅力的だし、彼はあの子にべた惚れだった」

「ええ、それはそれとして、彼があなたに会いにきた目的はなんですか」

「ビジネスのルールに従えば口外するべきではないが。まあ、いまは状況が状況だからね。ブラウンはトレイシーの土地を狙っていて、何かというとその件で相談にくるんだ。わたしにどうにかできることではないんだが。トレイシーはああいう男だからね。全能なる神にだって売らないだろう。相手がブラウンなら万にひとつも望みはない。なにしろトレイシーの娘とアストンの息子を結婚させた張本人だからね、ブラウンは」コープは高らかに笑った。

「そのあたりのことは全面的に賛同しますよ」バブはうなずいた。「わたしが引っかかるのは、アリソンが行方不明になった翌朝に、ブラウンさんが彼女の父親であるトレイシーさんの土地を買収する相談をしにあなたを訪ねたことです。トレイシーさんについて何か気になることを言っていませんでしたか」

「気になることと言われてもねえ」コープは含み笑いをした。「いや、普段と変わりなかったよ。トレイシーがいかに娘に冷たく残酷であるかをいつも以上に力説していたけどね。それと、トレイシーの懐具合がどうなっているのか、わたしから探りだそうとした」

「懐具合がどうなっているのか」先に反応したのはレジーだった。「相手が誰であれ言ってはいけないことだと思いますが」

コープがうなずいた。「ええ、そうです。言うことはできない。たとえ知っていたとしても。実際のところ知りませんが。トレイシーは秘密主義ですからね」

「ああ、そうですか。どこかへ出かけるようなことを言っていませんでしたか」

「トレイシーが？　いいえ、聞いてませんね。どうしてですか」

「あなたとは古くからの友人なんですよね？」

「そうは言っても、トレイシーは息子を失ってからひとりでいることが多くなったのでね。長いつき合いだから彼のことはよく知っていますよ。みんなと同じくらいには。一番懇意にしていたのは死んだ本部長ですけど。どこへ行くにしてもわたしには言わないだろうね。誰にも言わないで出かけると思うよ。きみもそう思うだろう、バブ」

「まあ、そうでしょうね」バブはうなずいた。「本部長が死んだあと、旅に出たときも誰にも言わなかった」

「たしかに」レジーがつぶやいた。

「それにしても、なぜいまそんな話を?」コープが怪訝な顔をした。「トレイシーがいなくなったのですか」

「答えにくい質問ですね」レジーが言った。

「トレイシーは昨夜いつものように銃を手にふらりと家を出て」バブが説明した。「それきり姿を見た者がいないんですよ」

「まさかそんな」コープはのけぞった。「昨夜姿を消した? あの子と――自分の娘と同じように?」

コープは目を剝き、眉間を寄せた。

「ええ、そのまさかなんです」レジーが言った。「彼が家を出たのは宵の口、おおよそ六時過ぎで、娘が外出したのは八時ころ。ところでいま何時ですか」

「え? なんですって」コープはぎょっとして問い返した。「いま何時か?」壁の八日巻き時計を振り返った。「十一時十五分過ぎ。ふたりがいなくなって十五から二十時間ほど経過したところですね。手がかりは見つかっていないのですか」

「ええ、まだ何も」レジーが答えた。「トレイシーの息子の行方は十二年間わからなかった。ぐずぐずしていられないぞ、バブ」

「トレイシーの息子!」コープが驚きの声を上げた。「それはつまり――」言い淀み、声を低くして語を継いだ。「――彼らは少年と同じ運命をたどったと?」

「可能性のひとつとしてありうるでしょうね」レジーは立ちあがった。「ご協力感謝します。さあ、早くしたまえ、バブ」とっくに準備はできていますとバブは不平を漏らした。

「なんにせよ、早期の真相解明を祈っています」そう言ってコープは一行を送りだした。「だから言ったでしょう」屋敷から出るとバブが言った。「コープの話はわたしの考えを裏づけるものだった。ますますもってブラウンの旗色が悪い」

「たしかにきみの言っていたとおりだ。他に気づいたことは？」

「もちろんありますとも。ふたりを殺害した容疑者としてあなたがアストンさんを挙げていたら、コープは間違いなく賛同していたでしょう。わたしも賛同するし、異を唱える者はいないはずだ。しかし、コープは自分が疑われているとは思っていない」

「ああ、たしかに。それは望ましいことだ。それはさておき、あらゆる可能性を探ってみよう。何か意見はないか、アンダーウッド」

「わたしだけでもトレイシーの屋敷へ行くべきだと思います」

「きみってやつは。もっと他にないのかね」レジーはため息をついた。「行くとも。われわれ全員でね」

しかしコープの敷地から出る前に警部補と出くわし、トレイシーの遺体が発見され、凶器は彼自身の銃であると知らされた。

「誰がそう言ったんだね？」レジーがたずねた。

警部補は問いかけを無視してバブに報告を続けた。トレイシーの執事が電話で伝えたところによると、猟場長がゴーツ・ヒル・ウッドの近くで倒れている主人を発見した。すでに息はなく顔に弾痕があり、かたわらには本人の銃が落ちていた。二連式散弾銃の左右の銃身ともに発砲した痕跡があって、事故にちがいないと発見した猟場長は言っている。

「また事故かね！」レジーは乾いた笑い声を上げた。「都合がよすぎやしないか。猟場長は死体を動かしていないだろうね」

警部補は蔑むような一瞥をレジーにくれたあと、苦りきった顔のバブに、以上です、と報告を締めくくった。

「誰かを調べにいかせたのかね」レジーがたずねた。「いや、答えは訊くまでもない。結構。きみにはきみの使い道がある。行こう、アンダーウッド」

レジーはアンダーウッドを伴って駆け足で自分の車に向かった。

「あの人がいなければ、とっくに現場に到着していたのに」バブは警部補に愚痴をこぼした。

「おっしゃるとおりです。警視の邪魔ばかりしている」

「頭がよすぎるんだろう。ところで監察医の手配はしたんだろうね」

「は、警視の指示を待っておりました」

「なんだって！　さっさと連絡しろ」バブは金切り声を上げた。「大至急だ」

第二十五章　懐中時計

レジーとアンダーウッドを乗せた大型乗用車は、コルスバリーの予測不能な人や車の往来をかいくぐり、川沿いの道に出ると一気に加速した。アンダーウッドはほっとひと息ついてレジーにたずねた。

「警視を信用していないのですね、フォーチュンさん」

「何を言いだすかと思いきや、きみにはほんとうに驚かされるね」レジーはシートに深く身を沈め、なかば閉じた目は前方を見据えていた。「わたしは誰も信用していないよ」

「しかし、彼が率直だとは思っていませんよね」

「それは暫定的仮説というやつだ。誰が率直なのかわからないからね。事実が多すぎるし、要素が多すぎる。バブは冷静に判断できる状態にないと言うべきだろう。それは他の面々にも言えることだが」レジーは視線をめぐらせて、実りつつある麦の広大な畑と荒涼とした白亜の丘の連なりを見渡し、緩慢に手を振った。

「〈それがすべての始まりなんだよ、マイディア、それがすべての始まりなんだ（英国の小説家で詩人、R・キップリングの詩 How It All Began の一節）〉」

「いったいなんの話ですか」

「黒い土地と白い土地が和解することはない。このあたりの古い言い伝えだ。豊かな実りをもたらす黒い土地の所有者は、常に攻撃的な新参者によって不毛な白い土地へと追いやられてきた。それは時代を越えて繰り返されてきた。未開の先住民から始まって、アストンやトレイシーの一族を経て、ブラウンへと至る。憎しみを知り、受け継いでいくことは、彼らの義務であり喜びでもある」

アンダーウッドはしばし思いをめぐらせていた。「恨みつらみが渦巻いていることはたしかですね。それにしても、あなたがバブをかばう理由がわたしにはわかりません」

「いや、かばってはいないさ。彼は冷静に判断できる状態にないと言っただけだ」レジーは速度を落としてハンドルを大きく右に切り、黒い土地を抜けて丘陵地帯へ続く脇道に入った。車窓から見える景色は作物が青々と茂る畑から牧草地へと変わった。海側の牧草地はどこまでも続く石壁で区切られていて、やぶや高木が点在する緩やかな緑の起伏が見渡すかぎり広がっている。

車は堂々たる構えのエントランスに到着した。間口の広い門扉は意匠を凝らした錬鉄製で、脇を固める門柱の上には四本足の幻獣が鎮座し、紋章が刻まれた盾を掲げている。レジーは車を停め、何度もクラクションを鳴らした。門番小屋からようやく出てきた老人は、そこは私的な通用口だから村を通って正面玄関から訪ねてこいという。

「警察だ」アンダーウッドが声を荒げた。「早く開けろ」門扉の片側がゆっくりと、いかにも気が進まぬ様子で開いた。「ずいぶん厳重ですね」車が再び加速しはじめると、アンダーウッドが言った。

「ああ。トレイシーらしいじゃないか」レジーが答えた。「秘密主義者だからね。おそらくバブは村を通って正面の入り口から来るだろう。だが、こっちのほうが近道だ」

「あなたの頭のなかにはこの州の地図が入っているのですね」アンダーウッドは飼い主に忠実な犬のように目を輝かせてレジーを見た。

「うん、そりゃあ入っているさ。基本中の基本だからね」

曲がりくねった私道をのぼっていくと、眼下に広がる庭園や畑だけでなく、剝きだしの丘や点在する雑木林を一望することができた。訪問客が領地の広さに目を奪われている隙に、雄大豪壮な領主館がぬっと現れて、劇的なクライマックスを迎えるというしかけだ。

宮殿を思わせる黒っぽい石造りの豪奢な建物を見あげて、アンダーウッドは思わず声を上げた。

「なんと、こいつはすごい」

「驚いて当然だよ、こんなところに住んでいるなんて一般市民には考えられないからね。わしはこの城の王である、そこの若いの、頭《ず》が高い、とか言われそうな気がするね。手に入れた黒い土地の上にふんぞりかえり、敗残者たちが吹き寄せられた白い土地をあざ笑う。一族が代々受け継いできた屋敷だ。それがいま途絶えようとしている」

正面のポーチにたどりついた。目が届くかぎり――塔のある翼棟から反対側の翼棟まで――窓はすべて鎧戸もしくはブラインドで閉ざされていた。「喪に服すのが早いし徹底している」レジーは車を中庭に乗り入れ、神殿風の列柱のある玄関前で停止した。

巨大なドアは開いたままだった。白髪頭の執事が早足で戸口まで出迎えに現れた。「刑事課の警部補だ」アンダーウッドが言った。「警察本部から医師をお連れした。バブ警視もまもなく合流する。すぐにトレイシーさんのもとへ連れていってもらいたい」

「かしこまりました」執事はせかせかと立ち去り、痩せて腰の曲がった老人を連れて戻ってきた。陽に焼けた顔にはくるみの殻のような深いしわが刻まれ、歯のない口はきつく引きむすばれている。

「猟場長のブレンバーさんです」執事が紹介した。

「あなたが発見したんですね」レジーは老人を観察した。「死体を動かしましたか」

突きでた灰色のもじゃもじゃ眉毛の下から、ブレンバーは挑むような目で油断なくレジーを見返した。「指一本触れちゃいないよ。触ってみるまでもなかった。現場へ行きたいんだね？　そんなら車に戻ったほうがいい。近くまで乗って行けるからね」

「よし。行こう」レジーはブレンバーを助手席に座らせて車を発進させた。「では、詳しく聞かせてもらおう」

「あそこに見える廏舎の前を通って、あの坂をのぼった先だ」ブレンバーは小高い庭園を横切る曲がりくねった馬車道を示した。

「ああ、あの道だね。それはそうとこの一件について知っていることを話してくれないか」

「話すことなどない」ブレンバーがそっけなく言った。「わしは何も知らん」

「ほう。トレイシーさんが誤って自分を撃ったとなぜわかったんだね」

「わしはそんなこと言っとらん」ブレンバーは語気を強めた。

「おや、そうですか。何かの間違いかな」レジーはつぶやいた。「とすると、事故とは思っていないということか」

「わからん。何があったのか確信を持って言えることなどわしにはひとつもない」

「用心深いんだね。トレイシーさんは自分の銃で事故を起こすような人ではない？」

ブランバーはじっくり考えたあとで答えた。「そうだと答えただろうね、この事件が起こる前なら」

「最近、トレイシーに変化はなかったかね」

「誰しも寄る年波には勝てんさ」

「昔とは違うということかな？　なるほど。陽が暮れると銃を持ってぶらぶら出歩くのは、最近になって始めたことなのか」

「いや。何年も前からだよ」

「いつもひとりで？」

再びブレンバーは考えこんだ。「以前は供の者を連れていったもんだが。ここ最近はひとりで行くのを好むようになった」

「ほう。夜の狩りに出かける際、決まったルートはあったんだろうか」

「わしの知るかぎりではない。気の向くままに歩くのが好きなおかただった」

「それでも彼の死体を見つけたわけだ――そのあたりにいると当たりをつけていたのかね」

「だいたいの見当はつけていたさ」

「それにしてはずいぶん時間がかかったね。さぞかしあちこち探しまわったんだろう」

「行きそうな場所はたくさんあるんでね」そう言ったあと、ブレンバーは急に声を荒げた。「時間がかかったからなんだって言うんだ。旦那様はゆうべのうちに死んでいたのに」

「たしかなのか？」

「そうとしか考えられんさ。ひと晩じゅう家に戻らんかったら」

「なるほど。トレイシーさんは特別な目的があってその場所へ行ったのだろうか」

「たぶん森のなかを適当に歩きまわっていただけさ。さあ、着いた。このままゆっくり進んで。よし。車はここまでだ」ブレンバーは停止する前に車から飛びおりた。

その馬車道は、庭を囲む塀の門扉の前で終わっていた。塀の向こうには深い森が広がっていて、長い歳月を目撃してきたであろうブナの巨木が、シャクナゲや月桂樹といった比較的歴史の浅い下生えから空に向かってまっすぐに伸びている。

門扉を開けると、雄のキジがぎゃあぎゃあと鳴きわめき、茂みのなかを駆けまわりはじめた。ブレンバーはやぶのなかに切り拓かれた細い道をずんずん進みながら、肩越しに振り返って言った。「ここがゴーツ・ヒル・ウッドだ。この先は山だよ」左側の斜面はなだらかで右側は急激に上昇しているが、道は平坦なまま森のはずれまで続いていた。森を抜けてまばゆい陽射しの下に出ると、鯨の背のような尾根から突きでた支稜とそのあいだに広がる谷間を一望できた。

谷間の斜面にはイバラやハリエニシダが鬱蒼と茂り、谷底は深いやぶに覆われている。斜面の上に行くほど茂みはまばらになり、やがて急斜面にしがみつく白茶けた雑草だけになる。石灰岩の小さな塊が雑草のあいだに顔を出す斜面のさらに上、丘の頂には大昔の土塁や岩場が残されている。

頂上から谷間の入り口まではさほど離れていない。そぼ濡れた牧草地にできた水たまりがきらきらと輝き、蛇行する川は陽射しを照り返す帯となって流れ、村の家々や教会の四角い塔はたなびく煙で青白く霞んで見える。小舟が川を行き来している。

森のはずれに設置された柵の踏み越し段に腰をおろし、レジーはしばしこの景色に見入っていた。まるで生まれて初めて目にしたみたいに眼前の光景に心を奪われていた。

しかし実際には、新たな視点からそれを見ているだけだった。谷をくだってやぶに分け入り、道路と接するところまで進むと、そこはレジーが夕闇のなかで頭を殴打された場所だ。目下、レジーがいる地点から半マイルも離れておらず、しかもトレイシーがこの世から葬り去られた場所からも遠くないはずだ。

「そろそろ行かねえか」ブレンバーがしびれを切らして言った。「この少し先だよ、あのおかたがいるのは」

「ほう」レジーは視線を移した。谷間のそちら側もすぐ近くまで丘が迫っていた。「トレイシーは最近よくこのあたりに来ていたのかね」

ブレンバーのしわだらけの顔が何かを呑みこむような動きをした。「どうかな。他の場所と変わらねえと思うが」

「行こう」レジーは勢いよく立ちあがってブレンバーのあとに続いた。

森のきわを数百ヤードほど歩くと、ふたりの男が死体を見張っているのが見えた。

「死体が発見されたあと誰か見かけなかったか？」レジーは彼らにたずねた。

「人っ子ひとり見ちゃいませんよ、ブレンバーさんが帰ってから」男のひとりが答えた。

レジーは死体の少し手前で立ち止まり、地面を注意深く見まわしたあと――そこは黒い土地の草むらだった――視線を落としたまま周囲をゆっくり歩きまわった。

「余計なことをしちゃいないだろうな？」ブレンバーは男たちをどやしつけた。

「指一本触れちゃいませんって、ブレンバーさん」彼らは不平がましく抗議した。

「ブレンバー」レジーは肩越しにたずねた。「ここが黒い土地の終わりか？」

「なんの話だね」ブレンバーが大またで近づいてくると、レジーは振り返って同じ質問をした。彼が見ていたのは、地面に散らばる砕けた石灰岩の白い塊だった。

ブレンバーのもじゃもじゃした眉毛がきゅっと中央に寄った。「ああ、どこかそのへんだよ」戸惑いと好奇心が入り混じった面持ちでゆっくりと言った。「森の地盤はすべて黒い土地で、森を出て少し歩いたちょうどこのへんから向こうが、旦那の言うとおり白い土地だ」

「やはりそうか」レジーは死体に近づいてかたわらにしゃがみこんだ。

トレイシーはうつぶせに倒れていた。右のこめかみに黒い穴が開き、流れでた大量の血が目や眉、頬の上にも広がっている。穴のまわりの皮膚は焼け焦げ、褐色の斑点が散らばっている。死体のかたわらに二連式散弾銃、背中に狩猟用の獲物袋。

レジーは長い時間をかけて銃創を検分した……。それがすむと獲物袋のストラップをはずしてふたを開けた。ブレンバーが近づいてきた。鳥が一羽入っていた。灰褐色の羽毛、かぎ状の黒いくちばし。「オオタカじゃないか！」ブレンバーはうめくような感嘆の声を漏らした。「こいつは珍しい。この十年一羽も見かけたことがなかったのに。それを仕留めたとなりゃさぞかし誇らしかっただろう」

「そういうものなのか」レジーがため息をついて死体をひっくり返すと、ブレンバーははっと息を呑んであとずさった。

苦痛のせいか激情の表れなのか、トレイシーの顔は大きく歪み、薄気味の悪い表情は狂気を感じさせた。レジーは衣服を丹念に調べ、最後に懐中時計用のポケットに手を差し入れた。取りだした金時計は表面のガラスが割れ、裏側には凹みができていた。レジーは凹みを見て眉をひそめ、時計を表に返すと、目を大きく見開いた。

時計は止まっていた。針は九時五分過ぎを示していた。

レジーはそれを自分のポケットにしまい、改めて衣服や靴を調べはじめた。

バブが部下を伴ってせかせかとやってきたときも、レジーはまだ検分を続けていた。「おやおや、ずいぶん足が速いですね、フォーチュンさん」バブは怒りで息をあえがせた。

「ああ、事態は急を要するからね」レジーはしゃがんだまま身体を起こし、バブに向かって微笑んだ。

冷ややかな笑みだった。「きみはそう思わなかったようだね」

「この先はうちの監察医が責任を持ってやらせていただきます」バブはわめきたてた。

「ああ、どうぞ」レジーは立ちあがって、困惑している監察医に手を差しだした。「これはどうも。前にお会いしましたね。今回もまた興味深い事件ですよ」レジーは医者を少し離れた場所まで引っぱっていった。「ひととおり見させてもらった。死因は散弾銃で頭部を撃たれたことによるもの。銃は至近距離から発射された。ニトロセルロースの粉が付着している。死亡推定時刻は十二時間以上前――つまり昨日の夜だ。暫定的な所見ではあるが自殺、事故、他殺のいずれかを示す明確な痕跡はない。ざっとこんな感じだ。検死解剖の結果を是非とも見せてもらいたい」

レジーはブレンバーのところに戻った。「あれはトレイシーさんの銃かね」

「ああ、間違いねえ」ブレンバーは答え、散弾銃の横に落ちている空の薬莢ふたつを示した。「そいつは旦那様が使ってたやつだ。シュルツの十二口径」

「うん、まあ、そうだろうね」レジーはため息をついて薬莢をポケットにしまった。

「どういう意味です?」バブは強い口調でたずねた。

レジーは答えず、ハンカチを使って銃を手に取った。銃尾と銃身を眺めまわしてにおいをかぎ、銃をもとの場所に置くと眠たげな目をバブに向けた。「この銃から指紋が検出されるかもしれない。きみには言わずと知れたことだろうが。必須事項だからね」

「どうもご親切に。自分の仕事は自分が一番わかっていますよ」バブは気色ばんで言い返した。

レジーは笑ってその場を離れると、アンダーウッドを呼び寄せて耳打ちした。熱心に聞き入るアンダーウッドは、驚きと興奮で目を輝かせる犬のようだった。険しい形相でバブが近づいてくると、レジーは大きな声で話を切りあげた。「そういうことだ。わたしの車を使いたまえ」アンダーウッドは大またで立ち去った。

「何を企んでいるのですか、フォーチュンさん」バブが詰め寄った。

「ちょっとおもしろいことを思いついてね」レジーは曖昧に応じた。「彼は帰ったよ。わたしはデュドン将軍の家に戻ろうと思う。他に何か知りたいことはあるかね」

「いまあなたが考えていることをお聞きしたいですね」

「医学的なことだよ――事故か、自殺か、はたまた他殺か。きみは警察官だろう、バブ。ぐずぐずしてないで捜査にとりかかりたまえ」

「投げだすつもりですか。あなたはあなたで行動を起こしたらどうです?」

「いや、遠慮しておくよ。わたしの事件じゃないからね」そう言うとレジーはバブを置き去りにした。

アンダーウッドはすでに森のなかに姿を消していた。レジーは谷間のほうへぶらぶら歩きはじめた。死体に群がる人々をたびたび振り返りながら。森のカーブに沿って進むと、やがてたがいの姿は見えなくなった。

第二十六章　石灰岩

レジーがその説を立てたのは、死体の近くの深い草むらに落ちていた石灰の塊がきっかけだった。足元に目を配りながらハリエニシダやイバラの茂みにはさまれた曲がりくねった山道を進んだが、ようやく新たな石灰岩が見つかったのは、黒い土地に鬱蒼と茂っていた草木が、地表に露出した石灰岩の隙間にはびこるいじけた雑草に変わってからだった。

付近を入念に見てまわったものの人が通った形跡や足跡はどこにもない。レジーは唇を嚙んでしばしその場にたたずんでいた。レジーが立っているむきだしの傾斜地は丘の頂上部分を占めており、そこから緩やかに起伏する支稜が左右に伸びている。レジーはちらりと時計を見て、早足で斜面をのぼりはじめた。

しかしすぐにまた立ち止まると、周囲を見まわし後ろを振り返った。いつしか彼はゴーツ・ヒル・ウッドを一望できる場所に来ていた。トレイシーの死体が発見された地点も見える。バブを含む一行はすでにいなかった。谷間に視線を移すと、ジャイルズとアリソンの白い家が見えた。谷沿いの道と丘を通る道が合流し、べつの谷間を通って海へと至る。それは村の娘が銃撃された道であり、リッジ農場へ向かう道――帰りの遅いジャイルズをアリソンが迎えにいった道でもある。

レジーは周囲を見渡し、その道と谷間の入り口は――彼が何者かに襲われた茂みは――直線距離にして半マイルに満たないと確信した。森の端までならもっと近い。レジーは再び斜面を早足で駆けあがり、ゆるんだ石灰の山肌に、男のものと思われる幅の広い足跡がくっきりと残っているのを見つけた。

斜面のさらに上、丸みを帯びた山頂で陽射しと影が追いかけっこをしていた。大昔の土塁や巨人の墓と呼ばれる穴が暗く翳り、再び姿を現す。

レジーは土塁をひとつ越え、ひとつ目の墓の前にやってきた。墓と呼ばれているが実際は生きものを葬るためのものではなく、火打ち石《フリント》が武器や道具として使われた黄金期に鉱石を採掘していた竪穴だ。周囲にはハリエニシダやイバラが生い茂り、枯れた枝葉が生きている木々に支えられ、天井のごとく穴の上を覆っている。他の穴も見てまわったが、どの入り口も繁茂する植物に隙間なく覆われていた。

丘のてっぺんの土塁へ移動し、そこでひときわ深い穴を見つけた。穴のへりに立った瞬間、何かに――何者かに――突き飛ばされ、レジーは暗闇へまっさかさまに落下した。

穴の側面にぶつかったり引っかかったりして、腕や足はねじ曲げられ、すりむかれ、切り裂かれた。……レジーは朦朧とした状態でうずくまっていた。息苦しさを覚え……石灰混じりの唾を吐き……鼻血を手でぬぐった……。

はるか頭上にひし形の光が見えた。とっさに這ってその光から逃れた。正しい判断だった。レジーは光の真下にいたにちがいない。上から何かを落とされたかもしれない……。

ひし形の光は消え、漆黒の闇にとり残された。手足を動かしてみた。どこも折れていない。めまい。軽いねんざ。打撲傷。片手を横に伸ばしてみたが何にも触れなかった。穴は底へ行くほど広くなっているらしい。とすると……。

レジーはおそるおそる立ちあがってマッチを擦った。暗がりのなかに石灰の天井がぼんやりと浮かびあがって見えた。少し離れた場所に石灰の壁がある。「白い土地だ」レジーはつぶやいた。「なるほど、白い土地の内部に放りこまれたわけか。いつの時代も敗者が追いやられる場所に」

第二十七章　ガス

レジーはマッチの残りを数えて新たな一本に火をつけた。燃え尽きる前に自分のいる場所を確認できた。そこはほぼ円形の石室で丸天井から煙突のように竪穴が伸びている。側面には四方に穴が開いていて、その先には平坦な通路が続いているらしかった。

なるほどそういうことかとレジーは独りごちた。大昔の採掘坑の作業風景が目に浮かんだ。男たちが這いつくばって坑道に入り、フリントの地層をシカの枝角で作った道具で叩き割り、掘り進む。レジーは三本目のマッチを擦った。竪穴の下の地面は枯れた木の枝や葉で覆われ、その上に形の定かでない大きな包みのようなものが乗っていた。袋に入った何か。二本の足が突きだしていた。女の足だ。マッチが消えた。レジーは手探りで袋をつかみ、竪穴の下から引きずって移動させた。苦しげなうめき声が袋のなかから聞こえてきた。レジーは坑道のひとつにそれを引き入れ、かたわらにひざまずくとペンナイフで麻布の袋を……。

彼を竪穴に突き落としたのが誰であれ、奸智にたけた人間だ。フォーチュン氏がトレイシーの死体を見たあと巨人の墓に来ることを予測していたのか、あるいは、フォーチュン氏が現れたことで女を葬り去る計画に差し障りが生じたのか。いずれにしろ、ふたりに生き延びるチャンスを与えるとは思えない。さらなる手立てを講じるにちがいない……。

レジーは麻袋を優しくなでてペンナイフを忙しく動かしながら、頭上から聞こえてくる物音に耳をそばだてた。

女は足をひもで縛られ、べつのひもで腕と胴体を縛られていた。うめき声を漏らす女の頭から麻袋を引きぬいた。「フォーチュンだ」優しくささやきかけた。「泣くんじゃない。もう大丈夫だ。きみはアリソンだね？」

レジーが手で身体に触れると、彼女は身をよじった。「ああ、やめて、痛いわ。触らないで。ええ、あたしはアリソンよ」かすれた消え入りそうな声だった。

「よし、わかった。きみは勇敢な子だ。じっとしているんだ。こんなことでへこたれたりしない、そうだろう」

アリソンはひきつった笑い声を漏らした。

レジーは中央の石室に戻って四本目のマッチを擦ると、竪穴の下に散らばる枯れた枝葉をかき集め、五本目のマッチの火を手で覆い、積みあげた枝葉の山裾に近づけた。枯れ葉はぱっと輝いて着火し、上にのせた枝から煙とともに炎が上がりはじめた。手や足で寄せ集めたごみやがらくたを押しこむと、上昇気流に煽られてさらに激しく燃えあがった。もうもうと煙が立ちのぼり、赤い火の粉が天井高く舞いあがる。それは竪穴のやぶに飛び火して、バチバチと音を立てながら瞬く間に燃え広がった。

竪穴は燃えあがる煙突のようだった。そのとき、炎や煙に包まれた暗闇の向こうから何かが放りこまれた。壺のようなものだ。それはガシャンという音を立てて砕け、強烈な刺激臭が熱風に乗って運ばれてきた。

レジーは手の届くかぎりの枯れ葉や枝をかき集めてたき火に突っこむと、坑道へ戻るべく壁に向かって突進した。

疑問の余地はない。ガスだ。この苦いアーモンド臭はシアン化水素ガスにちがいない。壺いっぱいの燻蒸消毒用化学薬品。それが致死性の毒ガスとなって迫ってくる。

アリソンのいる坑道の入り口を手探りで見つけだし、頭から飛びこんだ。まだガスはそこまで達していなかった。レジーは後ろを振り返って竪穴の下でもうもうと煙を上げる炎を見た。

火は力強く燃えている。このまま持ちこたえてくれたらいいが。燃えあがる炎は空気とともに毒ガスを上方へ引きあげ、排出するにちがいない。犯人にとってこの展開は想定外だろう。知恵比べなら負けていない。この勝負はレジーの大勝だ。しかしながら次の手を打ってくるかもしれない。形勢が悪くなる前に逃げなければ。

レジーは這ってアリソンのもとへ向かった。

「少しだけ先に進もう」レジーは彼女の上を通り越した。「協力してくれるね。敵を出しぬくんだ、アリソン」彼女をあおむけにした。「さあ、左手をついて起きあがってごらん。きみならできる。試してみよう」レジーは鼻をくんくんさせながら、坑道の奥へと彼女を引きずっていった。どこかから流れてくる空気は土のにおいがした。ひんやりと冷たく澄んでいる……。「ほら、大丈夫だろう。さあ。もうひと息だ」左手をついた姿勢の彼女を優しく動かし、坑道の壁にもたせかけた。

「ああ、もう無理よ」アリソンはうめき声を漏らした。「このまま死なせて」

「何を言うんだ」レジーは顔を近づけて励ました。「死ぬ気になればなんだってできるさ」

「いやよ、できないわ」アリソンは身を震わせてすすり泣いた。

「この先に光が見える。がんばれ、あとひと息だ」さらに数ヤード這い進むと、頭上にぼんやりとした光が見えた。それは先ほどより小さなべつの竪穴から、生い茂るやぶを通して射しこんでいるらしかった。レジーはその下に立って流れこんでくる空気を感じ、耳を澄ませた……。しばらくして複数の声が聞こえてきた。カモメの甲高い鳴き声に混じって聞こえてきたのは、聞き間違えようのない唯一無二のデュドン将軍の声だった。

「助かった」レジーは安堵のため息を漏らした。そして竪穴に向かって声をかぎりに叫んだ。「将軍！　将軍！　わたしはここだ。穴のなかだよ」

慌ただしく動きまわる音が頭上から聞こえてきた。「きみなのか、フォーチュン」将軍が金切り声を上げた。「いったい何をしているんだね？　大きい竪穴は地獄の業火みたいに燃えているぞ」

「ロープはありますか？」レジーが叫んだ。「助けをよこしてください、大至急」

大柄で屈強そうな若者がやぶを通りぬけて竪穴をおりてきた。「そいつをとっぱらってくれ」レジーは若者に指示を与えた。「枯れた枝や葉を取り除いて通りぬけやすくするんだ」若者は手足でやぶを押しのけ蹴散らしたあと、昼間の陽射しとともに穴の底に着地した。

若者はレジーのかたわらに立って、腰のロープをほどきながら笑顔でたずねた。「それで何をすればいいですか」

「来てくれ」レジーは四つん這いになって再び坑道に入った。「ゆっくり。わたしにぶつからないように」

戻ってみると、アリソンはじっと坑道の壁にもたれていた。レジーは彼女の状態を見せるために最後のマッチを擦った。「見えるかね？」

「ええっ！　死んでるんですか」若者は息を呑んだ。

「いや、まさか。生きているとも」レジーは彼女の脇をすりぬけて振り返った。「きみもこっちへ。左脇を抱えて。できるだけそっと運ぶんだ。彼女が痛くないように気をつけて。行くぞ」

ふたりがかりで彼女を竪穴の下まで運んだ。

「デュドン！　ふたりいっぺんに引きあげられるか？」レジーは大声で叫んだ。

「ふたりいっぺんに？」将軍は素っ頓狂な声で問い返し、低い声でぶつぶつ言ったあと腹を決めたように叫び返した。「いいとも、やってやろうじゃないか。どんと来いだ」

レジーがアリソンを抱えて立たせているあいだに、若者がふたりの身体にロープを巻きつけきつく縛った。そして竪穴の側面に彼女をぶつけないよう用心しながらゆっくりと引きあげられた。穴の入り口付近まで来ると地上から手が差し伸べられ、ふたりをつかんで引っぱりあげた。レジーはアリソンを上に乗せた格好で草むらに倒れこんだ。

ロープが緩められ、レジーは彼女を慎重にかたわらに寝かせた。アリソンは目を閉じたままうめき声ひとつ上げない。しかし、顔に耳を近づけると苦しげな息遣いがかすかに聞こえてきた。レジーは立ちあがった。「近くで誰か見かけませんでしたか」

「いや、誰も」将軍はレジーのあまりの汚さに目を剝いた。「竪穴から火の手が上がっているのが見えたが、近くに人影はなかった」

「そうですか」レジーは嘆息した。「それにしてもよく来てくれましたね。ほんとうに助かりました」

「アンダーウッドから電話をもらったあとすぐに家を出て、きみの伝言どおり若いのを連れてまっすぐここへ来た」将軍は堰を切ったようにしゃべりはじめた。「村を出たあと誰も見かけなかったよ、しっかり目も開いていたんだが。誰か当てはあるのか？　この子を巨人の墓に放りこむとはどういういる。

了見なんだ？　火をつけるなんてもってのほか——」

「ちょっと待ってください、将軍」レジーが話をさえぎった。「ひとつずつ片づけましょう。まずは彼女の手当てをしないと」振り返ってアリソンに視線を落とした。あおむけに横たわる彼女の胸はゆっくりと上下しているが、目は閉じたままで青黒く腫れあがった石灰まみれの顔は痛みでこわばっている。

「わしとしたことが、きみの言うとおりだ」将軍は再び早口でまくしたてはじめたが、今度は声の調子を低く抑えていた。「かわいそうに。ひどい目に遭わされたものだ。容体はどうなんだ？　ひどい傷を負っているんじゃないだろうね。一刻も早くここから——」

話をさえぎったのはレジーではなくアリソンだった。彼女は目を開いていた。「ああ、光だわ」かすれた声で言うと、眉の上に片手を置いてすすり泣きはじめた。

レジーはかたわらにしゃがみこんだ。「そうだ、光のある場所に戻ってきたんだ。すぐ先に光はあると言っただろう。もう大丈夫だ。なんの心配もいらないよ」優しく語りかけながら彼女の身体を手で探り、異常がないことを確かめた。「落ちついて。きみは生き延びた。もう終わったんだ……」

アリソンは涙があふれでる落ちくぼんだ目をレジーから離し、あちらこちらへとさまよわせた。身をすくめて小さく身震いし、右手をついて起きあがろうとしたが、うめき声とともに後ろに倒れこんだ。

「無茶をするんじゃない。絶対安静。動いちゃだめだ。移動はわれわれにまかせなさい。ベッドでゆっくり休ませてあげるから。何も心配することはない」レジーは立ちあがった。「ここへは何で来たのですか、将軍」

「自分の車だよ。若いのは荷台のあるバンで来てる。そっちのほうが使えるだろう。まっすぐ彼女の家に連れていくかね。あそこなら五分もかからんだろう」

アリソンがかすれた声で叫んだ。「だめ、いやよ。家には連れて帰らないで」

「どういうことだね？」将軍はぎょっとしてたずねた。

レジーはアリソンの顔をのぞきこんだ。「わかった。きみの面倒はわたしがみよう。心配いらないよ。怖いことはもうないからね」アリソンは泣きながらヒステリックに笑った。「将軍」レジーは大きな声で言った。「あなたの家が一番近い。先に帰ってベッドの準備をするよう使用人に言ってもらえませんか。あなたほど親切な人は他にいませんからね」

将軍は怪訝な顔でレジーに鋭い一瞥をくれ、こくりとうなずいた。「うちにはグレイ夫人がいるからね。快適に過ごせること請け合いだ」甲高い声で言うと小走りで車に向かった。

レジーはアリソンに視線を落とした。「ということで、行き先は決まったよ」

彼女は顔をそむけた。震える唇が開き、何も言わずに閉じた。

「よし、それじゃあ始めよう――」レジーが村人たちの小さな輪に声をかけると、不安げな眼差しがいっせいにこちらを向いた。レジーは悟りを開いた菩薩のごとき無の表情で見返し、声を落として言った。「慎重に運ぼう。彼女に負担をかけないように。ゆっくり、優しく扱うんだ。いいね？」

力を合わせて彼女をバンの荷台に寝かせ、歩く速度で車を走らせてデュドン将軍の家へ向かった。

第二十八章　興味

レジーの青白い顔は、汚れこそ落としてあるものの変色してあちこち腫れあがっていた。デュドン将軍の家の階段をぎくしゃくした足どりでおり、村の医者を玄関先まで見送った。

「ありがとうございました。わたしが言ったことは気になさらずに。あなたは手を尽くされた。大至急、看護師をよこしてくださいますね」

「その点はおまかせください、フォーチュンさん。どうかご自分の身体を大切に」

「ご心配なく。肝に銘じますよ」レジーは引きつった笑みを浮かべた。「では、さようなら」

足を引きずりながら書斎に入っていくと、将軍は弾かれたように立ちあがって、質素な椅子のなかで最も座り心地のよいものをレジーに勧めた。「なんともはや、ひどい目に遭ったな、フォーチュン。きみだってベッドで寝てなくちゃいけないのに。ほんとに大丈夫なのかね。無茶をしちゃいけないよ。わかる、わかるよ、放っておけないよな。わしにも責任はある。きみを巻きこんでしまった。あの子の具合はどうだね。乗り越えられるだろうか」

「お茶をもらえますか」レジーは憂い顔で言った。「たっぷりのお茶を」

将軍は自分のうかつさを恥じて呼び鈴を鳴らした。「わしには何がなんだかさっぱりわからん。きみはあの子をどう思う？　この一件をどう考えているのかね。いったい何があったんだ。きみには事件の全容が見えているのか」

「いいえ、全部ではありません。それでも、だいぶ整理されてきました」

「何がどう整理されたのかね。わしの頭は混乱する一方だ——」使用人が入ってきて将軍の話は中断された。運ばれてきたのはいつもと同じ安物の紅茶だった。

「ああ」レジーは背もたれから身体を起こし、恨めしそうな目でそれを見た。「頼みがあるんだ。トーストを——バターを塗ったトーストをもらえるかな。一枚でいいんだが」

それを聞いた将軍は使用人をせかし、もっとたくさん食べるようレジーに勧めた。

「いや、一枚で結構。じきに夕食でしょうし」レジーはため息をついた。「ミルクをたっぷり入れてくれないか。それに角砂糖も。三個頼む。ありがとう」レジーは紅茶を飲み、バタートーストを食べた。「それでですね、医学的な見地から言えば、彼女は大丈夫——きっともとどおり元気になりますよ。脳しんとうと、右肩の脱臼、鎖骨の骨折。全身に重度の打撲傷。精神的にも肉体的にも深刻なダメージを受けている。それでも、あなたが手配した医者はとても優秀だから骨折や脱臼は問題ない。いまは軽めの麻酔薬で眠っているところです。グレイ夫人につき添ってもらって。夜は看護師が来てくれることになっています。いまはそんな感じですね。紅茶のお代わりをもらおう」

「若い娘をあんなひどい目に遭わせるなんて——鬼畜の所業だ」将軍は甲高い声でわめいた。「誰にやられたのか彼女は知らないのかね」

「まだ話を聞いていませんので。容体が落ちつくのを待たないと」レジーはパンの最後のかけらを飲みくだした。

「しかし、彼女はさっき言ったじゃないか」将軍の痩せこけた小さな顔が険しさを増した。「家には帰りたくないと。家とはつまり哀れな夫のことじゃないのかね」

「気づかれましたか。まあ、彼女がそう思うのは無理もないでしょう」

「きみ自身はそいつを見ていないんだろう?」

「犯人の姿をですか? ええ、まったく見ていません。大失態ですよ。ゆうべも今日も不意打ちを食わされた。機略に富み、断固たる決意で計画を遂行する男。これまでの対戦を見ればわかるとおり、二度も先手をとられた。しかしながら勝利を確実にするほどの得点は与えていない。わたしはこのとおり生きているからね。敵は切り札を持っていたのにそれを使わなかった。わたしを見くびっていたんですよ。やあ!」最後に嬉しそうに喉を鳴らしたのは、二枚目のバタートーストが届けられたからだ。「どうもありがとう」レジーが熱っぽく礼を言うと、こわもての使用人は相好を崩した。


ふたりきりになるや、将軍はまたしても甲高い声で疑問を並べたてた。「きみはどう思う? つまり今日のことだが。さっききみは訊いただろう、巨人の墓の近くで誰か見かけなかったかと。ということはつまり、きみもあそこで襲われたということかね。ならばあの火事は――きみが――」

「落ちついてください、将軍」トーストを口いっぱいにほおばったまま、レジーがさえぎった。「気にかけてくれるのはありがたいが、いま話しますので。もしあなたが静かに耳を傾けてくれるなら。順を追って説明します。まずはアリソンから。昨夜、帰りの遅い夫を迎えにでかけたアリソンは、頭を殴られて気を失い、道路脇の雑木林のなかに連れこまれた。そこへ邪魔に入ったのがわたしだった。犯人は抵抗する間を与えずにわたしを殴って昏倒させ、意識のないアリソンを袋に入れて縛りあげ、白亜の丘の上まで運びあげた。がっしりした男という以外、犯人の特徴を示す痕跡はいっさい残さずに。完璧だ。彼女をかついで移動した距離は半マイルに満たないし、のぼり坂だが険しい道ではない。

とはいえ、屈強な男でないと無理だろう。複数犯の可能性もある」

「生きたまま埋葬するだって！」将軍はきんきんした声で言った。「なんてことだ、フォーチュン、彼女の弟と同じじゃないか。弟は崖の亀裂に――姉は竪穴のなかに――」

「たしかに、驚くべき一致だ、偶然にしろ、故意にしろ。しかも今朝、彼女の父親が死体で発見された。発見現場は、彼女が殴られて気を失った場所からも、生きたまま穴に放りこまれた場所からもさほど離れていない。トレイシー家にこれだけ災難が重なると、ただの事故とは思えませんね」

「きみはアストンのしわざだと――」将軍は大声で言いかけた言葉を呑みこみ、ささやくような声で先を続けた。「否定はできん――どう考えても彼が怪しい」顔をゆがめて怖気を震った。「積年の恨みを晴らすためか――くそいまいましい」

「たしかに愉快な事件ではない。アストンなら可能でしょう。大柄だし足腰もまだしっかりしている。動機はある。疑わしい過去もある。だが依然として確証はない。お茶はまだありますか」レジーはそれをひと口飲んだあと、なかば閉じた目で将軍を見た。「べつの可能性もある」物憂げに言った。「わかりやすいところで言うと、トレイシーかもしれない。噂によると彼は自分の息子を嫌っていた。娘のアリソンとそりが合わないことは周知の事実だ。夕暮れにアリソンの家の近くを歩いていた若い娘が、銃撃される事件がありましたね。昨日、アリソンが頭を殴られたのも夕暮れだった。父親のトレイシーはそれと同じ時間帯に銃を持って領地を歩きまわるのが常だった。毎日のように頻繁に。娘が生きたまま埋葬されたのに続いて、トレイシーは銃で撃たれて倒れているところを発見された。医学的な見地から言えば、彼が自殺を図った可能性はある。あたかも娘を殺害し、生きる目的を失った父親のように。殺人者がみずから命を絶つのは、公平さを重んじるこの国ではよくあることですからね」レジーは紅茶を飲み干すと、椅子に深く腰かけて小袋とパイプを取りだした。「こうやって順を追って考えると、トレイシー犯人説が俄然真実味を帯びてきますね。その説を裏づける事実は他にもある」レジーはパイプの火皿にゆっくりと丁寧にタバコを詰め、「意味深長な事実です」とつぶやいた。「わたしは頭を殴られて意識を失う前に、相手にボディブローを食らわせたんですよ。トレイシーの懐中時計には打撃を与えた痕跡があった。ガラスにひびが入り、ケースは凹んでいた。有効なパンチを食らったらああなるだろう。そしてわたしのこぶしは何か固いものに当たった。なかなか興味深い事実でしょう」

「いや、ちょっと待った」将軍が口をはさんだ。「頭がこんがらがってきたぞ。きみは今日もまた襲われたわけだろう、巨人の墓で。そのときすでにトレイシーは死んでいた。つまり犯人はべつにいるということだ」

「おっしゃるとおり」レジーはパイプに火をつけた。「壊れた懐中時計の話と矛盾する。いずれにしろ興味深い。アリソンとわたしを葬り去りたいと思っている人間が他にもいるという決定的な証拠ですからね」パイプの煙で作った輪をひとつふたつと宙に漂わせた。「わたしは目の上の瘤だ。それは喜びであり、なぐさめでもある。今日の男は機転の利く策士だった」パイプを吸い、目を閉じた。

「あそこでわたしと出くわすことを予期していたのか。わたしのことをどう思っているか知りたいものだ。向こうは知りたくもないだろうが。犯人はいまだにわたしを見くびっている。それが命とりになるだろう」

「わからん」将軍はわめいた。「さっぱりわからん。その男は巨人の墓に何をしにきたときみは考えているのかね」

「決まっているじゃないですか、将軍。アリソンが死んでいるのを確かめるためですよ、わたしが彼女を発見する前に。惜しいことをした。男の姿を見ることができたかもしれない。男はそんなに早くわたしが来るとは思っていなかったのでしょう。黒い土地と白い土地の関わりを考慮していなかったにちがいない」

「どういうことだね」将軍はいらだたしげに言った。

「黒い土地と白い土地はいつの時代も争いの種である。あなたは最初にそう言ったでしょう。トレイシーは黒い土地で撃たれたのに、死体のかたわらの草むらには白い土地が——靴に付着していたと思われる石灰の塊があった。トレイシーの靴底に石灰の痕跡はなかった。それでもなお彼が運んできた可能性はある。いずれにしろトレイシーもしくは殺人者は石灰のある場所からやってきた。だからわたしはそこへ行ってみることにした。わたしを穴に突き落とした男は、毒ガスを使ってアリソンにとどめを刺すつもりだった」

「なんと残酷な——血も涙もない悪魔だ」将軍は恐怖であえいだ。「しかしどうやって——どうやってガス爆弾を？　簡単に手に入るものじゃない」

「いいえ、将軍、爆弾は必要ないんですよ。壺があれば充分。毒ガス戦は軍隊だけのものじゃない。庭師や果樹を栽培している人は日常的に行っていますよ。害虫や害獣を相手に。アリソンを燻蒸するために使われたのは一般的な薬品のひとつ——硫酸とシアン化カリウムです。温室でハダニなどの駆除に使われるものでシアン化水素ガスを遊離する。犯人は硫酸と水の入った瓶を持参し、そこにシアン化合物を加えてわれわれのいる穴のなかに投げ入れた。実に巧妙なやり口だが、ここでもわたしを見くびっている。何かが放りこまれるだろうと思っていました。だから急いで火をつけた。人目を惹くのを恐れた犯人が何もせずに逃げだすのを期待して。期待どおりにはいかなかったが、毒ガスを煙とともに排出できた。結果オーライですね。竪穴から煙が上がってくるのを見たとき、犯人はどう思ったのか。想定外の事態に驚き、何が起きたのか必死で理解しようとしたでしょうね。おや、誰か来たようだ」

レジーは勢いよく立ちあがった。一台の車が玄関の前で停まり、呼び鈴が鳴らされた。

「興味が尽きませんね」レジーは微笑んだ。

妻に会わせろとわめく男の声が聞こえてきた。

「妻を案じる夫のお出ましだ」レジーは立ちあがって玄関へ向かった。ジャイルズ・アストンは将軍の使用人に怒りを爆発させるのをやめて、レジーに向き直った。「あんたが彼女をここへ連れてきたそうだな。どうして自分の家じゃないんだ?」

「おやおや」レジーは目を丸くした。「それが真っ先に知りたいことですか。本人のためですよ、アストンさん。奥さんはとてつもなく恐ろしい経験をして、肉体的にも精神的にも傷つき、疲弊している。ただご心配なく、奥さんは快方に向かっています」

「妻に会わせろ」ジャイルズはけんか腰だった。

「ええ、さぞかし心配でしょうね。でもいまは無理です。麻酔薬を打ったし、ひどいショック状態で眠っているところですから。話ができるくらい回復したら、すぐにあなたに連絡がいくよう手配しましょう」

「妻に会わせてもらう」ジャイルズはレジーを睨みつけた。

「いまはだめです。大きな声を出さないでください」

「妻は何か言いましたか。何があったか話したんですか」

「いいえ。まだ何も」

「あなたは知っているんですか」

「もっともな質問だが答えはありません。お引きとりください、アストンさん」

ジャイルズは一歩前に踏みだした。威嚇するように胸を突きだし、落ちくぼみ血走った目は殺気立っていた。

レジーは一歩も引かなかった。「礼には及びません。ではこれで」

ジャイルズは言葉にならないうなり声を発し、くるりと踵を返すと出口に向かって歩きだした。が、すぐに立ち止まった。べつの車が家の前に横づけされた。巨体を揺らして降りたったのはブラウン夫人だった。

「まあ、ジャイルズ」夫人は息をあえがせた。「ほんとうなの？　あの子が見つかったっていうのは。無事なのね？」

「ええ、無事です、聞いた話では」ジャイルズは歯切れ悪く言った。

「聞いた話では？　まさかあなた、本人に会っていないの？」

レジーは前に進みでた。「おっしゃるとおりですよ、ブラウンさん」にっこり微笑む。「お優しいのですね、わざわざ無事を確かめにいらっしゃるとは」

「まあ、フォーチュンさん。そんな言い方をなさらないで」ブラウン夫人は傷ついた顔をした。「心配で居ても立ってもいられなかったんですのよ。夫とあたしにとっては実の娘同然ですもの」

「ご主人は一緒ではないのですか」

「夫はコルスバリーにいますわ。さっき聞いたばかりですのよ。あの子が巨人の墓で見つかったというのはほんとうなの？　あの子の身にいったい何が？　具合はどうなの？」

「お聞きになったとおりですよ。血も涙もない人間が竪穴に彼女を放りこんだ。間一髪のところで助けだされました」

「誰のしわざかあの子は知っているの？」

「まだ話せる状態にありませんので」

「ああ、なんてことかしら。こんな恐ろしいことがあるなんて。会わせてはいただけませんの、フォーチュンさん。かわいそうなあの子に」

「まったくひどい話です。あなたの情の深さには感服しますが、いまは面会謝絶です」

ブラウン夫人は肉づきのいい赤ら顔を歪めて、いまにも泣きだしそうな声で言った。「お医者様にはお診せになったんでしょうね」

「もちろんですとも。彼にたずねられても同じ答えしか返ってきませんよ。では、失礼します、ブラウンさん」レジーは玄関に入ってふたりの前でドアを閉めた。

将軍の待つ書斎に戻り、ゆっくりと椅子に身を沈めた。「なかなか押しが強いご婦人だ」レジーの丸顔にはなんの感情も表れていなかった。

「ずいぶんつらく当たるんだな、フォーチュン」将軍のひそめた声には称賛の響きがあった。「わしが思うにきみは――すまん、余計な詮索はやめよう」

「かまいませんよ。あなたの予想どおりかもしれない。勝負に情けは禁物だ。情報はいっさい漏らしてはならない。今後は何があろうと他言は無用です」

電話が鳴り、将軍が応答した。「こちらはデュドン将軍の自宅ですが。わたしがデュドン将軍です……ええ、フォーチュン氏ならここにいます。少しお待ちを」受話器をレジーに渡すとおごそかに伝えた。「ロンドン警視庁犯罪捜査課の部長だそうだ」

「おやおや、興味をそそられた人がまたひとり」レジーは微笑み、将軍は慎み深くそそくさと部屋を出ていった。「ああ、わたしだ、フォーチュンだよ、ローマス。アンダーウッドは全部きみに話したんだね？　おしゃべりな口にふたをしておくように言い聞かせておいたんだが。……ああ、そう思う……。賛同を得られて嬉しいよ。それはさておき、新たな展開があったんだ」レジーは順を追って説明した。巨人の墓へ行ったこと、穴のなかへ突き落とされたこと、アリソンを見つけたこと、毒ガス攻撃を受けたこと……。「優しい心遣いは感謝するが、わたしはこのとおりぴんぴんしているよ。ただ腹が立つだけで……。いや、それはない。新たな可能性が提示されたわけじゃない。アンダーウッドが追いかけているのが本筋だ。それ以外は考えられない……。なんだって？　ああ、アンダーウッドには応援が必要だ。二、三人、早急に頼む……助かるよ……」

またしても家の前に車が停まり、フォーチュン氏に面会を求める声が聞こえてきた。

「バブのお出ましだ」レジーは電話の向こうのローマスに言った。「だいぶご立腹らしい。じゃあこれで」受話器を置くと、玄関に向かって声を張りあげた。「わたしに用かね、バブ。入りたまえ」

荒々しい足どりで現れたバブを、レジーは穏やかな微笑みで迎えた。「きみも興味を持つと思っていたよ」

「これはいったいどういうことですか、フォーチュンさん」バブががなりたてた。

「こっちが訊きたいよ」レジーが小声で言った。「きみはいろいろ聞いているんだろう」

「あなたが巨人の墓で行方不明の女性を発見し、女性は生きているとの報告を受けました。ほんとうですか」

「何か問題でも?」

「問題! 問題などあるわけないでしょう。ひじょうに喜ばしいことだ。わたしが知りたいのは、どうして連絡をくれなかったのかということです。あなたのやり方はいちいち癇に障るんですよ」

「まあ、そうだろうね。きみはきみのやり方でやりたまえ。わたしが巨人の墓に行ったとき、きみはどこにいたんだ?」

「トレイシーさんの死体の検分をしていました。ご存じでしょう」

「ご存じでしょうと言われても、きみが具体的に何をしていたか知らないんでね。証拠を見落としているのは知っていたが」

「どんな証拠ですか?」バブがわめいた。

「大声を出すのはやめたまえ。トレイシーの死体と巨人の墓を結びつけるもの。黒い土地と白い土地。石灰だよ、バブ」

「それはつまり、移動した痕跡があったということですか」バブはゆっくりと言った。

「そうとも。きみは目を背けて現場から立ち去った」

「気づかなかったんですよ。どうして教えてくれなかったのですか」

レジーが笑った。「教えたじゃないか、現場に石灰が落ちていることは」

「不公平ですよ、フォーチュンさん。きちんと説明してくれていたら——」

「あの子は助からなかっただろうね」

「そうとはかぎらないでしょう。わたしもすぐに同行しましたよ」

「それはどうかな。何者かがあの場所にいたんだよ、バブ。何者かがわたしを穴のなかへ突き落とした。倒れている彼女の上に」

「なんですって！　誰なんですか、それは？」

「おや、きみにも知らないことがあるんだな」

「知っているはずないでしょう」

「きみは物知りだからね」

「確認させてください。あなたは再び襲われたのですね」

「そうとも。よほど嫌われているんだろうね。犯人はわたしを穴に突き落としただけでなく、上からガスを発生する壺を放りこんだ。アリソンとわたしにとどめを刺すために。何者かがわたしを目障りに思っている。使われたのはシアン化水素ガス。何か心当たりは？」

「ガス！　つまり毒ガスですか？　誰でも手に入れられるものじゃない。とても信じられませんね」

「気楽でいいね。バブ警視は証拠がないと何事も信じないわけだ。しかしそれは実際に起きたことだ。証拠なら穴のなかに残っているさ。跡形もなくぬぐい去られていないかぎり」

「何者かがあなたを殺すために毒ガスを用意していたということですか」

「彼女を殺すためだ。誰にも気づかれることなく。わたしは想定外だったんじゃないかな。きみはどう思う、バブ。わたしは邪魔な存在だが、常に見くびられている。きみはそのことに気づいていたかね」

「いったい何を言いたいのですか。単独で行動するのはどうかと思いますよ。穴に突き落とされたそうですが、犯人を見ていないのですか」

「ああ、まったく見ていない。あっという間の出来事だった。実に巧妙で手際がいい。先日の夜に襲われたときと同じだ」

「ほらね。独りで動くからそういうことになるんです。わたしを同行していれば避けられたのに」

「たしかに。結果は違っていただろうね。だが、虫の知らせがあったんだ、バブ警視は簡単には動かないだろうって。きみは腰が重いからね」

「とんだ言いがかりだ」

「落ちつきたまえ、バブ。それに、わたしは完全に独りきりのわけじゃない」

「アンダーウッドのことですね。彼は一緒にいたのですか」

「いや。急を要するべつの用件があったのでね。犯罪捜査課と連絡をとり合っているんだ。公訴局長官が事件に興味を示していることを伝えておくよ」

「長官が！　いずれにしろわたしには関係のないことですが。自分の職務をまっとうするだけです。そんなことよりアリソンの容体は？　彼女はなんと言っているのですか」

レジーは何も言わずに微笑んだ。

「彼女はあなたにどんな話をしたのですか」バブは身を乗りだした。

「興味津々だね」

「当たり前でしょう。じらさないで教えてください。誰に襲われたと言っているのですか」

「彼女は何も言っていない」

「どこにいるのですか。会わせてください」

「会っても無駄だと思うよ」

「彼女は話ができないということですか。意識が戻っていないとか？　まさか死にかけているわけじゃありませんよね」

「いやはや」レジーのまぶたがおりてきた。「身内みたいな心配のしかただな。大丈夫、彼女は死にかけていないよ、バブ。現時点では。だが、しばらくは誰に襲われたのか言わないだろうね。どうするか決めるのはきみだ」

あえぐような奇妙な声を発して地団太を踏んだ。「情け容赦のない人ですね、まったく！」

「わたしが？」レジーが笑った。

「わたしに何ができるというんです？　完全に手詰まりですよ」

「ここへ来る前はどこにいたんだね」

「言ったでしょう。死体の検分に立ち会っていたんですよ。自殺か事故のどちらかだそうです。それと、銃にトレイシー以外の指紋はありませんでした」

「まあ、ないだろうね。つまり誤って自分を撃ったトレイシーが、娘とわたしの息の根を止めるために幽霊を送りこんできたというわけか。よくできた話だ」

「むろんやったのは彼ではない」バブがつぶやいた。「巧妙な偽装工作が施されているんですよ。トレイシーの息子のときと同じように」

「そのとおり。本部長のときもそうだ。トレイシーが犯人として疑われていた点も一緒だ」

「アストンだってそうですよ」バブが不満げに指摘した。「どちらの事件も関与が疑われる」

「わたしは疑っていないけどね。少なくとも本部長の死にアストンが関わっているとは思わない。それはさておき、新たな証拠があるんだ」レジーはポケットから小箱をふたつ取りだした。「証拠A、今日、トレイシーの死体のかたわらで発見された弾薬筒。証拠B、村の娘が狙撃された現場で発見された弾薬筒。どちらもシュルツの十二口径の弾薬だ。しかし、娘を狙った弾薬筒はトレイシーの銃から発射されたものではない。旋条痕が一致しなかった。ゆえに彼女を狙撃したのはトレイシーではないと推察される」

「わたしはずっとそう言ってたじゃないですか」バブが食ってかかった。「トレイシーさんは人並みはずれて目がいいから相手を間違うなんてありえない。何者かが彼を陥れるために仕組んだことだとも言いました」

「うん、たしかにそうだ。例のイライジャとかいう密猟者のしわざだときみは言った。あの件はどうなったのかな」

バブはレジーを睨みつけた。「時間がなかったんですよ。しかし、まあ、おっしゃるとおり、たしかにわたしはそう言いました。まったくあなたは何ひとつ見逃さない人だ。あの男のことはよく知っているので、ご心配なく」バブは立ちあがった。「きっとイライジャのしわざだ。すぐに身柄を確保しますよ」

「変わり身が早いな」レジーはぼそりとつぶやいた「健闘を祈るよ。ああ、ところできみの家に温室はあるかね」

「温室？　なぜですか」

「ちょっと訊いてみただけさ」

「ありますよ、小さいのが一棟。トマトを育てるための。それが何か？」

「いや、いいんだ。早く行きたまえ」

バブの紅潮した頬がみるみるふくらんでいく。次の瞬間、彼は言葉にならない声を発して大またで立ち去った。

第二十九章　最古参の住人

朝食のあと、ロンドンの犯罪捜査課から派遣されたふたりの男がフォーチュン氏を訪ねてきた。全身泥やほこりまみれで疲れ果てていたが、表情は満足そうだった。

大きな陶製の壺の破片と麻袋をレジーに差しだした。鎮火したあと竪穴のなかに何者かが侵入した形跡はないという。

「だろうね。犯人はいま、そう易々と動けないはずだ」レジーは壺の破片に鼻を近づけた。苦いにおいが残っていて、粘り気のある黒っぽい液体がこびりついている。「思ったとおり市販されている硫酸にシアン化合物を加えたものだ。専門家に詳しく分析してもらいたい、巡査部長。アンダーウッド警部補に燻蒸消毒用の硫酸とシアン化合物を購入した者がいないか調べるよう伝えてくれ。それと、麻袋の出所も知りたい」

「了解しました」巡査部長は咳払いをした。「僭越ながら望みは薄いと思います。この袋には原産地表示がありませんので。じゃがいもや根菜のたぐいが入っていたもので、おおかた農家の納屋からくすねたのでしょう。それから燻蒸消毒に使う化学薬品の件ですが、この近辺で買う必要はまったくないと思いますが」

「ああ、たしかにそうだ。それでもなお地元で買ったものだとわたしは思っている」

レジーは二階へ行って、アリソンにつき添っている看護師と話をした。そのさなかに玄関前に横づけされた車に目を奪われた。オレンジ色の並はずれて大きな乗用車――二十年前に人類史上最高傑作と評され、いまもなお工場から出荷されたばかりのような輝きを放っている。

車から降りたったのは矍鑠《かくしゃく》たる老人だった。白い口髭を優雅に垂らし、胸ポケットからオレンジ色のシルクのハンカチをのぞかせている。

「長老のおでましか」レジーが言った。「芸を隠すは芸にあらず」

「ウェルネ卿ですわ」看護師の声には畏敬の念が表れていた。

「だからそう言ってるじゃないか」レジーは不満げにつぶやいた。

レジーが階段をおりていくと、とり澄ました口調でジャイルズ・アストン夫人の安否をたずねるウェルネ卿と、自分は何も知らないで押しとおす使用人のやりとりが聞こえてきた。「おはようございます。わざわざ訪ねていらっしゃるとは」レジーはウェルネ卿を書斎へ招いた。「思いやりのある人たちばかりだ」

「そいつは皮肉かね」ウェルネ卿が言葉を返した。「隣人を思いやって冷やかされるとは。このあたりではごく普通のことなのに。しかし、年寄りの冷や水と思ってくれてかまわんよ。彼女の具合はどうかね」

「ぐっすり眠っています。きっと元気になるでしょう」

「お礼を言わせてもらうよ。フォーチュンさん」ウェルネ卿は軽く頭を下げた。

「どうもご丁寧に」レジーは曖昧に応じて相手の出方を待った。

ウェルネ卿はたっぷりと間を置いて言葉を継いだ。「おそらくわたしの出る幕ではないんだろうが、それでも、あなたに知っておいてもらいたくてね、仮にこの村で仕事を妨害されるようなことがあったら地元の有力者の力を借りる手もあるということを」

「お心遣い感謝します。いまがそのときと思われた？」

「判断はおまかせしますよ、フォーチュンさん。あの若いカップルの結婚式を思いだしてもらいたい。あの場でお会いしたとき、この村への興味を失っていないとわかって嬉しいと言ったでしょう」

「ええ、おっしゃいましたね。あなたは謎の多いおかただ。警察への影響力をにおわせる一方で、結婚によって両家の争いに終止符が打たれることを期待し、ふたりの幸せを願っているとも言った。いまでもそう思っていらっしゃいますか」

「心の底から思っているとも」ウェルネ卿は大げさにうなずいてみせた。「こうして話すことができてよかった、フォーチュンさん。あなたはすばらしく呑みこみが早い。わたしがトレイシー家とアストン家の先祖代々続く不和について話したとき、両家を嫌う人々の存在に言及したのを覚えているでしょうね」

「ええ、もちろん。あれも謎でした。具体的な名前をひとりも挙げてくださらなかった」

ウェルネ卿は老いて骨ばった両手を広げ、悲しげに微笑んだ。「人間とはそんなに一面的でわかりやすいものだと思うかね。わたしが言っているのは雰囲気とか風潮とか、地域社会に染みついている感情のようなものだ。最古参の住民としてわたしはそのことを知っている。特定の一族同士のいさかいがあり、村全体で受け継がれてきた伝統もある。この地を起源とする先住民の子孫のなかには、アストン家とトレイシー家がたがいに憎み合っているのと同じくらい両家を憎んでいる者もいる」

「ええ、おっしゃりたいことはわかります」レジーの目はなかば閉じられていた。「改めてその話をされた理由はなんですか」

「アドバイスしようとかそういうつもりはない。ただ、何かの役に立てばと思っただけで。警察の無能ぶりを目の当たりにしたせいかもしれん、あなたにこんなことを言いたくなったのは」

「ほう。警察はアストン家とトレイシー家が食い合うのを歓迎していて、両家を等しく嫌っているということですか。われらがバブ警視は先住民の子孫で〈地主制度を廃止せよ〉の伝統を受け継いでいるから」

ウェルネ卿のとり澄ました青白い顔に衝撃が走った。不愉快そうに眉をひそめ、唇をすぼめた。

「そんなことは言っていないし、言うつもりもない。まったく驚かされますな。失礼ながらあなたには失望しました。正当な裏づけもなく特定の人物を槍玉に挙げるとは」

「役に立つと思ったからその話を聞かせてくださったんじゃないんですか」レジーは不平を鳴らした。「この村の人たちはみんな奥歯に物がはさまったような言い方しかしない。だから次から次へと事件が起きるんですよ。いくつか質問をさせてください、ウェルネ卿。ひとつ、バブ警視から聞いた話ですが、ブラウンさんがアリソンをかわいがりすぎて夫のジャイルズが嫉妬しているとか。あなたもそう思われますか」

ウェルネ卿の不快そうな顔のしわがより深くなった。「思わんね」

「なるほど。では、ふたつ目の質問です。バブはどこでそんな情報を仕入れたのでしょう。同様の話を聞いたことはありませんか」

「噂を耳にしたことはあるが」ウェルネ卿は急に歯切れが悪くなった。「コープが冗談で言うのを聞いたよ。馬鹿ばかしくて笑う気にもなれん」

「ほう、銀行家のコープが。ブラウンのことをよく知っているんでしょうね」

「つき合いは仕事のうえだけだと思うがね。あくまでもコープは冗談で言ったことを忘れないでもらいたい。彼は品のないところはあるが、真実を見抜く目を持っているからね」

「つまりコープさんは噂を信じていないということですね。鵜呑みにしているのはバブ警視だけか。では三つ目の質問です。トレイシーの財政状況について何か知っていますか」

「お気づきかもしれんが念のため、トレイシーの個人的な問題を詮索する趣味はない」ウェルネ卿はそう言って口をつぐんだ。

「それはどうもご親切に」レジーは微笑んだ。

するとウェルネ卿が言葉を継いだ。「わたしに言えるのは誰もが知っていること――すなわち、トレイシーはここ最近、投機目的で土地を売買したあげく甚大な損失を出したことくらいだ」

「なるほど、そうですか。その手の情報はどうやって手に入れるのです？　ブラウンがジャイルズの奥さんにちょっかいを出していたという噂は、根も葉もない作り話だった。その一方でトレイシーが投機で大失敗をしたという話は、ただの中傷ではない。それにしても、どうして彼はいまこのタイミングで投機に手を出したのですか」

「賭け事が好きなのはいまに始まったことじゃないと思うが」

「ええ、その話は前に聞いたことがあります。しかし理性を失うほどのめりこむきっかけとはなんでしょう。娘が宿敵のアストン家に嫁いだこと？　あるいはブラウンが彼の土地を欲しがっていたこと？　ブラウンさんにとってはトレイシーを破産させる絶好の機会だ」

「おっしゃる意味がわかりませんね。ブラウンさんがトレイシーの行動を操作できるわけがない」

「そう思われますか。四つ目の質問です。わたしと事件の話をするためにここへ来ることをブラウンさんに言いましたか」

「言ってない」ウェルネ卿は即答した。

「ふむ、そうですか」レジーはなかば閉じた目で時計を見た。「ブラウンさんはあなたの考えを知っているのですか。バブ警視をどう見ているのか、ジャイルズ夫人とのスキャンダルやトレイシーの懐具合についてどう考えているのか」

「わたしがどう考えようと彼には関係なかろう」ウェルネ卿は辛辣に言い放ったものの、気をとり直して言葉を継いだ。「誤解しないでいただきたい。昨日、ブラウンさんと今回の一件について話をした。わたしが手に入れた情報や結論をあなたに提示するよう彼から勧められた。しかし今日ここへ来ることは知らせていないし、いかなる指示も受けていない。あれこれ考えたすえに、あなたの役に立てるかもしれないと腹を決めたんですよ」

「ええ、そうでしょうとも。先見の明がありますね、ブラウンさんは。ご協力感謝します」

ウェルネ卿は出かかったいやみをぐっと呑みこむと、真意をただすことなく小さく会釈をした。

「ひと筋縄ではいかない人ですね、フォーチュンさん」そう言って立ちあがった。「わたしでお役に立てることがあれば、なんなりと言ってください」うやうやしくいとまを告げた。

時代がかった車が走り去るのをレジーは見ていた。「芸を隠すは芸にあらず」先刻と同じ言葉を口にした。「いや、たぶん、そういうことじゃない」

パイプに火をつけて庭に出ると、紫煙を燻《くゆ》らせながら考えをめぐらせた。

やがて将軍の車が騒々しく私道をのぼってきた。レジーは出迎えにいった。「やあ、お帰りなさい。

心配性の夫を元気づけることはできましたか」

「彼は家にいたよ、フォーチュン。見るも無残なありさまで憔悴しきっていた。きみから言われたとおり奥方が快方に向かっていることを伝えたら、やっこさん、どういうわけかえらくショックを受けたみたいで、いますぐ彼女に会わなきゃならんとかうわ言みたいにつぶやきはじめた。今日は誰も面会できない、医者の指示だとわしが言うと、罵詈雑言を並べたてて、再び椅子に倒れこんだ。わしには何がなんだかさっぱり――」

「わかりませんね。本人もわかっていないのでしょう。言うなれば〈極度に乱心した男であった〉んですよ、われらがジャイルズは」

「おいおい。聞き捨てならんな」将軍の声はうわずっていた。「〈極度に乱心した男であった〉というのはオセローの台詞だ。たぶらかされてとり乱した男が、嫉妬に狂い、妻のデズデモーナを殺害した。まさか、フォーチュン、きみはそう思っているのか」

「額面どおりに受けとりすぎですよ。アリソンは殺されちゃいない。ジャイルズはひどく錯乱しているようだが。あなたが立ち去るとき、彼はどんな様子でしたか」

「ジャイルズが先に出ていったんだ。きみに言われたことを伝えたら――彼女が面会可能なら明日の朝、きみから電話すると伝えたら――家を飛びだしていった。行き先はわからん」

「ご心配なく。ジャイルズには見張りがついていますから。他の人たちにも。コルスバリーまで連れていってもらえませんか。車を取りにいきたい」

将軍は快く引き受けた。しかしレジーは愛車で戻ってくる前に、コルスバリーのひなびた居酒屋に立ち寄り、そこでアンダーウッド警部補と打ち合わせした。おもに話していたのはアンダーウッドだが、興奮と焦燥で居ても立ってもいられない様子だった。

「いいから少し落ちつきたまえ」レジーは彼を叱りつけた。「ゴールが見えたと思っているようだね。まだだよ。すべてのピースがおさまるべき場所におさまるまでは。今回は何ひとつゆるがせにしない。ゴールはそれからだ」

第三十章　嘘

翌朝早い時刻に、彼はアリソンの部屋を訪れた。「治療の成果がずいぶん出ていると思いますわ、フォーチュンさん」看護師が言った。

「うん、そのようだね」レジーはベッドの端に腰かけた。「気分はどうだね、アリソン」

青白い顔は痩せてひとまわり小さくなったようだ。眉と目、それに豊かな赤毛が際立って見える。眉間に深いしわを寄せ、大きく見開いた暗い目でレジーをじっと見た。

「ありがとう。もう大丈夫よ」

「そうこなくっちゃ。たしかにもう心配なさそうだ。痛みはどうだね」

「いまはないわ」

「そうか。しかし、まったくないということはないだろう」

「ほんとに全然痛くないの。ぐっすり眠れたし、すぐに立って歩けるんじゃないかしら」

「頼もしいね。うん、じきに歩けるようになるだろう。いい心がけだ」レジーが看護師に一瞥をくれると、彼女は黙って部屋を出ていった。「きみは勇敢だ、アリソン」

「どうしてそう思うの？」

「きみの我慢強さや奮闘ぶりを見たからだよ」

「あたしは何もしていない。ただここで横になっていただけ。全部あなたがやったことよ。お礼を言わなくちゃいけないわね。あなたは命の恩人よ」

「自分の仕事をしたまでさ。わたしは仕事が好きなんだ。しかし、だからと言ってきみを傷つけるつもりはない。何があったのか聞かせてくれないか」

「無理よ」アリソンは悲痛な声を上げ、眉間のしわが深くなった。「だって知らないんだもの！」黒い瞳が揺らぎ、あらぬ方を見て、それから警戒心をあらわにレジーを見つめた。

「順番に振り返ってみよう。きみは帰りの遅いご主人を迎えに――」

「ええ、そうよ。よく迎えにいくの、家の前のあの道を歩いて」

「そして途中で何者かに襲われた。そのときのことは覚えているかね」

「いいえ、何も覚えていないわ」

「ほう。きみは頭を殴られて意識を失った」

「そうみたいね」アリソンは曖昧に応じた。「記憶がすっぽり抜けているの。気がついたら麻袋みたいなものに入れられていて、あたりは真っ暗だった。それから気が遠くなるくらい長い時間が経過した」

「そうだね。たしかに、助けにいくのが遅かった」

「違う。そうじゃないの」

「悪かった。話を戻そう。殴った犯人を見なかったかい？」

「もちろん見ていないわ。見てたらただじゃすまさない。黙って殴られるものですか」

「抵抗する隙はなかったんだね。なるほど。しかし考える時間はたくさんあったはずだ。誰のしわざだと思う?」

「わからない。見当もつかないわ。誰も思い浮かばない」アリソンは息をあえがせた。

「誰かと仲違いをしていたとか?」

「誰かって誰のこと?」

「きみがわたしに何を話したのか、ご主人はひどく気にしていたよ」

「そりゃあもちろん気にして当然でしょう」

「ああ、とても自然なことだ。ご主人とのあいだにもめ事があったのでは?」

「なんですって!」アリソンは上体を起こし、痛みと怒りでうめき声を漏らした。「そんなの嘘よ。でたらめもいいところだわ。どうしてそんなことを言うの?」

「すまない。噂を聞いたものだから」

「なんでもかんでも噂になるのね。あることないこと全部、尾ひれがついて大げさに語られるのよ」

アリソンは身震いした。「そんなの信じないで。あれはジャイルズじゃない。それだけは断言できる」

「しかし、きみは犯人を見ていないんだからね」レジーはつぶやいた。

アリソンは枕に倒れこんだ。「ジャイルズのしわざだなんて思っていないわよね? 違うわ、絶対に。彼とはちっとも似ていなかったもの」レジーの慈悲深い目に見つめられ、アリソンはしどろもどろになった。「そ、そんなに背が高くなかったし、大柄じゃないし。断言できるわ」

「きみはそう言うだろうね。わかった。質問はもうやめよう。最後にひとつだけ。ジャイルズに会う気はあるかい。一分なら会ってもかまわないだろう。一分だけだよ」

「ここに来ているの?」アリソンはたずね、レジーはうなずいた。「もちろん会いたいわ」

「結構。話をしてはいけないよ」

「話しちゃだめなの？」アリソンは弱々しく笑った。

「きみを守る責任があるのでね」レジーは部屋を出ていった。

ジャイルズは書斎で椅子の端に腰かけ、将軍が一方的に無意味なことを話しかけていた。レジーがドアを開けると、ジャイルズは弾かれたように顔を上げた。「行こう。面会時間は一分だ」レジーが言った。「静かに落ちついて。奥さんは誰に襲われたかわかっていない」

「わかっていない？」

「見当もつかないそうだ」

ジャイルズはレジーに詰め寄った。「ふたりきりで会いたい」

「一分だけならかまわないよ。事件については何も訊かないように」

ジャイルズはレジーの表情のない顔を睨みつけた。「どういう意味だ？」押し殺した声でたずねた。

「訊かなくてもわかっているということか」

「奥さんに会わなくていいのかね」

ジャイルズは支離滅裂な悪態を途中で呑みこんだ。レジーは先に立って階段をのぼり、ジャイルズが慌ててあとに続いた。「落ちついて」レジーは肩越しに言うと、アリソンのいる部屋のドアを開けた。

ジャイルズは彼を押しのけてなかに飛びこんだ。「アリソン！」

彼女は答えなかった。ベッドに横たわったまま、けれど胸元は激しく波打っている。夫を見つめる大きな目に涙があふれ、青白い顔は苦しげに歪んでいた。

ジャイルズはかたわらにひざまずき、妻の身体に頭を押しつけた。アリソンはびくりとして身をすくめた。それから弱々しく左手を動かし、その手をゆっくりと伸ばして夫の頭の上に置いた。

レジーはふたりを残して部屋を出た。

再びドアを開けたとき、彼女の声がかすかに聞こえてきた。「わからないのよ、ジャイルズ。何が起きたか覚えていないの」ジャイルズは食い入るように彼女を見つめていた。

「時間切れだ、ジャイルズ」レジーが言った。

ジャイルズは身を乗りだして妻にキスをしたあと、別れを惜しむ彼女の顔を枕の上にそっとおろし、思いを振りきるように勢いよく立ちあがって部屋を出ていった。レジーが戻ると、アリソンは嗚咽しながら顔をそむけ、涙に濡れた目を閉じた。

「気持ちはわかる。でも、明日があるからね」レジーは優しく言い聞かせた。「明日もまた会えるさ」

レジーは窓辺に行って外を見た。ジャイルズの車はすでに走り去ったあとだった。彼の車が視界から消え、再び現れたとき、行き先は自宅でないことが明らかになった。車は丘陵地帯へ続く道をのぼっていた。

レジーは階段を駆けおりて自分の車に飛び乗ると、コルスバリー目指して猛然とアクセルを踏みこんだ。

第三十一章　密猟者再び

宿屋の女主人が応接室のドアを開けると、アンダーウッド警部補は万年筆にインクを補充していた。「いったい何をやっているんだね」女の肉づきのいい肩の後ろから、レジーがたしなめた。「悠長に作文を書いている場合じゃないだろう」

「ローマス部長が報告書を送れと言うんですよ」

「そんなの放っておきたまえ。まだネタは出そろっていないんだから。書くとしてもそのあとだ。アリソンから話を聞いたよ。誰に殴られたかわからないし、心当たりもない。夫が嫉妬していたなんて根も葉もない嘘だと切り捨てたあと、彼女は前言を翻し、殴った男を見たと言いだした。それは夫ではなかった。似ているところはひとつもなかった。犯人はそんなに背が高くないし、体格もよくない。その点は間違いないそうだ」

アンダーウッドは顔をしかめた。「つまり、彼女は犯人を知っているってことですか。知っていてかばうために嘘をついていると？　だとしたら嘘が下手すぎる」困惑した表情で答えを求めるようにレジーをじっと見た。

「嘘をついているのは間違いない。涙ぐましい嘘だよ。勇敢で哀れな娘だ。彼女は犯人を知っているのか？　わたしはそうは思わない。むしろ自分が誰をかばっているのかわかっていない気がする。一方、夫のジャイルズはすっかり怖気づいている。何やらひどく気をもんでいるようだ。ブラウンか父親のところへしっぽを巻いて逃げこんだ。彼らは自宅に留め置かれているんだろうね」

「その点は抜かりありません。それとコープのところへ寄ってアストンについて訊いてきました、あなたから言われたとおりに。コープは不愉快な男ですが、礼儀はわきまえていて積極的に質問に答えてくれました。アストンは箸にも棒にもかからない男で、もはや心から理解する者はひとりもいないそうです。アストン家が破産をまぬがれないのは、もはや説明を聞くまでもない」

「そうか、予想どおりだな。ところでバブはどうしてる？」

「大忙しですよ」アンダーウッドは苦笑いをした。「われわれが何をしているのか一時間ごとに確認にくるんですから」

「それ以外には？」

「わたしに訊かないでください。走りまわって吠えたてているだけですよ」

「情報交換はしていないんだな？　よし、わかった。これからバブのところへ行って意見を交わすとしよう」

レジーとアンダーウッドは、ダーシャー警察本部の頭脳を奉る、薄暗い丸天井の部屋に足を踏み入れた。

「で、おふたりそろってなんの用ですか」バブが強い口調でたずねた。

「ご機嫌斜めだな、バブ。〈山々をめぐるわれらの足音はなんと美しいことか（旧約聖書「イザヤ書」より）〉。バブ警視にいい知らせだ。ジャイルズ・アストン夫人は誰に殴られたかわからない。襲撃者を見ていないそうだ」

「ほう、見ていないのですか。それのどこがいい知らせなんですか」

「きみがほっとするんじゃないかと思ってね」

「彼女は当然知らないと言うでしょうね。彼を見捨てるつもりがないなら」

「彼というのは？」

「彼女の夫か、夫の父親か、ブラウンか。いずれにしろ彼女にとっては地獄の責め苦だ」

「可能性があるのはその三人だけかね」

「他に誰がいるというんです？　例えば彼女自身の父親とか？　たしかに父親がやったとは言いにくいでしょうね」

「わたしはそうは言っていないが。ところでこの一大事にきみは何をしていたのかね」

「全員の行動を追跡していたんですよ。知りたければ教えてさしあげますが、父親のアストンは、義理の娘が襲われたとき外出していたそうです」

「うん、まあ。ありうることだ。彼に照準を合わせているようだね。きみにはきみの考えがあるのはわかるが、バブ、アリソンによれば犯人は背が高くないそうだ。とすると、アストンは当てはまらないだろう」

「彼女がアストン家の人々を除外したがるのは当然でしょう」バブは不平がましく言った。「ブラウンや彼女の父親にも当てはまりませんよ」

「たしかにそうだ。しかし、もうひとり有望な候補者がいただろう。腐れ縁のイライジャだよ。才気煥発な捜査により、密猟者のイライジャを検挙したんじゃないのか」

バブはレジーを睨みつけた。「ええ、そうですよ。イライジャ・ホークの身柄は確保してあります。

さらなる尋問が必要ですので」

「やあ、バブ！　ずいぶん熱心だね。あの男は何かやらかしたのかね」

「アリバイを証明できないんですよ」

「なるほど、それは好都合だ。晴れてわれらがイライジャは容疑者の仲間入りをしたわけか。実に喜ばしい。イライジャにはアリソンを殺害する明確な動機があるのか？」

「彼女はトレイシー家の一員ですからね。イライジャ・ホークがトレイシー一族を逆恨みしていたことはご存じでしょう。その話は以前しましたからね」

「うん、たしかに聞いた。しかし、どうにも納得がいかないね。あの男は前に会ったとき、頼みもしないのにべらべらしゃべっていた。なのに、いまは申し開きをしようとしない」

「ええ、ひと言も。初めのうちこそずけずけ言っていたのですが。質問を始めると、ひとつも答えず、だんまりを決めこむ始末で」

「わたしが思うに」レジーが控えめに言った。「訊き方を間違っているんだよ、バブ」

「どういう意味ですか？」バブがいきりたった。

「なぜバブ警視の質問に答えないのか。ここへ連れてきて本人に訊いてみよう」

「無駄ですよ」バブは吐き捨てるように言った。「どうせにやにや笑っているだけだ」

「そう言わずに、バブ。頼むよ、会って話したいんだ」

「わかりました。そこまでおっしゃるなら」バブは不満げに言った。「自分の目と耳で確かめるといい。物笑いの種にされるだけだと思いますけどね」

「その話なら前にも聞いたよ。忘れたのかね。イライジャが情報を提供してやると言ってきたときに。

あんなやつの話に耳を貸すなときみは言った」

「覚えていますし、同じ話を繰り返すつもりはありません」バブが言い返した。「息子のチャールズを殺したのも本部長を殺したのもトレイシーだとあの男が言ったことを、あなたがお忘れになっていなければ。あの話にずいぶん重きを置いていましたね」

「ずいぶんと言うほどではないが。それにイライジャは明言したわけじゃない。あれで用心深いところがあるからね。イライジャはトレイシーを疑う根拠を示した。いまもそう思っているなら、どうしてきみにそう言わないのか」

「ふん、知るもんですか」バブは憤然として言った。「盗っ人野郎の言うことをいちいち真に受けていられませんよ」

「本人と話がしたい」レジーが言うと、バブは憤怒の声を漏らして呼び鈴を鳴らし、ホークを連れてくるよう命じた。「ありがとう。何があったのか直接訊いてみたい」

「何もありゃしませんよ」バブは乱暴に言った。「どういう了見ですか。われわれはあの男を極めて適切に扱っていますよ」

「どうしてそんなにぴりぴりしているのかね、バブ。イライジャは拷問にかけられているとわたしが疑っているとでも？　見当違いもいいところだ。本部長が死んだあと、自発的に警察を訪ねてきたとき、イライジャは饒舌だった。なのに、トレイシーの件で事情を訊くためにきみが連行すると、何もしゃべろうとしない」

「事件に関与している証しじゃないんですか？」バブが強い口調でたずねた。

イライジャが巡査部長に連れられてきた。突然足を止めて横目でバブを見たあと、しわだらけの褐色の顔を歪めてうなるように言った。「今度はなんだ。汚ねえ手を使ってまた俺をはめるつもりじゃあるめえな」

質問されるまで黙っていろと巡査部長が命じた。

「ほざくな、忠犬野郎《ファイドウ》」頬に入れた噛みタバコをくちゃくちゃと噛みながら、イライジャは落ちくぼんだ目をバブからアンダーウッド、そしてレジーへとめぐらせて含み笑いをした。「たまげたな、バブ。この人は、あんたのとこの大将がなんで死んだのか頭を悩ませていた旦那だろう。またおいで願ったわけか。よっぽど困ってるんだな」

バブはぞんざいに手を振って巡査部長を退かせ、行儀よくするようイライジャに言って聞かせた。

イライジャはレジーにウィンクした。「おとなしくしろってさ」足を引きずりながら前に進みでた。

「まだバブと手を切っていないのかい、旦那。だいぶ難儀しているようだな」

「そうなんだ。本部長の死に関して、残念ながらきみの情報は役に立たなかった」レジーが言った。「トレイシーが一枚噛んでいると言ったね。今度はそのトレイシーが死んだわけだが、それについてきみはどう思っているのかね」

「役に立たなかったって、そいつは俺のせいじゃねえ。そもそもトレイシーが本部長を殺したなんて俺はひと言も言っちゃいねえ。トレイシーとあのポリ公は隠し事をするための算段をしてやがったと言ったんだ。それだけは絶対に間違いねえ。そうだろう、バブ?」イライジャは欠けて黄ばんだ乱杭歯を剝きだした。

嘘で逃げようとしても無駄だとバブは言った。

「この足じゃどこへも逃げられねえよ。逃げる必要なんてねえしな」

「そうか」レジーはため息をついた。「バブ警視にはめられたと思っているんだな」

「そうとも。なんにも聞いてねえのか？　思ったとおりだ。バブ警視は、俺が知っていることを外でしゃべらねえようにここに閉じこめているんだ」

バブは鼻で笑った。「何やら重大な話が聞けそうですね、フォーチュンさん」

「あんたはそれを否定できねえしな、バブ。俺はいままでどこにいたと思う、フォーチュンの旦那？　目を疑うようなひでえ牢屋だよ。じゃあ、なんで俺は牢屋にぶちこまれたのか？　バブは俺をここへ連れてきて、トレイシーが頭を吹き飛ばされた件について何か知っているかと訊いた――」

アンダーウッドは手帳を取りだした。

「いい心がけだ。しっかり書き残してくれよ」イライジャは喉を鳴らし、嚙みタバコを反対の頰へ移動させた。「で、俺はバブに言ってやったのさ、こんな内々の尋問なんかやめて、検死審問を開け、検死官に話してやるってね。そしたらバブのやつ、身のほど知らずが思い知らせてやるとかなんとかわめき散らして、またもや俺を檻のなかにぶちこみやがった」

「前科者の陳腐な作り話だ」バブがせせら笑った。「おまえが留置されているのは、いつどこで何をしていたかまともに答えられないからだよ」

せわしなく動くアンダーウッドの鉛筆を見ていたイライジャは、立てた親指をバブのほうへぐいっと向けた。「聞いただろ。万事あの調子さ。俺はバブにはなんにも話さねえ。そのときが来たらしゃべるさ」

「ほう。警察に情報を提供するのを拒む理由はなんだね」レジーがたずねた。

「ポリ公に？」イライジャは大口を開けて笑った。「この男になんで話さねえかって？　くそみてえにすばらしいポリ公だからだよ。わが身を守るためなら他人を陥れることもいとわねえ。いいかね、旦那、あんたは誰がトレイシーを殺したのか知りたくてここに来たんだろう？　そんなら話は簡単だ。バブを追いかければいいんだよ。ちゃんと書きとめてくれよ、相棒」

「嘘つきの盗っ人めが！」バブが怒鳴りつけた。「トレイシーが殺されたとき、どこにいたか言ってみろ」

イライジャは嚙みタバコをくちゃくちゃと嚙んで満足げに舌を鳴らした。「気に食わねえらしい」にやりと笑った。「そいつがなんで俺の口をふさごうとするのかわかっただろ？」

「いや、わからないね」レジーが答えた。「証拠と呼べるものはひとつもないし」

「ちょっと待ってくれ。俺は嘘はつかねえし、それはあの夜にかぎったことじゃねえ。知ってのとおり俺はたいてい外にいる」イライジャは意味ありげな流し目をした。「ウサギだけじゃねえからな、旦那。カイウサギにゃまだ早いが。それはさておき、話を戻そう。ここ最近、日が暮れたあと何度か、トレイシーの猟場近くで山道をのぼっていく二人乗りの小型車を見かけることがあった」

アンダーウッドは手帳から顔を上げた。「ナンバーは？　それとメーカーや色も」

「メーカーとかそんなの知らねえし、ナンバーなんて見ちゃいねえ。黒っぽい色だよ。嘘はついちゃいねえって。俺は見つからねえよう姿を隠した。なんのために？　ポリ公と仲良くする気はないからさ。そいつはバブが乗ってる車によく似ていた」イライジャは威嚇する犬のようにバブに向かって歯を剝きだしてにやりと笑った。「なあ？」

「続けろ」バブは冷ややかに笑った。「よくできたほら話だな。何を企んでいるのか知らないが。おまえは車を見かけると怖気づいて身を隠し、車のことはなんにも知らないのに、それがわたしの車だとわかったと言う」

「あんたを見たんだ、バブ」

「でっちあげだ」バブが身を乗りだしてイライジャを睨みつけた。「おまえは――」

「どこで？」レジーが割って入った。「いつごろのことだ」

イライジャは鬼の形相のバブにうなずいてみせたあと、レジーに視線を移した。「見かけたのは一度きりじゃねえ。バブにそっくりの男が丘や雑木林の周辺をうろついていた。トレイシーがあの世へ行った夜、その男は人目を避けるようにしてゴート・ヒルからおりてきた。あれはあんただ、バブ。検死審問が開かれたらそう証言する」

「ああ、そうしたまえ。しかし、それがバブ警視だと断言できるのか」

「姿かたちがそっくりだったことは断言できる。神に誓ってうりふたつだった」イライジャはゆっくりと言った。「そして俺は、相手が誰であろうと汚い手は使わねえ」

バブは怒りを爆発させた。「笑わせるな！　薄汚い盗っ人のくせに。汚い手を使わなかったらおまえの商売は成り立たないだろう。今回は自分を守るためにその手を使ったわけだ。トレイシーさんが殺されたとき、その場にいたことを認めるんだな。証拠としてはそれで充分だ」

「ふん。地獄に落ちろ。電気椅子送りになりやがれ！」イライジャは冷ややかに言った。「俺は何も認めちゃいねえ。いいか、もういっぺん言うぞ。村の娘が山道で狙撃されたときと同じように、トレイシーが死んだ夜、ゴート・ヒルの猟場を歩くあんたを見かけて、俺とダチはその場から退散した。あれはあんただろう、バブ」

「その友だちの名前は？」レジーがすかさずたずねた。

「焦るなって。やつのことならみんな知ってる。エルストウ村のビル・ペンだよ。訊いてみな、俺とおんなじ話をするぜ」

バブが大声で笑った。「最高の証人だな。ペンはおまえが最後に捕まったとき一緒に密猟していた男だろう？」

「他に言っておきたいことはないか、イライジャ」レジーがたずねた。

「それで全部だよ」噛みタバコを反対の頬に移動させてくちゃくちゃと噛んだ。

バブは呼び鈴を鳴らし、やってきた巡査部長にイライジャを連れていくよう命じた。

「なあ、旦那」イライジャはレジーに向き直った。「あんたは俺の話を信じてくれるだろ？」

「さっさと連れていくんだ！」バブが怒鳴りつけた。

「落ちつきたまえ」レジーがたしなめた。「彼は証人であって容疑者ではないことを忘れるな」

「その男は取り調べのために引き続き拘留する」バブは声高に宣言した。

イライジャはバブに向かって噛みタバコ混じりの唾を吐いた。「自分のために、だろ？」くつくつと笑いながら、巡査部長にせかされて部屋を出ていった。

怒りでバブの顔から血の気が引いていくのをレジーは見ていた。「顔色がすぐれないな。まさかこの件をもみ消すつもりじゃあるまいね。重大なあやまちだぞ」

「これはわたしの事件ですからわたしのやり方でやりますよ、フォーチュンさん。どうかお忘れなく」

「わかっているよ。だからこそここへ来たんだ」レジーは時計を見て立ちあがった。「失礼するよ」

「次はどちらへ？」

「エルストウに行こうと思っている」

「もしやイライジャの密猟仲間のペンのところへ？　同行します」

レジーは楽しそうに笑ってアンダーウッドと一緒に本部長室を出た。

通りかかった事務室で、アンダーウッドの部下がバブの横柄な警部補と言い争っていた。「何をもめているんだ」アンダーウッドが割って入った。

「ここから出してくれないんですよ。あなたのところへ行かせまいとして」部下が答えた。

「あなたの指示ですか？」アンダーウッドはバブを振り返った。

「会議を邪魔しないというのは一般的なルールだ」バブが反論した。「そもそもあなたがたをここへ呼んだ覚えはない」

レジーが笑った。「たいした自信家だな、きみは。行こう、アンダーウッド」彼らはアンダーウッドの部下を連れてその場をあとにした。顔を寄せて話をしながらレジーの車が停めてある人気のない横道へ向かった。

車にたどりつく前に、アンダーウッドの部下は踵をめぐらせて広場へ消えた。市場で賑わうその場所でべつの男と合流したが、人混みを抜けて教会近くの薄暗い静かな一画に姿を現したとき、彼はひとりに戻っていた。

レジーはアンダーウッドを乗せて、エルストウ村へ向かう道を走りはじめた。そして道が広くまっすぐになるや、アクセルを踏みこみ一気に加速した。

二人乗りの小型乗用車が前方に見えてきたのは、さらに三マイルほど走ったあとだった。レジーはさらにスピードを上げて前を行く車に追いつき、やがて追い越した。その車を注視していたアンダーウッドがレジーに耳打ちをした。「バブが運転していました。ロングマン・テンのダークブルーです」

冷ややかに笑った。「密猟者の証言と一致します。バブが激昂するのも無理はない」

「ああ。イライジャは厄介者だしね」

「なんて事件だ」アンダーウッドが嘆息した。「みんなが足を引っぱり合っている」

「まったくね」レジーはシートに身体を沈めてアクセルを踏みこみ、エルストウ邸の白い土地へ続く
長い坂道を一気に駆けあがった。「神よ、われらを助けたまえ!」

第三十二章　温室

車は速度を落としてアストン家の庭園を囲む塀沿いに進み、朽ちた門番小屋の門のないアーチ道を通りぬけた。

庭園のなかを走っていくと、樹木のないがらんとした芝生のくぼみからひとりの男が立ちあがり、ひとつうなずいて屋敷のほうをあごで示し、再びしゃがみこんで視界から消えた。

「息子のアストンはまだいるようです」アンダーウッドが言った。

「予想どおりだ。結構。きみの部下はみんな優秀だな。それはともかく、ジャイルズが来ているんだね。だんだん展開が読めてきたよ」

「手ごたえを感じているということですか」

レジーは奇妙な笑い声を上げた。「責任は感じているよ。ようやくだ。言い訳はしないさ」

優美で古色蒼然たるたたずまいの屋敷の近くまで来ていた。アーチ形の窓が陽射しを受けて輝いている。緩い坂道をのぼり、荒れた庭のてっぺんでアンダーウッドを降ろしたあと、レジーは玄関前へと車を進めた。

アンダーウッドは雑草だらけの小道を小走りで温室に向かった。制止する者はいなかった。陽射しがあふれる温室は蔓植物や果実や南国の花を育てたり、促成栽培をしたりするために、ふんだんに金をかけて作られたものだ。そのうちの大半は使われておらず、荒れ果てて朽ちかけている。

アンダーウッドは建ち並ぶ温室を一棟ずつ見てまわった。干からびた蘭が惨めな姿をさらす温室、なかば野生化し、なかば枯れた灌木が並ぶ温室、列を成す植木鉢の残骸のなかで数本の高山植物がかろうじて生き長らえている温室――それらがアンダーウッドの歩みを遅らせることはなかった。次の温室では少ないながらもトマトが実をつけていた。なかに入って棚の下をひととおり見てまわったが、収穫はなかった。

さらにその隣の温室は、伸びすぎてはびこる蔓にぶどうが小さな房をつけていた。アンダーウッドは扉を開き、垂れさがる枝の下をくぐってあたりを見まわした。葉はあらかた虫に食われ、小さな赤い蜘蛛がそこらじゅうを這いまわっていた。扉の陰から、ワインボトルに似た黒っぽい瓶と、赤いラベルのついた段ボール箱を取りあげた。ラベルには〈危険、炭酸カリウム、シアン化合物〉の文字。瓶の栓を抜くと、なかには硫黄の臭いがする液体が入っていた。箱の中身は白い粉だった。「なんてことだ」アンダーウッドはうめき声を漏らし、瓶と箱を持って急いで温室を出た。

屋敷へ続く道に戻る前に、一台の小型車がやってくるのが見えた。バブの車だ。アンダーウッドに気づくと、バブは車を停めて駆け寄ってきた。「こんなところで何をやっているんだ？」

「温室を調べていたんですよ。自宅に温室をお持ちですか、バブ警視」

「きみの御託に耳を貸すつもりはない」

「ずいぶんぴりぴりされていますね。フォーチュンさんから同じ質問をされたのを覚えていらっしゃるでしょう」

「あの人の馬鹿げた質問をいちいち覚えていないさ。いったい何が言いたい？　覚えていたらなんんだというんだ」

「興味を持っていただけると思いますよ。温室を燻蒸消毒するための薬品を見つけたんです、そこの温室に置いてありました」

「いったいなんの話だ、順を追って説明しろ。見つけたからなんだというんだ。事件と関係があるというのか」

「とぼけないでください、バブ警視」アンダーウッドは苦笑いを浮かべた。「フォーチュンさんを穴に突き落とした男は、毒ガスを発生させる薬品を穴のなかに投げ入れた。あなたが知らないはずないでしょう」

「もちろん知っているさ」バブは唾を飛ばして反論した。「その話ならフォーチュンさんから聞いたよ。しかし、使われた毒ガスが殺虫剤で作られたとは言わなかったし、殺虫剤で毒ガスが作れるなんて初耳だ。わかっていたなら、どうして彼はわたしに直接言わなかったんだ?」

「あなたの情報管理能力を信用していないからかもしれませんね」

「そのまま上に報告するからな」バブがいきりたった。

「お偉がたが待っているのは、本件の報告書でしょうね。それはそうと、これが問題の薬剤です。硫酸と炭酸カリウム。シアン化合物。虫以外の生きものも死に至らしめる毒薬で、シアン化水素のガスを発生させるそうです。ご自宅の温室で使われたことがありますか?」

「ないね。聞いたこともない」即答したあと、ふと口をつぐみ考えこんだ。「ちょっと待った。その薬剤はここの温室で見つけたと言ったね。ということはつまり、それが何を意味するかわかっているんだろうね。やっぱりそうか、アストンのしわざじゃないかとずっと思っていたんだ。ついに証拠を手に入れたぞ。よし、屋敷へ行こう。ずる賢い古狐め、今日こそとっちめてやる！」

「アストンさんを疑う有力な情報をつかんでいたとは知りませんでした。手をこまねいて見ていたのに、急にやる気になったのはどうしてですか。あの密猟者に糾弾されたから？　そういえば、密猟仲間を調べにいくところでしたよね。そっちはどうするんです？」

「どうもしないさ。きみらの策略には引っかからないよ。フォーチュンさんはペンのところへ行くとわたしに思わせようとした。村に向かう道を素通りしたのを見て、あとを追いかけてきたんだ。ほんとうの狙いを見定めるために」

「なんだかんだ言って心配なんでしょう？」アンダーウッドはにやりと笑った。「驚きませんよ」そう言うと、屋敷に向かって歩きだした。

「どういう意味だ？」バブはアンダーウッドに追いついてたずねた。「どういう意味で言ったのかと訊いているんだ」

「ご自分が一番よくわかっているでしょう、バブ警視」

「フォーチュンさんはどこだ？」見ると、大きな車はもぬけの殻だった。「屋敷のなかに入ったのか」二階の開け放たれた窓から話し声が聞こえてきた。試しにドアを引いてみると施錠されておらず、バブは室内に足を踏み入れた。

第三十三章　夫人

レジーは苔むした砂利敷きの私道をゆっくりと進み、精巧な曲線を描くポーチに車を乗り入れた。ひさしの下の薄暗い窓のひとつから白い顔が彼を見ていた。でこぼこした古いガラスのせいでその顔は不気味に歪んで見えた。

レジーがポーチを横切って灰色がかったオークのドアの前に立つと、ドアが開き、ジャイルズが姿を現した。開いたドアを手で押さえたまま戸口に立ちはだかった。「この家になんの用だ」怒気を含んだささやき声。凶暴な青白い顔をぐいと突きだし、レジーを睨みつける目には悲哀と絶望が色濃く表れていた。

「きみこそ、ここで何をしているのかね」レジーがたずねた。ジャイルズの背後に光と影がまだら模様を描く、何もないがらんとした広間が見えた。

そこにジャイルズの母親が座っていた。肩にかけたショールを胸の前でかき合わせ、ふたりのやりとりをじっと見ている。目に垂れかかる灰色の髪をかきあげ、ゆっくりと立ちあがる。足元がふらついて椅子の背につかまり、息子に呼びかけた。「ジャイルズ！　ねえ、ジャイルズったら。いいから、通してさしあげなさい」

「さあ」レジーが腕に手を置くと、ジャイルズはあとずさりして母親のもとへ向かい、レジーはあとに続いた。「急に押しかけて申し訳ありません、アストン夫人。よんどころない事情がありまして」口調こそ優しいものの、レジーの丸い顔は哀れみやいたわりの情を表していなかった。「以前、こちらにお邪魔したとき――強盗に入られたときのことですが――ご主人はわたしをご夫妻の私室に連れていってくださった。覚えていらっしゃいますか」アストン夫人はうなずいた。「そう。あのときご主人は説明してくださいましたね、この屋敷の主人とその妻がくつろぐための場所だと。あの部屋へ行きませんか。そのほうが気兼ねなく話せるでしょう」

「ああ、ええ、もちろん」夫人はあえぎ、言葉を継いだ。「どうぞこちらへ」

「あんた、母さんとふたりきりで話をするつもりじゃないだろうな」ジャイルズが食ってかかった。

「ジャイルズ――ジャイルズ、やめて」夫人は両手で息子を押しとどめた。

「だめだよ、母さん。そんなの僕が許さない」ジャイルズは母親を押しのけた。「これはもう僕の問題なんだ。母さんだってわかっているだろう」

夫人が身震いをした。全身ががたがたと震えていた。「ああ、ジャイルズ。そうね、あなたには聞く権利があるわ。いいえ、聞くべきなのよ、フォーチュンさん」

レジーは唇を噛んだ。「わかりました。いいでしょう。しかし、わたしはどうしてもあの部屋へ行く必要があるんですよ」

「行きましょう」消え入りそうな声で言うと、夫人はふらつく足で階段に向かった。

「あそこへ行ってどうしようっていうんだ?」ジャイルズはレジーにがなりたてた。

「きみは自分のことしか考えていないんだな。お母さんはなんとかしてきみを守ろうとしているのに」

「守るだって?」ジャイルズはうめくように言った。「まさかそんな」

母親は声を殺して泣いていた。レジーは階段を駆けあがり夫人の腕に手を置いた。しかし彼女は身をすくめてその手を逃れ、おぼつかない足どりで階段をのぼりつづけた。

黒っぽい羽目板張りの部屋に到着すると、夫人は最初に目についた書き物机の椅子に崩れ落ちるように座りこんだ。開いた窓から射しこむ西日が老いさらばえた身体を容赦なく照らしだす。やつれた顔はところどころ紫に変色し、とめどなくあふれる涙が深く刻まれたしわを流れ落ちる。

レジーは後ろの壁に飾られた色鮮やかな油絵に目をやった。肖像画のなかのアストンはぱりっとした乗馬服に身を包み、胸元のボタンホールには花が飾られている。「ご主人はいらっしゃらないのですか」レジーがたずねると、夫人は小さく首を縦に振った。

レジーはジャイルズに視線を移した。「きみは何をしにここへ?」

「父に会うためさ。帰ってくるのを待っているんだ。理由は言わずもがなでしょう」

「それはどうかな」レジーは小声で言った。「そもそもご主人はどこへ行かれたのですか、奥さん」

「コルスバリーへ行ったんです。コープさんに会う必要があって」

「ほう、コープさんに。彼は銀行家でしたね。何か急ぎの用でも?」

胸の前でかき合わせたショールをねじりながら夫人が言った。「知りませんわ。向こうから電話がかかってきたんですのよ」

「どんな用件か、ご主人は言わなかったのですか」

夫人は首を横に振った。「たぶんお金のことですわ。あたくし、お金のことは関知しませんの」

「なるほど、そうですか」レジーは書棚を振り返って、子牛革で装丁されたカレッジ賞受賞作品に目をとめたあと、肩越しに夫人にたずねた。「ご主人はトレイシーさんが亡くなったことについて何か言っていましたか」

「恐ろしいことだと、まるで運命のようだと言っていましたわ」何度も練習した台詞のように淀みのない答えが返ってきた。

「運命？　あなたもそう思われますか」レジーは白い革の本を手に取り、ページをめくった。「ご主人がそう言われたのは、トレイシーの娘、つまりあなたの息子さんのお嫁さんが何者かに襲われたという知らせを聞く前ですか」

夫人ははっと息を呑み、激しく咳きこんだ。それでもレジーは顔を上げず、うつむいたまま本のページをめくりつづけていた。夫人は身体を起こし、苦しげに息をあえがせながらレジーの顔をのぞきこんだ。ジャイルズは怪訝な顔で母親を見たあと、レジーに視線を移した。「聞く前？　違うわ、あとのことよ」夫人は言葉に詰まり、片手で頭を抑えた。「あたしったら何を言っているのかしら。ちょっと考えさせて。最初にアリソンが行方不明になったと聞いたとき、何かの間違いじゃないかとあたしたち言っていたのよ。そしたらその次の日に、今度はトレイシーさんが銃で自分を撃ったと村の人たちが大騒ぎしていて。そのときだったわ、まるで運命のようだと主人が言ったのは」

「ほう。その後、アリソンが巨人の墓で生きて発見されたと知ったわけですね。そのときご主人はなんと言いましたか」

「遅くまで知らなかったんですのよ。そうと知ったのは夜だったわ。なんと言ったのかは覚えていません、ただただ嬉しかった」

レジーは黙ったままだった。本のページをめくる手を止め、そこに書かれていることを読みはじめた。しびれを切らしたジャイルズが近づいてきた。「その本がどうかしたんですか。いったい何を企んでいるんだ」

「お父さんのアイスキュロスだよ」レジーが穏やかに応じた。「『アガメムノーン』の一場面を探していたんだ。引用されていた部分を見つけたよ」レジーは開いたページをジャイルズに見せた。余白に一、二か所、小さな文字で専門用語が書きこまれていた。「ここだ」指で示した部分を重々しい口調で読みあげた。「Tod epi gan peson hapax thanasimon propar andros melan haima tis an palin agkalesait epaeidon」夫人を振り返ってたずねた。「ご存じですか」

「ギリシャ語ですわね」見開かれた目は不安げに揺れていた。「ギリシャ語はひと言もわかりませんのよ」

レジーはジャイルズを振り返った。「きみはどうだね？」

「何がなんだかさっぱり。学校を卒業したあと、ギリシャ語の本を開いたことすらない」

「この一文はアリソン宛に送られてきた葉書に記されていた。彼女がきみと結婚するために、ロンドンのブラウンのところへ身を寄せていたときに」

「そんなもの見せられていないぞ」

「彼女も見ていないからね。ブラウンが警察に届けたんだ。その葉書は見るからに怪しかったし、実際、彼女に見せなくて正解だった。〈死とともに、人の足元にひとたびこぼれた黒い血を、まじない唱えて呼び戻すなど誰にできよう〉――宛名はミセス・ジャイルズ・アストン。彼女の結婚に対するメッセージだ。両家は呪われていると言いたいのだろう。ある種の脅迫だよ」

「ブラウンはどうして僕に言わなかったんだ」ジャイルズが不満を漏らした。

母親が涙声で叫んだ。「違う！　違うのよ、ジャイルズ。お父さんはそんなつもりじゃなかったのよ。こんなことになるなんて」息子に震える手を伸ばした。

ジャイルズの青白い顔に赤みがさした。はっと息を呑み、すがるような目でレジーを見た。「父さんがその葉書を送ったと言うのか」

「いや、そうは言っていない。だが、何者かが送ったんだ。送り主はきみとアリソンの結婚を快く思っておらず、その葉書で過去の出来事を思いださせようとした」レジーは再びアストン夫人に向き直った。「アリソンが襲われた夜、そして、トレイシーが銃で撃たれた夜、ご主人はどこにいましたか」

「あたくしと一緒にこの家にいましたわ。ジャイルズ、あなたにもそう言ったでしょう。お父さんは家にいたって。疑うなら使用人に確かめてごらんなさい。お父さんは家から一歩も出なかったのよ」

レジーは無表情のまま夫人を見ていた。「トレイシーにはもうひとり子どもがいましたね、崖の亀裂に転落した息子さんが。十二年前に。その日のことは覚えているでしょう。あのときご主人はどこにいましたか」夫人の泣きはらした目が恐怖で見開かれた。首を大きく横に振り、胸の前で合わせた手をきつく握りしめた。「少年は歌をくちずさみながら、おたくの領地だったあの崖へやってきた」レジーは淡々と言葉を継いだ。「それはこんな歌だ」

船が一隻、北の国からやってきた
その船の名は黄金の虚栄《ゴールデン・ヴァニティ》

レジーは節をつけて歌詞を唱えた。

「あたしよ。あたしがやったのよ」夫人は金切り声を上げた。「あんまり頭に来たものだから。あの子にはここへ来ちゃダメだって口を酸っぱくして言っていたのに。だから叱りつけて手で押したのよ。ちょっと押しただけなのよ、そしたらあの子がよろけて――よろけて、それで落ちてしまったの、崖の裂け目に。だから、それで、ああ――」夫人はわが身を抱きしめ、声を詰まらせてむせび泣いた。

「母さん！」ジャイルズは母親に駆け寄り、両手で抱きかかえた。「やったのは母さんじゃない。できっこないさ。母さんはここにいなかったんだから。そうだろう。チャールズ・トレイシーが行方不明になったとき、母さんは僕と一緒にベイフォードにいたんだ」

「いいえ、それはべつの日よ、ジャイルズ」夫人はしゃくりあげた。「あたしがやったのよ」

「頼むから、そんなこと言わないで」ジャイルズがうめいた。

どたどたという足音が階段をのぼり、近づいてきた。バブとアンダーウッドが部屋に駆けこんできた。

「ここにいたんですか、フォーチュンさん」バブがわめいた。「これはいったいどういうことですか」

レジーはくるりと振り返った。「きみか！」怒気を含んだ冷ややかな声だった。「早く連れだすんだ、アンダーウッド。彼の出る幕ではない」

「上等じゃないか。何様のつもりだ？」バブが食ってかかった。

「行きましょう」アンダーウッドがバブの腕をつかんでふたりのあいだに割って入り、バブを部屋の外へと押しだした。

レジーは閉じたドアに背を向けると、穏やかな口調で言った。「ジャイルズ。そうじゃないんだ。全然違う。お母さんはわかっていないし、きみもわかっていない。お母さんをいたわってあげなさい。では失礼するよ」

第三十四章　刑事

バブが仁王立ちになってアンダーウッドを罵っているところへ、レジーが部屋から出てきた。「どういうことですか、フォーチュンさん」アンダーウッドに腕をつかまれたまま一歩前に踏みだした。「手を離せ。上役がみずからの職務を遂行するのを邪魔していいと――」

「みずからの職務！」レジーがつぶやいた。

「ええ。忘れてもらっては困りますね。あなたの責任ですよ、フォーチュンさん。仕向けたのはあなたですからね。規則を無視して。これは犯罪行為ですよ」

レジーは甲高い声で短く笑った。「命じたのはわたしだからね、バブ。たしかにわたしの責任だ。行こう、きみの出番だ」

レジーとアンダーウッドは抵抗するバブを両側から抱えるようにして歩きはじめた。

「どうするつもりですか。アストン夫人が自白するのを聞きましたよ。もみ消す気じゃないでしょうね」

再びレジーが笑った。「もみ消す！　まさにそういう悪弊に終止符を打つんだよ、バブ。さあ、行こう」

バブは促されて階段をおりた。「それはあなたがやればいい。わたしはここに残ってアストン夫人の事情聴取を行います。邪魔をするのはやめてください」

「だめだ。そんな言い分は通用しない。アストン夫人に話を聞く時間はいくらでもあったじゃないか。それをきみは怠った。そのうえ今度は事件を混ぜ返そうとする。いつもそうだ。もうたくさんだよ、バブ」玄関ホールまで来ると、レジーはアンダーウッドを振り返った。「薬品は見つかったか？」

「はい。温室のぶどうの蔓の下にありました」アンダーウッドが意気揚々と答えた。

「何か心当たりはあるかね、バブ」

「心当たり？」バブは一瞬ひるんだのち、冷ややかな笑みを浮かべてレジーに向き直った。「まわりくどいやり方をするんですね。アストンの犯行を裏づける証拠でしょう？」

「そう思うかね？　たしかきみは金属硝酸塩とシアン化合物を所持する人物を探しまわっていたね」

「もちろん、常に念頭に置いていました」

「ほんとうに？　だとしたら、村じゅうの温室を見てまわったんだろうね、アストンのところを除いて。ここだけわれわれのために残しておいたわけだ。ところで、イライジャの密猟仲間はどうなった？　トレイシーが銃で撃たれたとき、その近辺でバブ警視を見かけたというイライジャの証言に同調したのか？」

「そっちはまだです。あなたのあとを追いかけてきたんですから」

「なるほど、そうか。きみはイライジャの証言の裏をとるより、わたしを邪魔することを優先したのか。相変わらずだな、きみは。やることなすこと間違っている」

「わたしが？　言いがかりもいいところだ。ずっと邪魔をしているのはあなたのほうじゃないですか。率直に訊きますよ、アストン夫人は何を自白したのですか。自分がやったと言っていましたよね」

レジーは微笑んだ。「だめだよ、バブ、早合点は自分のためにならないぞ。温室に薬品を置いたのは彼女じゃないし、トレイシーを撃ったのも、アリソンとわたしを殴って穴に放りこんだのも彼女じゃない」

「そりゃあ、もちろん、わたしだって夫人がやったとは思っていませんよ。どれも夫人には荷が重すぎる。しかし、自分がやったと本人は言い張っていた。あなただってそれは否定できない。とすると、彼女は夫のしわざと知っていてかばっているということだ。わたしはずっとアストンが怪しいと言っていたでしょう。それなのにどうして、夫人に事情聴取するのを阻もうとするのですか」

「なぜなら、きみを調べる必要があるからだよ、バブ。さあ、行こう。きみをコルスバリーへ連れて帰るんだ」

「いったい全体どういうことですか。わたしを連れて帰るって、冗談でしょう」

「いや、冗談じゃない。きみは知らないと思うが、この家は二十四時間監視下にあった。ロンドンから派遣された刑事が見張っていたんだよ」

バブは啞然とした。「だからなんだと言うのです?」

「その刑事は昨夜遅く、ひとりの男が温室の近くを歩きまわっているのを目撃した。それはアストンではなかった。きみと同じ背格好の男だった。イライジャが見かけたのと同じ男だ。残念ながら取り押さえることはできなかったが。そういうことだから、行こう」

「つ、つまり、わたしがその薬品をここへ運んできたと? でっちあげだ! とんでもない嘘だ!」

「いいや、でっちあげでも、嘘でもない。われわれがそんなことをする必要がどこにある。おとなしく一緒に来たまえ」レジーとアンダーウッドはバブを車へ誘導した。

「いったいどうなっているんだ。わたしをどうするつもりですか」バブは背中を押されて前に進みながら不平を漏らした。

「アストンさんと対面してもらう」レジーが言った。

「アストンがコルスバリーに？　居場所を知っているんですか」

「ああ。詳しいことは向こうに着いてからにしよう」

「わかりました。甘んじて受け入れますよ。わたしもアストンに会いたかったことだし。先に行ってください。わたしは自分の車で行きますので」

「きみのあのちっぽけな車で！　それでなくとも時間を無駄にしているのに。じゃあ、バブに同行するんだ、アンダーウッド」バブの前でドアが閉じられると、車は猛スピードで走り去った。

第三十五章　怒り

コルスバリー修道院の教会堂の玄関先に立っていた男が、静かな通りを足早に横切って、べつの屋敷の庭を囲む塀の入り口のほうへやってきた。

がっしりとした肩が目を惹くが、それ以外にこれといって目立つところはない。男は門扉の前で立ち止まると、バラの花壇をぐるりとめぐらせた芝生を見渡し、その奥の赤レンガの屋敷へと視線を転じた。

玄関前の階段の下に、これまた目立つところのない風貌のべつの男が立っていた。ドアが開き、アストンが姿を現した。男を見おろす端正な顔は、まばゆい陽射しに目がくらんだように呆然として見えた。彼の後ろから出てきたのは銀行家のコープだった。

階段の下から、男がふたりに声をかけた。「フランシス・アストンさんですね。それと、そちらはコープさん。わたしはロンドン警視庁犯罪捜査課のクェット巡査部長です。事情を訊くよう命じられて参りました。なかへ入れていただけますか」男は家のなかへ戻るよう身ぶりで示した。

アストンはコープを振り返った。「きみは——きみはこのことを知っていたのか。きみの差し金なのか」

コープが笑った。「そんなわけないさ。警察がきみと話をしたがっているなんて知らなかった。アストンさんがここにいることをどうやって知ったんです、巡査部長」

「なかで話しませんか」クェットは穏やかに言うと、門のそばに立つ男を振り返った。

「警察に逆らうつもりはあるかい、アストン」コープはそう言って微笑んだ。「わたしはないね。どうぞお入りください、巡査部長」

「ご協力感謝します」クェットはアストンを促して先に行かせた。コープはドアを閉めると先に立って歩きはじめたが、あとに続くアストンはうなだれて足どりも重かった。

コープは白い部屋でふたりを待っていた。重厚な造りのサイドボードに歩み寄り、たずねた。「シェリー酒をどうです、巡査部長」

「いえ、結構です、コープさん。仕事中ですので」

「真面目なんだな。どうぞ座って。シェリーをどうだい、アストン」

アストンは答えなかった。クェットを見る目は奇妙な悲壮感を帯びていた。呆然とたたずむ殉教者か、苦悩する王のようだったとのちにクェットは述懐する。

「お座りください」クェットが強い口調で促した。「お訊きしたいことが二、三あります」手帳を取りだした。「時間はたっぷりありますから、じっくり考えていただいて結構です、アストンさん」手帳に何本か線を引くと、首を傾げてしばし思いをめぐらせたのち、ようやく口を開いた。「まずは今朝、ここへ来た理由をお聞かせください」

「コープさんに会いにきたんだ。電話で呼びだされて」アストンは生気のない平板な声で答えた。

クェットはゆっくりと鉛筆を動かした。簡潔にメモをとるというよりも、絵でも描いているような動きだった。出来栄えに満足すると、穏やかな目をコープに向けた。一方コープは、受けとってもらえなかったグラスを手に書き物机に腰かけ、満足そうに酒を味わっていた。「そういうことでよろしいですか」クェットがたずねた。

「もちろん。今朝、アストンさんに電話をかけておいで願ったんだ。ビジネスの話があって」

またしてもクェットはやたらと時間をかけて手帳に記入した。「ビジネスとおっしゃいましたが、金銭に関することですか」

「ええ」コープはにっこりした。「わたしはたまたま銀行家なもので」

「そうでした」クェットはうなずいた。「アストンさんと取引があると理解してよろしいですか」

「個人的な問題について知りたいなら、本人に訊くべきでしょう」

「たしかに、おっしゃるとおりです」クェットはうやうやしく非を認めた。「では、改めまして、アストンさん、ここまでで異論はありませんか。コープさんがビジネス上の用件で面会を求め、その求めに応じてあなたはここへやってきた。彼から融資を受けていらっしゃる?」

「だからなんだと言うんだね」アストンは不満げに応じた。

クェットは時間をかけてメモをとったあと手帳から顔を上げ、コープのにやけた抜け目のない顔から、アストンの苦悩に満ちた生気のない顔へと視線をめぐらせた。「今朝、早急に会わなければならない特別な理由があったのですか」

コープが首を横に振った。「取引先のプライバシーに関わる質問には答えられないね。それがルールに反することは、きみだって知っているだろう」

「アストンさんに訊く分にはかまいませんよね。お答え願えませんか」クェットはアストンを見た。

「当座借越の状態にあるんだ」アストンが答えた。

ここでもクェットは必要以上に時間をかけてメモをとった。「つまりあなたは返済に窮していて、コープさんに対応を迫られている?」

「ああ、そういうことだ」

「だから深刻に考えすぎだと言ってるだろう」コープの口調は優しかった。

「それが直接会って言わなければならなかったことですか」クェットがたずねた。

「どうだね、アストン」コープは微笑んだ。「きみの置かれた状況について話し合ったとだけ言っておこうか。べつに珍しいことじゃない。アストン家はうちの銀行のお得意様だからね。アストンさんが生まれる前、お父さんの代からの長いつき合いで」

「なるほど。先祖代々の繫がりがあるんですね」クェットは例のごとく長い時間をかけてメモをとったあと、さらにそれを熱心に読み返しはじめた。

「いったい何をしてる?」アストンがこらえきれずに声を荒げた。「いつまで足止めを食わせるつもりだ?」

「申し訳ありません。ちょっと考えをまとめる必要があって」さらに考えつづけたのち、ようやく次の質問をした。「話されたのは経済的な問題についてだけですか。それ以外の話はされなかった?」

「大げさに騒ぎすぎなんだよ」コープは冷ややかに言った。「経済的な問題などどこにもない。質問はすんだのか?」

「いいえ、もう少しおつき合いください」クェットは申し訳なさそうに言った。「曖昧な部分が残っていると報告書を作成できませんので。あなたとアストンさんの証言は完全には一致していない」そのとき、近づいてくるエンジン音が屋外から聞こえてきた。車は家の前で停まり、呼び鈴が鳴らされた。「わたしがメモしたものを聞いていただければ、どういうことかわかりますよ」手帳をゆっくりと鉛筆でたどった。「ええと、あった、ここだ。『アストンさんが質問に答えていわく――』」

アストンもコープもうわの空で、廊下で交わされている会話に耳をそばだてていた。使用人のあらがう声――旦那様とはいまはお会いになれません、お客様と大切な話をされている最中ですから。そっけない答えが返ってきた。「ああ、わかっている。手はずどおりだ。こっちも同じ用件だから心配無用。事情は心得ている。そうだろう、バブ」

ドアが開き、アンダーウッドとレジー、それに気まずそうに顔を紅潮させたバブが姿を現した。

コープが立ちあがった。「おはようございます、フォーチュンさん。やあ、バブ」困惑している様子のバブに気がつくと、抜け目がなくて愛想のよい顔に蔑むような笑みが浮かんだ。「いつからそんなにせっかちになったんだ、バブ。もう少し礼儀をわきまえていると思っていたよ」棘のある口調で言った。「気に食わないね。きみが協力を求めてきたとき、いつだって快く面会に応じてきただろう」

バブは紅潮した顔をさらに紅潮させてコープを睨みつけた。「あなたに協力を求めるつもりはありませんよ、コープさん。思い違いもいいところだ。わたしがここへ来たのは、アストンさんがいると聞いたからです」

「冷静に話そうじゃありませんか」レジーが割って入った。「どうしてそんなにいがみ合うのです」

「バブ警視が、らしくないことをするからですよ、フォーチュンさん」コープが答えた。

「なるほどそうですか。しかしまあ、当然でしょうね。このやり方を選んだのはバブ警視ではなくわたしですから」

「なんだって?」コープが目を丸くした。「バブ警視の座を奪いとったということですか」

「いや、まさかそんな。どうしてそう思うのですか」レジーの物憂げな声が一段高くなった。

「どうも軽率なことを言ったようですね」コープは部屋を出ていくそぶりを見せた。「アストンさんのことはあなたがたにまかせて、わたしは口をはさむべきではなかった」

「いいえ。だめです。ここにいてください」レジーはゆっくりと部屋を横切り、炉棚にもたれかかった。

「そうおっしゃるなら」コープはレジーに半身を向けて書き物机に再び腰をおろした。「何をご所望ですか」

楽しげに目を輝かせるコープと、落ちぶれて虚ろな顔のアストン。レジーは夢見るような目で両者を見比べた。「さて、なんでしょう」

アストンの向かい側に座るバブがいらだたしげに立ちあがった。「いいかげんにしてください」

「いいから座って」レジーが手で制した。「続けたまえ、アンダーウッド」

アンダーウッドはバブのかたわらに立ち、クェットにたずねた。「どこまで進んだのかな、巡査部長」

第三十六章　相似

クェット巡査部長は唇をひと舐めすると、暗記したことを諳《そら》んじるように流暢に話しはじめた。

「アストンさんがコープさんにつき添われてこの屋敷から出てくるのを見て、わたしはふたりに歩み寄り、特命により話を訊きたいと――」

「ところで特命によりって、いったい誰の特命なんだ？」コープが口をはさんだ。

「バブ警視はあなたがたの話し合いに加わりたかったんですよ」レジーが言った。

「バブの差し金か！」コープは訳知り顔で含み笑いをした。

「何か問題でもあるのですか、コープさん」バブがむっとしてたずねた。

「問題などないよ。ここにいるスコットランド・ヤードから派遣されたみなさんとの関係を興味深く思っただけさ」

「期待に応えられるよう努力しますよ」レジーがつぶやいた。

アンダーウッドはクェットにうなずいて見せた。「続けて、巡査部長」

クェットは話を再開した。「アストンさんがここへ来たのは、コープさんから電話でビジネス上の面会を求められたため――その点に関してふたりの答えは一致しています。今朝になって早急な話し合いが必要になった理由をたずねたところ、ふたりの答えは食い違っています。アストンさんによれば、彼は経済的に困窮していてコープさんから返済を迫られているという。かたやコープさんは経済的な問題など存在しないという。これだけ訊きだすのに時間がかかってしまって、ビジネス以外の話をしたかという質問に対する明確な答えはまだ得られていません」

「それだよ」バブが声を上げた。「わたしが知りたいのは」

「どういうことだ、バブ」コープは怪訝な顔でたずねたが、アストンは身じろぎひとつせず床を見ていた。

「それで、巡査部長」アンダーウッドは強い口調で先を促した。

「はい。目下、両者の矛盾について検討していたところです」満足げな笑みがクェットの顔に浮かんで消えた。「ただ、どちらも気が短くて。アストンさんは足止めされている理由を教えろと言うし、コープさんからはもう終わったのかとせかされるし。まだ終わっていないのに。そこへフォーチュンさんと警部補が到着されたというわけです」

「たかが取り調べに時間がかかりすぎるからだよ」コープが笑った。

「でしょうね」レジーが同調した。「ところでいま何時ですか、コープさん」

コープは部屋の隅の振り子時計を示した。「ご覧のとおり、あと十五分で十一時ですよ」

「ああ、ほんとうだ。覚えておきます」レジーはなかば閉じた目でコープをじっと見た。「とすると、アストンさんとは十時前から一緒にいたということですか」

答えたのはクェットだった。「ほぼ十時からです」

「万事に抜かりがないね、巡査部長」レジーは率直に褒めたたえた。

「なるほど、そうか」コープが笑った。「やけに話を引き延ばすと思ったら、アストンさんを足止めしておくためだったのか。なかなか悪賢いね」

アストンは驚いて一瞬顔を上げた。生気のない暗澹たる顔だった。

「違う、悪賢いのではない」レジーが反論した。「注意深くて精力的で、骨惜しみをしない警察官だ」

「また話が横道にそれていますよ」バブが口をはさんだ。「質問に答えていただけませんか、アストンさん。義理の娘さんが巨人の墓に放りこまれ、毒ガスで殺されかけたと聞いたら驚かれますか」

アストンは弾かれたように顔を上げて目を見開いた。

「ほう、驚かれたようですね」バブが冷ややかに笑った。「そのとき使われた毒ガスを作るための薬品がお宅の温室で見つかった。その事実をあなたはどのように説明されますか」

アストンは言葉にならない声を漏らし、うめくように言った。「そんなのでたらめだ。ありえない」

「でたらめじゃありませんよ、アストンさん」レジーは穏やかに言った。「すべて真実というわけではないが。ゆうべお宅の温室のそばをうろついている男が目撃されています。それはあなたではなかった。誰か心当たりはありませんか」

アストンは首を横に振り、口を半開きにしたまま呆然としている。憔悴して歪んだ顔がそのまま凍りついてしまったようだ。

「習慣的に燻蒸消毒を――?」レジーがたずねた。「――していたわけはありませんよね。あの温室はハダニだらけだ。バブ、きみの家にも温室があるんだったね」

「ありますよ」バブはレジーを睨みつけた。「そんな薬品を使うなんて知らなかったと言ったでしょう」

「ああ、そうだったね。コープさんは温室を持っているだろうか」

バブは息を呑んで背筋を伸ばし、横目でコープを見た。「本人の前で言うのは気が引けますが、持っていると思いますよ」

「そんなに気を遣って言うことじゃないだろう、バブ」コープが笑った。「うちの庭師が世話をしている促成栽培用の温室があります。彼にまかせっぱなしですが。燻蒸消毒と言いましたっけ？　わたしにはなんのことだかさっぱり。庭づくりに興味がないもので」

「もったいない」レジーはため息をついた。「それはさておき、目撃者がいるんですよ。アストンさんではない男が夜陰に乗じて温室に忍びこむのを見たそうです。その男はバブにそっくりだった」レジーはバブからコープに視線を移した。「あなたがたは実によく似ている」再びバブを見た。「初めて会ったとき、きみをコープさんと間違えたのを覚えているかね。あのときさみは、ふたりともこの村の出身だからと教えてくれたね。黒い土地と白い土地から成るこの地に、アストン家とトレイシー家が乗りこんでくる前から住んでいた人々」レジーの目は夢見るように宙を見ていた。「それがそもそもの始まりだった」

レジーを凝視していたバブとコープが目と目を見交わした。ふたつの浅黒い丸い顔に、驚きと疑念と憎しみと恐れがないまぜになった複雑な表情が浮かんだ。コープが笑いだした。「勘弁してくださいよ、わたしがあれと似ているだって？」コープはそう言って、陰気に怒りをくすぶらせているバブを身ぶりで示した。「嬉しくありませんね。そんなことを言われたのは生まれて初めてですよ」

「おや、そうですか」レジーは意外そうにつぶやいた。「きみはどうだね、バブ」

「もちろん似ているところはありますよ」バブは声高に言った。「否定するだけ時間の無駄だ」

「うぬぼれてるんだな」コープは嘲笑した。「わたしの知り合いにわたしときみを見間違える人間はいないだろうね、ありがたいことに。誰かの地位を狙っていたら、都合よくその人が死んでくれたこともないしね」

「死んだ本部長のことを言っているのですか」レジーがたずねた。

「そうですよ、フォーチュンさん。バブがその件で急ぎの手紙をよこしたという話に、あなたは興味をお持ちになるかもしれませんね。バブはわたしの力で、彼を本部長の後釜に据えるのを渋る、ウェルネ卿や他の人々の忌まわしい疑念を払拭してほしいと頼んできた。あいにく、その願いをかなえてやることはできませんでしたが」

「なるほど、たしかに興味深い。あなたも同様の疑念を抱いていた？」

コープは肩をすくめた。「独自の情報網があるわけではありませんので」

「しかし、バブはあなたなら力になってくれると考えた。狩猟仲間だったのでは？」

「それは違います、フォーチュンさん」バブがわめいた。

「大きな声を出すな」コープが言った。「いいえ、フォーチュンさん、個人的なつき合いはありません。しかし、ちょっとした支援はしています。彼は金を借りているんですよ。それでおこがましくも彼は、自分をいまより給料の高い地位に押しあげるべきだと考えた。そうすれば借りた金を返済できるからと。わたしはその要望を受け入れられなかった」

「そうですか。あなたはバブに対して優位にあったわけですね。ありがとうございます。参考になりました」

「優位だって？」バブがまたもや声を荒げた。「借りているのはたいした額じゃない。百ポンドに満たないくらいですよ、フォーチュンさん。それとこれとは関係ない。切り離して考えてください。本部長が死んだことでわたしは現在の地位を得たとコープさんは考えている。結構。だとしたら、トレイシーさんや彼の娘やあなたを殺害することで、わたしにどんな得があると？　よほどの利益がないと割に合わない。それを踏まえたうえでコープさん、ひとつおうかがいします。トレイシーさんが銃で撃たれたとき、あなたと姿かたちが似た男がゴート・ヒルで目撃されているのですが、そのときあなたはどこにいましたか」

コープは笑った。「なるほどそういうことか。だからわれわれがそっくりだってことにしたいんだな。そうは問屋が卸さないぞ、バブ。フォーチュンさんをうまく丸めこんだようだが、きみを見かけたやつに、それはわたしだったと証言させることなどできやしないさ」

「しませんよ、そんなこと。当時どこにいたかと訊いているだけです」

「この部屋にいたよ」

「ほう、それでアリバイはあると言うのですね」

「ああ、ありがたいことに。きみはどうだね」コープはにやりと笑った。

「わたしのことはご心配なく」バブは大声で答えた。

「本部長と一緒にいたんだったね！」コープが言い返し、バブは彼を嘘つき呼ばわりした。敵意を剝きだしにして睨み合うふたりはよく似ていた。

第三十七章　もうひとつの懐中時計

レジーは冷めた目でふたりを注視していた。「いいいかげんにしたまえ」不平を漏らした。「時間の無駄だ」振り子時計に目をやった。「あれは合っているのですか、コープさん」

「あれ、というと？」コープはバブからレジーに目を移した。「時計ですか。ええ、もちろん正確です。時間を無駄にしているのはそっちでしょう。満足しましたか？」

「いいえ、まだです。ギリシャ語はわかりますか」

「わたしがギリシャ語を？　まさか」コープは笑った。「ひと言もわかりませんよ。学校を出てすぐに銀行に入りましたから。どうしてです？」

「やはりそうですか」レジーはギリシャ語の詩を暗唱した。「Tis an palin agkalesait epaeidon?　何か思い当たる節は？」

アストンは低くうめいて顔を上げ、哀れな目でレジーを見た。

「何がなんだかさっぱり」コープが言った。「だけど、ほら、アストンに訊くといい。古典の権威ですからね」

「ええ、そうですね。この詩の意味をわれわれは――彼とわたしは――知っている」レジーはゆっくりと答えた。アストンは再び顔を伏せ、こみあげる感情を呑みこんでかぶりを振った。「しかしこの詩は、結婚式を控えたアリソン宛に葉書で送られてきたものです」

苦痛からかそれとも恐怖からか、アストンが小さな悲鳴を上げ、言葉にならない何事かをつぶやきながらレジーを振り返った。

「身に覚えがあるようですね」コープが言った。

「いや、早合点はいけません。まだ続きがある。葉書の詩は、アイスキュロスの対訳本から切りぬかれたものだった。研究者が使用する本ではない。目当ての一節を探すのに英訳など必要ありませんからね。アストンさんはアイスキュロスを熟知している」レジーはアストンに探るような一瞥をくれた。「そうですよね？」それからもう一度、ギリシャ語の詩を暗唱した。「Tis an palin agkalesait epaeidon?」

「おお、神よ！」アストンがうめいた。

「あなたに言ったのではない」レジーはアストンに言ったあと、コープに向き直った。「〈まじない唱えて呼び戻すなど誰にできよう〉という意味です」

「呼び戻すって何を？」コープがたずねた。「アリソン・トレイシー宛てに送られてきたと言いましたね、彼女がアストンの息子と結婚するときに」

「ええ、そうです。だが、送り主はジャイルズ・アストンの父親ではない。〈呼び戻すなど誰にできよう〉という問いかけに対するわたしの答えは、きっと呼び戻せる、呼び戻してみせる、です」

アストンはぎくりとした。立ちあがろうとして中腰のまま苦しげに息をあえがせている。

「どうしてその哀れな男をいたぶるのです？」コープがたずねた。「葉書を送ったのはトレイシーということですね」

「トレイシーが送った」レジーが抑揚のない口調でつぶやいた。「そう思いますか。なんのためにそんなことを?」

「花嫁に思いださせるためですよ、彼女とアストン家のあいだには弟の死があることを」

「おや。彼女に送られてきた詩に、死にまつわる描写があることをご存じなのですね。ギリシャ語はひと言もわからないのに」

コープはいらだたしげな高笑いをした。「あなたがさっき言ったじゃないですか。〈まじない唱えて呼び戻すなど誰にできよう〉と。その詩が何かを意味しているとしたら、死以外には考えられないでしょう」

レジーは炉棚を離れ、書き物机のほうへやってきた。コープのかたわらで立ち止まり、机の上の雑多な筆記用具類を無表情に眺めまわす。コープはその間、机の前に座ったまま冷ややかな笑みを浮かべ、レジーの顔を探るように見ていた。レジーは手を伸ばして糊の容器をつかみ、刷毛を持ちあげてにおいをかいだ。

「うん。ホールドタイト糊だ。昔からある良質の糊だ。ほら、独特のにおいがするだろう、アンダーウッド」レジーがにやりと笑った。

「たしかにそうですね」アンダーウッドがうなずく。

「なんだ、この茶番は?」コープが声を荒げた。

レジーは踵を返して炉棚へ戻り、コープは身体をひねってその後ろ姿を見ていた。

「あなたはわたしを見くびっている」レジーは悲しげに言った。「コープさん、あなたは最初からずっとそうだった。ここで汚名返上といきましょう。アリソンを脅迫するメッセージは、ホールドタイト糊で葉書に貼りつけてありました。この糊を使いそうな人はあなただけだ。些細だが極めて重要なポイントですよ」

「馬鹿ばかしい」コープは吐き捨てるように言った。「その糊を売っている店はごまんとある。どこで誰が使っていたっておかしくないさ」

「ええ、もちろんそうですとも。糊が決定的な証拠になるとは言っていません。しかしひじょうに重要な手がかりです。道筋を示してくれたからね、そうだろう、アンダーウッド」

「まったくです」アンダーウッドがにやっと笑った。

「わたしを告発すると言うのか？」コープが語気を荒げた。

「疑わしい状況について説明を求められるでしょう。あなたはすべて否定するわけですよね。結婚が不幸な結末を迎えることを暗示する脅迫文を、彼女に送りつけたのはあなたではない。彼女が襲われたときも、わたしが襲われたときも、彼女の父親が殺害されたときも、あなたはこの部屋にいた。薬品による燻蒸消毒についてあなたはいっさい関知しない。これらの主張に間違いありませんね」

「もちろん、間違いないさ」

「結構。アリソンが襲われた翌日の午前十一時から午後三時までどこにいましたか」

「銀行で仕事をして、あとは家ですね。ランチを食べに帰ってきました」

「ランチはゆっくり時間をかけて？」

「普段と変わらず、一時間かそこらでしょう」

「ほう。あの自慢の振り子時計で時間を確認されなかったのですか」レジーは壁の時計をあごで示した。

「さてどうだったかな。一時から二時のあいだだと思いますが」

「ご自分の懐中時計はご覧にならなかった?」

「見たでしょうね。ただ思いだせないんですよ。どちらの時計も一秒の狂いもなく正確なのに」

「残念です」レジーが微笑んだ。「時間は決定的な要素ですから」先ほどまでとは違って余裕を持ってメモをとるクェットをレジーは横目で見た。「話は変わりますが、バブの言うとおり、あなたに似た男が目撃されています。黒っぽい二人乗りの小型乗用車に乗っていて、夕暮れどきにトレイシーの猟場近くをうろうろしていた。アリソンの自宅近辺で村の娘が銃撃されたときも、アリソンが何者かに襲われたときも、トレイシーが殺害されたときも、同様の男が目撃されている」

「わたしに似た男とはね」コープは乾いた笑い声を上げた。「すなわちバブに似た男ということだ。そして彼の車とわたしの車は、どこぞの痴れ者やならず者に見間違えられる可能性がある」

「ありえませんね」バブが勝ち誇った顔で断言した。「その日どころかここ最近、日が暮れてから外出していませんから、車もわたし自身も」

「アリバイはあるんだろうね――それを証明してくれる痴れ者やならず者もセットで」コープがやり返す。

「ふたりともアリバイがあるというのですね。それにしても外見だけでなく乗っている車も似ているとは奇遇ですね」

「村の娘を銃で撃ってどんな得があると言うんだ」コープが憤然として言った。「いかれてるとしか思えない。アリソンを襲ったり彼女の父親を殺したり、そこまでしてわたしが手に入れたいものとはなんだ。荒唐無稽とはこのことだ」

「アリソンにもトレイシーにも恨みはないし、殺害する理由はないと言うのですね」

「ないに決まってるさ。あるなら教えてほしいものだ」

「ないに決まってる？　それなら教えてやろう」バブが怒声を上げた。「トレイシーが邪魔になったのでは？　彼はあなたのことを知りすぎていた。あなたは彼の資産を湯水のように使っていた。そうやって破産させた人は他にもいる。ねえ、アストンさん」

「おやおや、ようやく腹を割って話す気になったのか、バブ」レジーがぼやいた。「どうしていままで黙っていたんだ」

「まったくだ」コープが笑った。「ずっとだんまりを決めこんでいたくせに。先日、あなたとここへ来たときもそうだ。ひと言もしゃべらず、ひたすらあなたとわたしに媚びへつらうだけ。それがこうして自分に疑念の目が向けられると、なりふりかまわず難を逃れようとする。人殺しという重罪を誰かになすりつけなければならない。そこでバブはフォーチュンさんの関心がわたしに向くよう誘導し、適当な嘘を並べたてた。騙されちゃ――」

「誘導などしていませんよね、フォーチュンさん」バブはたまらず口をはさんだ。

「アストンさんはきみの作り話を支持しないだろうね」そう言ってコープはアストンに向き直ると、いらだたしげに指を突きつけた。「わたしがあなたに害を及ぼしたことがありますか？」

「そんなこと、わたしは言っていない」アストンは消え入りそうな声で応じた。「言うわけがない」

「ほらね」コープは得意気に笑った。

「いい気なもんですね。思っていても言わない、それだけのことだ」バブが反論する。「あなたの容疑が晴れるわけじゃない。わたしに罪を着せることはできませんよ。トレイシーの娘に恨みはないし、追いかけっこは彼女が子どものころ以来していないし、彼女にうとまれたこともない。トレイシーの土地を手に入れようとしたことは、生まれてこの方一度もありませんしね」

「口先だけの卑劣な男だ」コープはバブをぞんざいに手で示し、レジーに向かって言った。「そのお嬢さんとわたしの名前が一緒に話題にのぼるのを聞いたのは、きっとこれが初めてでしょう。それはあなただけではない」

バブは耳障りな笑い声を上げた。「そんな言い逃れが通用すると？　これからたくさん話題になりますよ」

「何か当てがあるのか？」たずねたのはレジーだった。「いまさらなんだい、バブ。どうしてもっと早く気づかなかったのかね」

「そう言われても、こんな悪党とは思わなかったんですよ」バブが言い訳した。「わたしの身になって考えてみてください。死んだ本部長は彼を一途に信用していました。あなたを信用していたように」

「ああ、たしかに。単純で、なんでも信じやすい人だった。コープさん、あなたはバブ警視に対して優位にあると考えているようですね」

「そんなふうに考えたことはない」コープは顔をしかめた。「彼は通常の手続きで金を借りているだけだ」

「みんながそうしているように――あるいは、していたように。簡単に金が借りられて便利ですね。それはさておき、車の話をしましょう。村の娘が銃撃されたときも、アリソンが襲われたときも、トレイシーが殺害されたときも、あなたの車は自宅にあったということですね？」

「ええ、わたしは家にいましたし、車はガレージに入っていました」

「では、翌日の午後はどうですか。わたしが巨人の墓に突き落とされ、頭上から毒ガスを放りこまれたとき、あなたの車が目撃されているのですが」

「出かけたのは夕方の四時か五時くらい。トレイシーが死んだという噂を耳にして、詳しい話を聞こうと車で家を出ました。そのとき目撃されたにちがいない」

「では、昨日の夜はどうでしょう」レジーが探るようにゆっくりとたずねた。

コープはすぐには答えなかった。首を横に振り、ようやく口を開いた。「わかりませんね。どうして昨日の夜のことを？　何も起きていないでしょう」眉間にしわを寄せる。「車はガレージから出していません」

「なんと」レジーは驚きの声を発した。「この家が監視されていることに気づかなかったのですか。いや、無理もない。われわれの捜査員はみんな優秀ですから。零時過ぎに車で出かけられましたよね。帰宅したのは午前一時ころ。ちなみにアストンさんの家にも見張りがついていましてね。あなたによく似た男が温室に入っていくところが目撃されている。説明していただけますか」

コープはバブに向き直った。「きみがわたしの車を使ったんじゃないのか」

「まさか。ひどい言い逃れだ」バブは声を上げて笑った。「あなたがあの薬品を温室に置いたのでしょう」

「そんな薬品が存在することも、使われたこともいままで知らなかった。だがきみは知っていた。アストンに罪を着せようと目論み、今度はわたしになすりつけようとしている」

「明確な証拠があればいいんだが」レジーがつぶやいた。「アリソンとわたしが襲われた件に関しては、悔やんでも悔やみきれませんよ、コープさん。襲撃者の姿をしかと捉えることができなかった。

しかしわたしはその男を殴った。脇腹あたりに一発お見舞いした。トレイシーの死体を調べたとき、彼の懐中時計が止まっていることに気づきました。ケースが凹み、ガラスにひびが入っていた」

「だからなんだというんです?」コープは声を荒げ、次の瞬間、唖然として目を見開いた。「まさかそんな! トレイシーのしわざだというんですか。トレイシーが? 娘を殺害しようとくわだてて、そして――そのあげくに――みずから銃で命を絶ったと?」

「そういう筋書きでしょうね。しかし何者かがわたしを巨人の墓に突き落とし、毒ガスの容器を投げ入れたとき、トレイシーはすでに死んで冷たくなっていた。犯人はトレイシーではありません、コープさん。おわかりいただけますね。村の娘を狙撃したのもトレイシーではないと思います。彼は老いてなお目がよかった。他でもない自分の娘を赤の他人と見間違うはずがない。確証はありません。単なる誤射の可能性もないわけではない。しかしわたしは、トレイシーが娘を殺そうとしていると思わせるための布石だったと考えています。娘の行方がわからなくなったとき、真っ先にトレイシーが疑われるように。実に巧妙だ。巧妙すぎるくらいだ。専門家の関心を――すなわちわたしの関心を惹くためのくわだてでしょう。そういうこともあろうかと、わたしがこっちに来ていることをなるべく伏せていたのですが。くわだてはさらに続く。犯人は銃を使わず、夜陰に乗じてアリソンに襲いかかり、殴って気を失わせて袋に入れた。だが、そこへわたしが現れた。わたしはもみ合ったときに脇腹に一発お見舞いしたものの、同様に殴られて気絶させられた。そこで犯人は選択を迫られた。ふたりいっぺんに始末するのは無理だ。男はアリソンを選んだ。彼女をかついで雑木林へ分け入り、白亜の丘のてっぺんの巨人の墓に放りこんだ。それは果たして目論見どおりなのか。彼女のスカーフを川辺に残していったところを見ると、川に投げこむつもりだったのかもしれない。そのあたりは狡知に長けているようで、いまひとつ詰めが甘い。潮の満ち引き、前浜の状態、時刻など全部うまく噛み合っていないからね」レジーは嘆息した。「ずいぶんと見くびられたものだ。それはともかく、犯人は意識を失ったわたしをその場に残し、彼女を巨人の墓へ放りこんだ。その後、一刻も早く現場を立ち去らなければならなかった。そのころトレイシーは獲物を求めて丘の麓の猟場を歩きまわっていた。そこでふたりは遭遇した。さぞかし気まずかっただろうね。彼らは相思相愛の仲じゃなかった。ここで何をしているんだとトレイシーは男に詰め寄ったかもしれない。いずれにしろ、男はトレイシーを生きて帰すわけにはいかなかった。自分がそこにいたことを証言されては困る。銃を手に夜な夜な外出するトレイシーの習慣は、彼に娘殺しの汚名を着せる計画の根底を成すものだった。しかしその計画はあえなく頓挫。運命とは皮肉なものだ。トレイシーは一転、男を窮地に立たせる証言をする存在となった。抹殺する以外に選択肢はない。そしてトレイシーは自分の銃で射殺された。すばらしく巧妙に。自殺と見せかけて。驚くべき対応力だ。絶望して正気を失った父親が、憎むべき愚かな娘と自分自身を消し去った。この新たな策略はうまくいったのか。きみはどう思う、バブ。そう、うまくいくように思われた。しかしひとつだけ問題があった。わたしが殴った懐中時計だ。時計が壊れたと気づいた犯人は、どうしたものかと思案した。ここでも持ち前の悪知恵が働いた。死んだトレイシーの懐中時計を九時五分にセットしたうえで、自分の時計と同様に叩いて壊した。どういうことかわかりますか？」

「わたしは断じてそんなことはしない」コープが言った。「なんだって犯人は時計の針を進めなければならないんだ？」

レジーの顔に一瞬笑みが浮かんですぐ消えた。満足げな笑みだった。「わたしは針を進めたとは言っていません」低い声で言って、それきり黙りこんだ。聞こえるのはコープとバブとアストンの重い息遣いだけだった。「なのに、あなたはそのことを知っていた。よくぞ言ってくれました。たしかに、おっしゃるとおり、犯人は時計の針を進めた。あなたはふたつのミスを犯した。わたしが男を殴り、男がわたしを殴ったのは八時過ぎ。それから三十分と経たないうちに、わたしは意識をとり戻した。そして銃声を聞いた。トレイシーを撃ち殺したときの銃声を。コープ、銃声は一発のみだ。ところがトレイシーの懐中時計は九時五分で止まっていた。それだけの時間があれば、トレイシーを殺害した男は自宅に戻ることができる。それでアリバイ工作もばっちりだ。まことに抜け目がない。わたしが早々に意識をとり戻したのは、彼にとっては運の悪いことだった。トレイシーが殺害された翌日、時間をたずねたのを覚えていますか。あなたは自分の懐中時計を見なかった。今朝も二度たずねた。そしてやはりあなたは懐から時計を取りだしませんでしたね」

「部屋に掛け時計がありますから」コープはレジーを睨みつけた。「わたしの時計が見たいと言うなら、ほら、ここにありますよ」取りだしたのは革のケースに入った小さな金のハーフハンターだった。

「婦人用の時計を使っているのですか」

「母親のものです」

「当面、新しいものを買うつもりはない？　当然でしょうね。普段使われている時計はどこですか。アリソンが襲われた夜、身に着けていた時計は？」

「たしかにそうだ、フォーチュンさん、あなたの言うとおりだ」バブは興奮していた。「コープの懐中時計は年代物の大きな金のリピーターだった。彼を知る人間でその時計を知らない者はいない」

コープは小さな時計をポケットに戻し、乾いた笑い声を上げて机の引きだしを開いた。

第三十八章　リボルバー

白い部屋はしんと静まり返り、全員が固唾を呑んで半分開いた引きだしに身を乗りだすコープに見入っていた。

「多くのことを知る人たちがいるんですよ。フォーチュンさん」コープはゆっくりと言った。

「ええ、それはそうでしょうね。だが、ご心配なく、わたしはそれ以上のことを知っていますので」

レジーは気のない返事をした。

コープは含み笑いをした。「彼らは沈黙を守りつづけているわけだが、その理由も知っているのですね」

「何もかも承知しています。だが、それもこれも全部終わりだ」

「ほんとに？」コープは顔を上げ、バブを見て、哀れなアストンへ視線を移し、それから微笑んだ。

「それは何よりですね」

「ええ、おかげさまで。時計を見せてくださらないのですか」

コープは身体を起こした。手は引きだしのなかに入れたままだ。

「おや、時計はどこです？」レジーがたずねた。「見せるつもりはないし、真実を話すつもりもない？　どうぞご自由に、すべてはおのずと明らかになるでしょう」

「ふん、なんでもお見通しってわけか」コープは憎々しげに言った。「わたしを犯人に仕立てあげることができると思っているのか。そもそもの発端を考えてみろ。神に誓ってわたしじゃない。トレイシーの息子を殺したのは誰だ？　あんたが一番よくわかっているだろう」コープはそう言って、彼の前でうつむき、身をすくめるアストンを指差した。

「よせ、もう充分だ、コープ」レジーは首を横に振った。「それはべつの話だし、知りたいことは全部わかっている」

「くたばりやがれ！」コープは叫ぶのと同時に立ちあがった。手にはリボルバーが握られていた。アンダーウッドとバブがコープに飛びかかり、コープはアストンの顔に向かって一発、さらにもう一発発砲した。

三人は折り重なって倒れこみ、クェットが加勢した。わめき散らしながら抵抗するコープを床の上に組伏せ、肘を抑えつけると、手から銃が滑り落ちた。

両腕を頭の上に引きあげられ、手錠をかけられるあいだ、コープは唾を飛ばして口汚く罵りつづけた。

「立たせよう」息を切らせてアンダーウッドが言い、三人がかりでコープを抱えあげた。

コープはじたばたと身をよじりながら立ちあがり、後ろを振り返った。

アストンは椅子から滑り落ちて床に横たわっていた。レジーが身をかがめてのぞきこんでいる。

「ざまあみろ」コープがわめいた。紅潮し、汗ばみ、あざのできた顔を歪めて満面の笑みを浮かべた。

「代わりに罰してやったよ。あんたの負けだ」

「負けたのはあんただ」バブが言った。「連行する」

コープは高笑いしながら部屋の外へ連れだされた。

笑い声は徐々に遠のき、やがて聞こえなくなった。レジーはアストンの横にしゃがみこんだ。アストンはぴくりともせず、座っていたときのままの姿勢で——こうべを垂れ、背中を丸め、膝を抱えて——床の上に横たわっていた。しわの刻まれた眉間に小さな穴が開き、そこから血があふれだしていた。穴は奥へ行くほど広がり、骨を打ち砕いている。目は閉じられていた。やつれた顔は苦悩に歪んだまま固まっている……。

レジーはのろのろと立ちあがった。「ええ、これがわたしの仕事です」厳粛な目で死んだ男を見おろし、語りかけた。「最善は尽くしました、アストンさん」

陽の射しこむ窓辺に立ち、小さく身震いすると深いため息をついた……。

バブが足音も荒く駆け戻ってきた。「フォーチュンさん、だめですか」

「ああ、うん」レジーは振り返らずに応じた。「きみが出ていく前に死んでいたよ」

「こんなことになるなんて」亡骸を見おろすバブの顔には敬意と悲しみが満ちていた。「さぞかし無念でしょうね。ようやく濡れ衣を晴らすときが来たのに。コープのやつ。とんでもない悪党だ！　アストン／トレイシー問題の裏には、きっと最初からあの男の存在があったんだ」

「そう思うかね？　もっと早く気づくべきだった」

「どうやって気づけというんです？　無茶を言わないでください。コープは並はずれてずる賢い男だ。決して本性を現さなかった。いまにして思えば、コープはいつもトレイシーの土地を欲しがっていた。犯行の動機はそれでしょう。トレイシーの息子を殺し、娘につきまとい、彼女がコープを拒んでジャイルズ・アストンと結婚すると、彼女を抹殺してふたつの家族を滅ぼそうとした。その目論見は失敗に終わった。アストンさんには気の毒なことをしました。まさかこんなことになるなんて。しかし、これであの男はぐうの音も出ない。残虐非道な殺人者だとみずから証明したんですからね。コープはアストンさんをここへ呼んで脅しつけたのでしょう。徹底的に絞りあげて泥を吐かせてやりますよ。あの男に絞首刑は軽すぎるくらいだ」

「きみの言うとおりかもしれない」レジーは物憂げに言った。「いずれにしろきみの事件だ。思うようにやればいい。これで失礼するよ」

第三十九章　アストン家

　レジーはその足で再びアストンの屋敷を訪れた。長く待たされたあと、ようやくドアが開いた。くたびれた身なりの老いた女中が現れて、ご主人様は外出中で奥様は床に伏せているので誰にも会うことはできません、とレジーが口を開く前に冷たく言い放った。

「ジャイルズ・アストンさんに、フォーチュン氏からお知らせがあると伝えてください」レジーは女中の横をすりぬけてホールに足を踏み入れた。

　彼女は重い足を引きずるようにして階段をのぼっていった。まもなくジャイルズが階段を駆けおりてきた。レジーの目の前で立ち止まると、かすれた声でたずねた。「今度はなんだ。いったい何をしにきたんです?」

「お母さんの具合は?」

「わからない。医者は神経性ショックだと言っているが。朦朧として意識があるのかどうかも定かじゃない。フォーチュンさん、母が言ったことを信じていないでしょうね」

「ええ、もちろん。あれは作り話だ。事実とは違う。あの場でそう言ったでしょう」

「母はたまに口を開いても、お父さんはどこかとたずねるばかりで。あなたは居場所を知っているのですか。ひょっとして父の身に何か、何か——」ジャイルズは言葉に詰まり、レジーに哀れむような目で見つめられ、先を続けることができなかった。

「いいか、よく聞くんだ。お父さんは亡くなられた」レジーの口調は優しかった。「しかし、お父さんが責めを負うことはない。もう二度と。トレイシーを殺し、きみの奥さんを殺そうとした男をバブが捕まえた。コープだ。お父さんはコープの屋敷にいた。動かぬ証拠を突きつけられ、もはやこれまでと悟ったとき、コープは隠していた銃を取りだして発砲した。お父さんは殺された。コープがきみのお父さんに、チャールズ・トレイシー少年の殺害を含むすべての罪をなすりつけようとしていたことに疑問の余地はない」

「コープが！」ジャイルズがつぶやいた。「その話はほんとうですか」

「ああ、ほんとうだとも」レジーは悲しげに微笑んだ。「コープがトレイシーを殺害したことが証明された。言い逃れできない決定的な証拠がある。コープはアリソンとわたしの殺害を試みたあと、毒ガスを発生させる薬品をきみのお父さんの温室にひそかに置いた。これもまた証明ずみだ。警察本部長殺しはまだ証明できていないが、わたしはコープのしわざだと確信している。本部長は、崖崩れ跡で見つかった模造品のカメオの出所がコープだと見抜いたにちがいない。その件で何か聞いていないかね。きみのお父さんとチャールズ・トレイシーの死を結びつけるための偽の証拠だ。現場にこっそり置いたのはコープにちがいない。これだけ説明すれば充分だろう」

「コープが！　父さんを狙って撃った？」

「ああ、うん、そうだ。最後の悪あがきってやつだ」

「警察は止められなかったんですか」

「間に合わなかった。身を挺して阻止しようとしたんだが。追いつめられた獣同然だったからね、コープは。一瞬の出来事だった」

ジャイルズは宙に視線をさまよわせ、こみあげてきた激情に身を震わせた。「父さん！　神よ、許したまえ。僕はてっきり――」

「ジャイルズ」レジーは彼の腕をつかんだ。

「どうして母さんは自分がやったと言ったのかな」

「まだわからないのか。わたしがきみのお父さんを告発すると思ったからさ。お母さんは何も知らなかったんだ」

「どうして父は今朝、コープに会いにいったんですか」

「急用があると呼びだされたからだよ。きみのお父さんは金の話だと思っていた。コープは長年にわたってお父さんを支配していた。目的はなんだと思う？」

「金を巻きあげるためだ」ジャイルズはつぶやいた。

「そう、コープは腹黒い男だ。いまならきみにもわかるだろう。コープはわれわれが真相に近づいていることに気づいていた。だからきみのお父さんを引きずりこみ、われわれの疑念を彼に向けさせるべく新たな一手を打った。その試みが失敗に終わったとき――トレイシーを殺害したようにきみのお父さんを殺害した。それがコープという男だ。アストン家とトレイシー家の土地と家柄を手に入れようとした。それも終わった。終わったんだよ、ジャイルズ」

ジャイルズは目頭を抑え、「すみません」と言ってこみあげる感情を呑みこんだ。しばらくしてレジーに視線を戻した。「母は向こうで休んでいます。口を開けば、お父さんはどこへ行ったのか、どうして帰ってこないのかと訊いてくる。そんな母になんと伝えたらいいのか。話すべきでしょうか」

「知らせないわけにはいかないだろうね。わたしも一緒に行こう」

がらんとした寝室はカーテンが閉ざされ、壁にかけた古びたタペストリーは、くすんだ色合いの馬や人の図柄をかろうじて判別できる。

天蓋つきの巨大なベッドは寝具が乱れ、老いた女中がその上に身を乗りだして、子どもをあやすように優しい言葉をかけながら、かいがいしく世話をしていた。

「やめて、放っておいて」不機嫌なかすれた声が言う。「ジャイルズはどこ？　どうして行ってしまったの？　探して連れてきてちょうだい。いったい——」

足音を聞きつけてアストン夫人が顔を上げ、身体を起こした。暗がりにぼうっと浮かびあがるその姿は幽霊のようだ。「ジャイルズ！　もう、あなたまで——」悲痛な声でそう言いかけて、レジーに気がついた。

「心配いりませんよ、アストンさん」レジーは夫人に歩み寄った。「もはや恐れることは何もありません。全部終わりました」

「それってどういう意味ですの？」夫人の呼吸が荒くなった。「主人はどこにいるの？」

「ご主人にも、あなたにも、ジャイルズにも危害を加えようとする人間はもういない。警察はチャールズ・トレイシーの父親を殺害した男を捕まえました。コープです。証拠もそろっているし、間違いありません。しかも殺したのはひとりではない。あなたがたに対する疑念は晴れました」

「疑念は晴れたですって？」アストン夫人はひきつった笑い声を上げた。「殺したのはひとりではない？　コープが——いったいどういうこと？　夫はどこにいるの？」

「警察はチャールズ・トレイシーを殺害したのもコープだと確信しています。警察の疑念を確信に変えたのはコープ自身です。あなたのご主人を銃で撃ち殺し、現行犯逮捕された。ご主人は即死でした。手の施しようがなかった」

　夫人は長く悲痛なうめき声を漏らした。それから自分に言い聞かせるように、「あの人が死んだ、あの人が死んだ」とつぶやいた。枕に顔をうずめると、しゃくりあげ、すすり泣きながら笑っていた。それは苦しみから解き放たれた女の笑い声だった。

「母さん」ジャイルズはベッドの上に身を乗りだして母を抱き寄せ、キスをした。

「ああ――あなたね」頭を後ろにそらして息子を見た。顔に触れようと伸ばした痩せ細った手は小刻みに震えていた。「ジャイルズ」もはや夫人は泣いていなかった。「ねえ、全部終わったのね。何もかも失ってしまった。でも、悪くないわよね」穏やかに笑っていた。

「少し休んだほうがいい」レジーがそっと声をかけた。

　ジャイルズが優しくベッドの上に横たえると、夫人は寝返りを打って暗がりに顔を向け、そのまま動かなくなった。

第四十章　トレイシー家

軍隊の隊列のように入念に整えられたデュドン将軍の庭が見える窓辺で、アリソンは安楽椅子に座っていた。

レジーはコープとアストンにまつわる顛末を話しおえたところだった。アリソンは無言のまま、整然と並ぶ生け垣を眺めていた。彼女の胸は大きく波打ち、青白い顔は苦悩と自責の念でやつれ、頬には涙が光っていた。

「覚えているかな」レジーが言った。「明日があるとわたしが言ったことを。嘘じゃなかっただろう。たくさんの明日がある。幸せな日々が待っている」

「いつわかったの?」アリソンはレジーを振り返ることなく、消え入りそうな声でたずねた。

「難しい質問だ。いつとは言えないんだ。わたしがわかっていることは証拠にはならない。たしかな証拠が必要なんだ」

「どうしてこんなことになってしまったのかしら」

「わたしに訊かないでほしいね。この惨事を招いたのはわたしじゃない。わたしは精いっぱい手を尽くした。褒めてもらいたいくらいだ」レジーは微笑んだ。「誰も力になってくれなかった。きみもそのひとりだ、アリソン」

「そうね」アリソンは泣きながら振り返った。「ごめんなさい。あたし、てっきり──」

「てっきりジャイルズか彼の父親のしわざだと思ったんだね。そんなことだろうと思っていたよ」

「彼には言わないで」弱々しい声で懇願した。「お願い」

「わかっているとも。心配いらないよ」レジーはため息をついた。「きみが彼を愛していることもわかっていた」

アリソンの胸がひときわ大きく波打ち、青白い顔がみるみるうちに紅潮した。「その言葉を信じられたらいいのに」切実な心の叫びだった。

「恐怖というのは厄介なものだ。きみたちはおびえて生きていた。そういう時代はもう終わりだ。きみなら、きみたちふたりなら、恐怖に打ち勝つことができる。悪意ではなく愛を贈ろう。それを受けとるにふさわしい人々に。きみならやれるよ、アリソン」

「あたしなら?」上気した顔で声を上げて笑った。自信をとり戻しつつある笑い声だった。

「ああ、そうとも。ご主人もね」

アリソンは口をつぐみ、胸元に視線を落とした。「あの人はどこにいるの?」

「わたしがアストンの屋敷を出たときは、母親につき添っていたが」

「お母さんこそつらい思いをしているでしょうね」

「たしかに、つらかっただろうね。でも、彼女もまた不安から解放された。一族の汚名をそそぐこともできた」

「だけど、彼女には何も残されていない」

「ジャイルズがいるさ。そして息子のための汚れのない家名もある。彼のお母さんが不幸になるとは思わない。彼女もまた息子を愛しているからね」

レジーはデュドン将軍の庭で唯一無用な、座り心地の悪いベンチに腰かけていた。目を閉じて葉巻を吸っていると、せっかちな車が猛スピードで近づいてくる音が聞こえてきた。タイヤを軋らせながら停めた車から降りたったのはジャイルズだった。

「やあ。やっと来たね」レジーは微笑んだ。

「もっと早く駆けつけたかったんだけど。母は眠っています。かつてなく穏やかな顔で。アリソンはどんな具合ですか？」

「穏やかとは言えないね」レジーは言った。「自分の目で確かめることだ」

ジャイルズはレジーのあとから階段を駆けあがった。

ドアをノックすると、待ち焦がれた様子の声が返ってきた。ジャイルズが部屋に飛びこみ、アリソンが窓辺から駆け寄る。はためくネグリジェから突きでた白い腕は、ジャイルズに向かって開かれ、きらきらと輝く瞳は愛を与え、求めていた。ふたりは見つめ合い、きつく抱き合った。

「うん。それでいい」レジーはつぶやき、ふたりを残してドアを閉めた……。

第四十一章　審判

　レジーが本件を思い返すとき、最も苦い記憶として蘇るのは、デュドン将軍の料理番に合理的期待を裏切られたことである。将軍は自宅以外のテーブルで、食べることの可能性について無知をさらしてきた。食についてみずから知ろうとさえしなかった。しかし彼には、ものを食べる者としての美点がひとつだけ備わっていて、その美点は、作為または無作為のあらゆる大罪を償うものだった。スイーツを真摯に愛する者には、救済の望みがある。将軍のスイーツ愛は、ろくな料理を提供しないクラブにおいて露呈し、レジーの家で食事をしたとき、みごとに花開いた。スイーツを介して芽生えた友情がなければ、フォーチュン氏の興味を巨人の骨やダーシャーの殺人事件に留め置くことはできなかっただろう。正義の道筋を定め、人生や幸福を左右する力とは得てしてそんなものだ。

　ゆえにレジーは、デュドン家の質素で退屈な食事に対する覚悟はできていたが、質量ともに充分なデザートを期待するのは客観的かつ理にかなった推測であると主張する。将軍は厳格な料理番の言いなりなのか、はたまた好物を節制する禁欲主義に妙なプライドを持っているのか、胃もたれする滋養物以上のものが供されることはなかった。

　レジーが年配女性に強いとする説には根拠があって、将軍の料理番をまんまと懐柔したのは、最も輝かしい一例である。フォーチュンさんの顔色がすぐれないようだと彼女が雇い主のデュドン将軍に訴え、夕食に食べたいものはあるかと彼にたずねたときのことを、レジーは誇らしく記憶している。結果としてもたらされたのは、なんとも名状しがたい奇妙な砂糖菓子だった。オムレツとプディングをかけ合わせたものにアプリコットジャムと生クリームを入れ、砂糖漬けにした果物や生姜を表面にちりばめ、ポートワインで香りづけしてある。

繊細さに欠けるが、作り手の熱意は伝わってきた。レジーはその菓子に熱意を持ってとり組み、その日のディナーは彼がデュドン家でとったどの食事よりも長く続いた。

食後のポートワインをいつもよりも大げさに断ったあと、レジーはシェリー酒を所望した。それを飲んでいるところへアンダーウッド警部補がやってきた。

将軍は歓迎の言葉を並べ、食事を勧めた。「いえ、せっかくですが結構です。どうかお気遣いなく」アンダーウッドの表情は暗かった。「お邪魔してすみません。どうしてもフォーチュンさんと話しておきたいことがありまして」

「うん、そうか、もちろんかまわんとも。ワインかウィスキーでも飲んでゆっくりしていきたまえ」将軍はそそくさと部屋を出ていった。

「なんだね、アンダーウッド。そんなしけた顔をして。何か心配事でもあるのか」

「あなたは満足していらっしゃるのですか、フォーチュンさん」アンダーウッドは将軍の座っていた椅子に腰をおろし、探るような真剣な面持ちでテーブルの上に身を乗りだした。

「何を言いだすかと思ったら！　当たり前じゃないか。大満足さ。万事計画どおり。完璧な幕切れだよ」

「計画どおりとおっしゃいましたね」アンダーウッドの声には嫌悪の情がにじんでいた。「あらかじめわかっていたということですか。コープがアストンを撃ち殺すことを予期していたわけじゃありませんよね」

「まさか、それはないよ」レジーは目を伏せた。「予期できるわけないだろう。あれは想定外だ。われわれの仕事はトレイシー殺しの犯人を特定することであり、それを成し遂げた。疑わしい点でもあるのかね」

「いえ、もちろんありません。あるはずないじゃないですか。コープの懐中時計は隠し金庫のなかから見つかりました。ケースに凹みがあって八時二分過ぎで止まっていました」

「強情な男だ。見つかると思っていたよ。コープは持ち物を簡単に捨てるタイプではないからね。誰が見つけたんだね。きみかい？　それとも清廉の士たるバブ警視か」

「捜索は一緒に行いました。妙な疑念を抱かれないように。そこにあると確認したうえで、彼に見つけさせました」

「うん、賢明な判断だ。バブはさぞかし喜んだだろうね」

「そりゃあもう大喜びですよ、猫みたいに飛び跳ねて」アンダーウッドは鼻で笑った。「明日にでも事件に決着がつけられると思っているんでしょう」

「だろうね。というか、もう決着がついているのさ。わたしに事件の全貌を解き明かしてくれたからね。親切な男だよ、われらがバブは。ところでローマスには報告したのかね」

「本部に報告書を提出しました」アンダーウッドは緩慢に答えた。「結論だけを簡潔にまとめて。ローマス部長はよくやったとねぎらいの言葉をかけてくれました。それと、あなたに伝えるよう言われました。警察のために力を尽くしてくれたことを心から感謝すると」

「どういたしまして」レジーは淡々と応じた。「とにかく万事丸くおさまったというわけだ」葉巻入れを差しだしたが、アンダーウッドに断られた。「きみだけは丸くおさまっていないようだね」葉巻に火をつけた。「いったいどうしたというんだね」

「おわかりでしょう」アンダーウッドは声を落とした。「われわれはあの哀れな紳士を救えたはずだ。あの悪党をなんとしてでも阻止すべきだった」

レジーは葉巻の煙で輪を作った。「気の毒なことをした。だが、きみのせいじゃないさ、アンダーウッド。彼を救う手立てはなかった」

「計画どおりとあなたは言った」アンダーウッドは引きさがらない。「あなたはコープを泳がせ、わざと煽りたてた。かっとなって発砲すると予測していたのではありませんか」

レジーは煙で輪を作りながら、その合間にゆっくりと語った。「コープは馬脚を現すだろうと思っていた。そして案の定そうなった。知ってのとおりトレイシー家ではふたりの人間が――息子だけでなくその父親も――殺害された。一方、アストンは少年殺しの罪を背負って生きてきた。事件が解決したいま、アストンや彼の家族を疑う者はいない」

「ええ。たしかにバブもそう言っていますし、その点に異議を唱えるつもりはありません。少年を殺したのはもちろんコープだ。そして身の潔白が証明されたアストン氏を腹いせに殺害した。それは誰もが知るところです。しかし、われわれはアストン氏を見殺しにしてしまった。なんとしても救うべきだったのに」

「すまない、アンダーウッド。きみはいいやつだ。あの場をとりしきっていたのはわたしであってきみじゃない。悪いのはわたしだ。責任はわたしが負う」

レジーを見るアンダーウッドの目に不安の色がよぎった。

「おいおい、よしてくれ」レジーが微笑んだ。「わたしだって生身の人間だ、アンダーウッド。きみと同じだよ。与えられた仕事にとり組むだけ。自分から面倒を起こしたりしないさ」


うららかな秋の午後、レジーは再び招かれてその地を訪れていた。数人の村人がコルスバリー巡回裁判所の古めかしい玄関の前にとどまり、あくびをしたり噂話に花を咲かせたりしている。期待どおりの死刑判決がコープにくだされるのを確かめるべく、裁判所へ押しかけてきた野次馬の名残だ。その裁判所がコープの銀行と建築様式を一にするのは、些細なこととはいえ皮肉なめぐり合わせである。

レジーは男と連れだって玄関前の階段をおりてきた。痩せた貧相な身体、穏やかで知的な豚を思わせる赤ら顔。噂話グループがあくびグループに語ったところによると、その男はロンドンから来た高名な法律家で、コープを確実に絞首台送りにするために派遣されたという。彼は与えられた役割をみごとに果たし、コープにつけ入る隙を与えなかった。村人はみずからの飼育経験に照らして、彼が最も似ている豚の品種と繁殖条件について喧々諤々と意見を闘わせた。

こうした賛辞が交わされているとはつゆ知らず、法務次官のサー・サミュエル・ヘイルは、かび臭い部屋に押しこめられて息が詰まった、新鮮な空気を吸いたいとレジーに訴えた。「神から祝福されたこの地を、是非とも案内してもらいたいね」きらきら輝くつぶらな瞳とは打って変わって、声は豚とはまるで違う。低くしわがれた声は、彼が同胞である証しだ。

「もちろんかまいませんとも。もしお時間があるのなら。車でめぐってみる価値は充分にある」

「きみが言うなら間違いない」法務次官は含み笑いをした。「あまり飛ばさないでくれよ。わたしは神経質《ナーバス》なんだから。きみは図太い神経《ナーブ》の持ち主だがね、フォーチュン」

「わたしが？」レジーは傷ついた顔をした。「心外ですね。いつだって安全第一なのに」

「今回の一件も？」

「ええ、そうですとも。最大限、安全に留意しました」レジーは車に案内し、助手席に法務次官を乗せて出発した。行き交う車や通行人を避けながらゆっくりと進んでいく。「僭越ながらお祝いを言わせていただきますよ、ヘイル。みごとな裁きだった」

「きみが皿の上に乗せたものを次に手渡しただけだよ」

「そんなことはない。謙遜しすぎでしょう。スタイルを貫くのは容易なことではない」

「どうしてそんなお世辞を言うんだね」法務次官は片方の眉を吊りあげてレジーを見た。

「お世辞じゃありません。ひとりの職人がべつの職人を称賛しているだけですよ。〈働くことはたがいの喜びなり（R・キップリングの詩集 The Seven Seas の一節）〉ですよ。この事件は早く終わらせる必要があった」

「なるほど。そういうことなら素直に受けとるとしよう。役に立てて光栄だ」

「なんにせよ、コープはそういう気持ちにさせる男じゃありませんか。根っからの悪党だ」

「狡猾な悪党に絞首刑はもったいない」ヘイルはスコットランドの悪名高き弁護士の言葉を引用した。

「同感だ。あの男には人間の残虐性をかき立てる素質がある。こんな晴れやかな気持ちで死刑を宣告したのは初めてだよ」

「たしかにめったにあることじゃない」レジーは車を公道へ乗り入れた。

「被告はひどくショックを受けていたね」ヘイルが言った。「胸がすく思いがしたよ。文句のつけようのない証拠があるとき、死刑を宣告された被告人が法廷を口汚く罵るのを聞くのは悪くない。裁きが公正だという自信を深められるからね」

「自信が必要ですか」

「ときにはね」ヘイルの瞳がきらりと光った。「わたしのスタイルのどこを評価しているのかね」

「単純にして明快」レジーは声を落として言った。「いっさいの無駄を省き、必要以上に質疑を引き延ばさない」

「光栄だね。きみは鋭い鑑識眼の持ち主だ」ヘイルは皮肉めいた一瞥をくれた。

レジーは車のスピードを落として話題を変えた。「見てください。あれがそもそもの原因です。穏やかで、肥沃で、友好的」道路の片側に広がる平野を示した。耕されたばかりの土は、やわらかな陽射しを受けてしっとりと黒く輝いて見える。「あれが黒い大地、大昔の沖積地です。有史以前は沼や森でした。未開の時代に蓄えられた養分たっぷりの土壌は、まさに宝の山だ。富への尽きせぬ愛は、大昔からいさかいの原因だった。黒い土地はコープに殺されるまでトレイシーのものでした。有史以前までさかのぼれば、コープに似た外見のずんぐりとした、肌の浅黒い人々が所有していた。彼らの多くはいまもこの地で暮らしている。近隣の村ならどこへ行っても見かけるでしょう。生命力の強い家系だ。しかし、もはやこの地は彼らのものではない。ひたすら働くだけの場所だ。背の高いブロンドの物乞いが――サクソン人かケルト人か、いずれにしろアストン家に似た連中が――やってきて、彼らから黒い土地を奪いとり、あそこに見える白い土地へと追いやった」後方に連なる丘を、白く輝く白亜坑をレジーは指し示した。「〈黒い土地と白い土地はいつの時代も争いの種である〉――地元の古い言い習わしとしてデュドン将軍から教わりました。将軍の巨人の骨を見るために初めてここを訪れたときに。この地にまつわる永遠の真理だそうです。それこそが謎を解く鍵だったのに、気づくのが遅かった。わたしのミスだ。想像力の欠如です、ヘイル。話をもとに戻しましょう。次にこの地へやってきたのはトレイシーの一族だった。おそらくノルマンディーから海を渡ってきたのでしょう。赤毛のフランス人だ。彼らは好戦的で、統率力に秀でていた。アストンの一族を駆逐し、彼らが手に入れた以上のものを奪いとり、保有しつづけた。その地で再起を果たしたコープの一族が、長きにわたるアストン家とトレイシー家の不仲を利用して、祖先の土地をとり戻しはじめるまでは。というわけで第一の要因は地質学的なもの、この土地の成り立ちにあった。そして捜査を進めていくうちに第二の要因、強欲や憎悪といった負の遺産に行き当たった」

「丁寧な説明をありがとう」ヘイルが言った。「極めて論理的で、途方もなく非人道的だ。ずいぶん気が楽になったよ、フォーチュン。彼らはみな無力な過去の被害者だ。生まれながらにして呪いに縛られ、苦しみ、殺し、殺される。コープが殺人を犯したのは、それが運命だから。彼に選択肢はなく、責任もない。そしてわれわれには彼を絞首刑にする明確な権利がある。少々大げさに言えばそれは運命であって、われわれもまた責任を感じる必要はない。だからこそ自由裁量にまかせられているときみは感じているわけだ、よくわかったよ」

「あなたまでそんなことを」レジーは傷ついた顔をした。「聞き捨てなりませんね。誤解もいいところだ。真逆ですよ。わたしに自由などない。それどころか不自由の極みだ。わたしは積年の問題を処理するために呼び寄せられた。土地をめぐるごたごたはわたしの責任ではない。なのに、もつれた糸を解きほぐし、穏やかな日常をとり戻すことを求められた。もはや神の御業、神意ですよ。謝礼をもらってもいいくらいだ。でもまあ、愚痴はこれくらいにしておきましょう」

「ずいぶん謙遜するんだな」ヘイルが言った。「きみが神意だと思っていたよ。しかし、少しばかりおしゃべりが過ぎたようだ。理念より事実が重要だからね」皮肉めかせた言いまわしをしたあと、改まった口調で言った。「トレイシー少年が殺害された現場へ案内してくれないか」

「かまいませんよ、あなたが望まれるなら」レジーは静かな口調で応じ、再び車を発進させた。「白い土地へ向かいます」速度を上げて白亜の丘の長い坂道をのぼっていく。

樹木のない草地の向こうに、エルストウ邸の瀟洒な外観が見えた。「地質の問題はさておき、ここはどんなところなのかね」ヘイルがたずねた。

「地質抜きには語れませんよ。必須要件ですから。コープの石器時代の祖先にとっても、巨人の墓に放りこまれたアリソンとわたしにとっても。あれはアストンの屋敷です。どうです、美しいでしょう。気の毒にすっかり落ちぶれてしまった」

「きみの優しさには胸を打たれるね」ヘイルが言い、レジーは車を停めた。「ああ、地質が大事だってことはわかっている。少年殺しの舞台となった場所は、アストンの屋敷のすぐ近くだったね」

ヘイルの物言いには辛辣な響きがあったが、レジーは平然と答えた。「ええ、そうです。法律家の先生の足でも楽勝ですよ。この少し先ですから」車を降りて荒れた草地をゆっくりと進んでいく。

「そのえぐれた崖の下を見てください、海水が黄色く泡立っている。あれが崖崩れ跡で、あの土砂のなかから少年の骨が発見されました。崖のふちを見まわすとたくさんの亀裂があることに気づくでしょう。崖の麓の岩は常に海水で洗われ、削られている。そうして生じた亀裂のひとつに少年は落下し、帰らぬ人となった。かわいそうに」

「その子のためにも涙を流すのかね。きみはすばらしく公平だ。気の毒な少年を突き落としたのは誰なんだ?」

レジーは驚き、悲しげな顔でヘイルを振り返った。「おやおや、どうしたのですか。証拠がないのはあなたもご存じでしょう。少年の死をコープの裁判に持ちこまなかった判断は称賛に値すると思っています」

「そう思うのは当然だろうね。きみはわたしのスタイルを支持しているわけだから、フォーチュン。おだてには乗らないよ。コープがふたりの人間を殺害した証拠をきみはわたしに提示した。裁判はその証拠に基づいて行うべきであり、他の問題は排除するべきだ。それでわたしが満足していると思わないでもらいたい。その子を殺したのは誰なんだ?」

「初めてですね、あなたがその疑問を口にするのは。とても慎重だ。あなたは答えを知りたがっていなかった。知らなくて正解でした。動揺させてしまったかもしれない」

「コープの死刑が確定しても動揺しなかったがね」ヘイルがむっとして言い返した。「コープが少年の父親を殺害したのは間違いない。少年を殺害したのもコープだと言うのか?」

「いや、違う。そうじゃない。どうしても知りたいと言うなら、アストンが殺ったとわたしは確信しています。しかし証明のしようがない」

「アストンが自白しないかぎりは。コープが彼を撃ち殺すのをきみが見過ごさなければ、たぶんアストンは自白していたんじゃないかな」

「ヘイル、あなたともあろうおかたが」レジーはショックを受けていた。「人聞きが悪いことを言わないでください。プロにあるまじき行為ですよ。コープは見過ごされたわけじゃない。バブに訊いてみるといい」

ヘイルは冷ややかに微笑んだ。「きみがコープを狂わせたと言うべきかな」

「まさか。とんでもない。事実誤認もいいところだ。コープが狂乱状態に陥ったのは、しっぽを捕まえられて、もはや逃げられないと悟ったからですよ」

「自分は絞首台送りにされ、アストンは罪をまぬがれる、そう悟ったからだろう」ヘイルが訂正した。

「そう思いたければどうぞ」レジーが言った。「大差はありません」

「きみはアストンを殺害するようコープをけしかけた。計算どおりだったんだろうね、フォーチュン」

「そう思われますか？　法務次官の証言は証拠にはなりませんよ」

「歴然たる事実だ。きみは少年の死の真相を永遠に葬り去るためにアストン殺しをお膳立てした」

レジーの顔に控えめな微笑みがゆっくりと表れた。「単純にして明快、いっさいの無駄を省き結論に至る」先ほどの賛辞を再度口にした。「しかしですね、それでは本質的な問題は解決しない。アストンが少年を殺したのは明白だ。彼は報いを受けた。いまさら真相を暴いたところで、過去をほじくり返して罪のない人々を苦しめるだけだ。優先すべきは、すべてに決着をつけて彼らを救うこと。彼らは救われたんですよ、ヘイル。何か問題がありますか」

「きみには良心というものがないのかね、フォーチュン」

「ひどい言われようだ」レジーは弱々しく笑った。「もしわたしに良心がなかったら、崖崩れ跡から少年の骨が見つかったとき、誰も何もしなかったでしょうし、絶滅した象の骨と同様に棚に陳列されたことでしょう。良心とはときに厄介なものだ。あなたにはわからないかもしれませんが、わたしにだって心はある」レジーは車へ引き返した。ヘイルは後ろをゆっくりと歩き、無言で助手席に乗りこんだ。海に面した白亜の尾根に沿って車は進んでいく。

ヘイルは抗議した。「どこへ連れていくつもりだね。来た道と違うじゃないか」

「よく気づきましたね」レジーは意外そうな顔をした。「わざわざ同じ道を通ることはないでしょう。もうたくさんだ」ギリシャ語の詩を口ずさんだ。「Tis an palin agkalesait epaeidon」

「なんだって?」ヘイルが怪訝な顔をした。「おまじないか何かかね」

「ご存じない? 古典の教育を受けていると思っていました。コープがアリソンの結婚式の当日に送ったメッセージですよ。〈死とともに人の足元にひとたびこぼれた黒い血を、まじない唱えて呼び戻すなど誰にできよう〉——古代ギリシャ人からの問いかけです。血には血を。死には死を。あなたならそう答えるんでしょうね。それは正しい答えではない。罰を与えているだけ、復讐しているだけだ。答えは他にある。被害者を救済すること。彼らの傷を癒し、安らぎを与えること。それがわたしの答えであり、成し遂げたことです」

ヘイルは押し黙ったままだった。ふたりの乗った車は海を離れ、不毛な白亜の丘をくだり、陽射しを受けて輝く川の蛇行する流れを横目に見ながら、谷間の黒い大地へと至る。

レジーは速度を落として谷間の道をしばらく走り、村に入ったところで車を停めた。ヘイルの腕に触れ、子どもたちが遊んでいる原っぱを指差した。「ほら。あそこに夫を亡くしたアストン夫人が」

彼女はひとりで、子どもたちとは距離を置いていた。原っぱを行ったり来たりしながら、しばしば立ち止まってしゃがみこみ、何かを摘んでいるようだ。車で横を通りかかったとき、痩せた青白い顔に笑みが浮かんでいるのが見えた。独り言をつぶやいているのか、唇が小さく動いている。ヒナギクの花輪を作っているところだった。

「あんなふうに」とレジーは言った。「彼女は毎日あそこへやってくるんですよ。子どもたちを見て、子どもたちのことを考えるために。悪くないでしょう」

その場を離れたあともレジーは速度を上げることなく車を走らせた。ヘイルは何も言わず、物問いたげな目でレジーを見ていた。

「少々お待ちを」レジーがつぶやいた。「ああ、やっぱりそうだ」ジャイルズとアリソンが白い家の門から外に出てきた。「母親を迎えにいくところだ。まだひとりでは置いておけませんからね」ふたりは腕を組んでぴたりと寄り添っていた。「これですよ」レジーはアクセルを踏みこんだ。すれ違いざまにふたりは彼に手を振り、レジーは帽子を軽く持ちあげた。「あれが未来です。わたしのために賢明な判断をお願いします、ヘイル」

「本件はこれにて一件落着とする」法務次官が言った。小さな目がきらりと光った。「きみにはかなわないよ」

訳者あとがき

本書『ブラックランド、ホワイトランド』は、イギリスのヴィクター・ゴランツ社より一九三七年に刊行されたH・C・ベイリー著 *Black Land, White Land* の全訳です。医師でロンドン警視庁《スコットランド・ヤード》の科学顧問であるレジナルド（レジー）・フォーチュンが探偵役をつとめる本作は、本国イギリスでは長編九、短編八十四を世に送りだした人気シリーズです。日本では二十一の短編が紹介されているものの、長編が邦訳出版されるのは本書が初めて。フォーチュン氏の作品が日本で日の目を見るのも、短編集『フォーチュン氏を呼べ』が同叢書から刊行されて以来十六年ぶりとなります。

そこで、本書をより楽しんでいただくためにも、まずはレジナルド・フォーチュンの経歴を簡単に紹介しておきましょう。フォーチュン氏が初めて世に現れたのは、一九二〇年に刊行された短編集 *Call Mr. Fortune* 所収の *The Archduke's Tea*（前出の『フォーチュン氏を呼べ』所収「大公殿下の紅茶」）で、開業医の父親の跡を継ぐ新米の医者として偶然巻きこまれた事件を鮮やかに解決してみせます。その際、スコットランド・ヤード犯罪捜査課のシドニー・ローマス部長に見こまれ、以後長きにわたって警察の捜査に協力することになります。

レジナルド・フォーチュンは一八八四年にロンドン郊外の比較的裕福な開業医の息子として生

まれ、オックスフォード大学ユニヴァーシティ・カレッジ卒。文学修士《MA》、医学学士《MB》、化学学士《BCh》、王立大学外科医師会会員《FRCS》の肩書を有し、その旺盛な好奇心と博識ぶりは本書でもいかんなく発揮されています。家族は夫人と娘がひとりいるらしいのですが、本書では夫人の話がちらりと出てくるだけ。美食と酒をこよなく愛し、趣味は庭いじりと実験、愛車はロールス・ロイス。豊かな金髪、青い目、ふっくらとした丸顔は血色がよく、無邪気な童顔から愛称は「ケルビム天使」。太りぎみで中年と呼ぶべき年齢に達しているにも関わらず、いまだに二十五歳くらいにしか見えない。以上のプロフィールは主に『フォーチュン氏の事件簿』（永井淳訳、創元推理文庫、一九七七年）の巻頭に置かれた、著者ベイリーによる「フォーチュン氏紹介」から抜粋させていただきました。「彼の人となり、私生活、教育、若いころの明らかにされていない経歴、犯罪と世間というものに対する彼の考え方」が饒舌に語られていますので、興味のある方は是非ご一読ください。

　本書の舞台はイギリス南部の架空の農村、ダーシャー州コルスバリー。ロンドンから始発列車に乗って昼前に到着することや、白亜の断崖や〈ロングマン〉と呼ばれる巨人像が有名であることから、南東部のイーストサセックス州あたりをモデルにしたのではないかと推察されます。ちなみにイギリスで〈ロングマン〉が実際に確認されているのは、前出のイーストサセックス州ウィルミントンと、南西部のドーセット州ドーチェスターの二か所のみ。インターネットで検索すると、丘の斜面に浮かびあがるどこかユーモラスなふたつの巨人像を見ることができます。

　友人のデュドン将軍から古代の巨人の骨を発見したとの知らせを受けたレジーは、ちょっとした気晴らしのつもりで訪れた農村で、大昔の巨人の骨ではなく現代の少年の骨を発見し、思いも寄らぬ事件に巻きこまれていきます。「恐ろしいほど肥沃な黒い土地」と「羊ぐらいしか育たない不毛な白い土地」が境を接する独特の地質が、数千年前から繰り返し争いの種となり、底知れぬ憎悪と残酷な格差を生みだしてきた。そうして人々の心に溜まりに溜まった澱《おり》が、少年の骨が発見されたのを契機にあふれだし、のどかな農村地帯を震撼させる事件が次々に発生します。レジーは閉鎖的で非協力的な地元警察と住民に手をやきつつ、持ち前の鋭い洞察力と観察力で小さな証拠を見つけだし、合理的思考を積み重ねることで、ゆっくりとしかし着実に真相へ近づいていきます。その過程で、普段はもっぱら頭脳派で、ぽっちゃり体型の中年男であるレジーが、珍しく身体を張って被害者を救いだすシーンは、彼の新たな一面を垣間見ることのできる本書の読みどころのひとつと言えるでしょう。そして事件は、いかにもフォーチュン氏らしい筋の通った正義の基準により裁きがくだされ、未来への希望を感じさせる幕切れを迎えることになります。

著者のヘンリー・クリストファー・ベイリーは一八七八年ロンドン生まれ。オックスフォードで古典文学を専攻、在学中に歴史小説を書いて一躍注目を集めました。大学卒業後は〈デイリー・テレグラフ〉紙に記者として加わり、第一次大戦中に推理小説を書きはじめ、フォーチュン氏ものを発表。以降、長短編合わせて九十を超えるフォーチュン氏ものの他に、ジョシュア・クランクという弁護士探偵ものを含めて膨大な数の作品を残しています。*Twentieth-Century Crime and Mystery Writers*（マクミラン・プレス社、一九八〇年）にジェーン・ゴットシャルク氏が寄せた記事によると、イギリスでは多くの読者がフォーチュン氏シリーズの最高傑作として長編第四作 *The Bishop's Crime*（一九四〇年）を挙げているという。その作品にはレジーの姉妹も登場するらしく、こちらも邦訳が待たれるところです。

なお、引用文の訳出にあたって、以下の資料を参考にさせていただきました。

アルフレッド・テニスン著『イン・メモリアム』（入江直祐訳、岩波文庫、一九三四年）
『植村正久著作集3』（新教出版社、一九六六年）
『キーツ全詩集2』（出口保夫訳、白凰社、一九七四年）
J・ボズウェル著『サミュエル・ジョンソン伝2』（中野好之訳、みすず書房、一九八二年）
アイスキュロス著『アガメムノーン』（久保正彰訳、岩波文庫、一九九八年）
ウィリアム・シェイクスピア著『オセロー』（小田島雄志訳、白水Uブックス、一九八三年）

最後に、ホームズのライバルとも評される名探偵フォーチュン氏の、ホームズとはひと味違う人間的魅力の詰まった本作を訳す機会を与えてくださり、編集を担当してくださった林威一郎氏と黒田明氏に、この場を借りて心より感謝を申しあげます。

黒と白のフォーチュン・クッキー

絵夢　恵（幻ミステリ研究家）

①　はじめに

ベイリーの経歴等やフォーチュン氏の特色等については、すでに訳者の解説にあるとおり「フォーチュン氏の事件簿」（創元推理文庫）や「フォーチュン氏を呼べ」（論創海外ミステリ49）のあとがき等で詳しく紹介されているので、ここで新たに触れることはしない。ただし、こうした情報は、いずれもこれらのあとがきを書かれた戸川安宣氏によるものであり、その内容は大変興味深いが、戸川氏自身、ベイリーの長編ミステリをご自分で読まれた形跡は見て取れない。ベイリーの長編ミステリについては、これまで「死者の靴」（創元推理文庫）の翻訳があるが、これはフォーチュン氏物ではなく、もう一人のシリーズ・キャラクターであるジョシュア・クランク物であり、訳者藤村裕美氏によるあとがきはクランクのプロフィールを中心にしたものなので、わが国においてベイリーの長編ミステリの全体像をうかがう資料は見当たらない。なお、森英俊氏による「世界ミステリ作家事典（本格派篇）」（国書刊行会）には、ベイリーの項が設けられ、例によって行き届いた記載がされているが、その中で紹介されているフォーチュン氏物の長編は、第2作に当たる本作と第5作の *No Murder*（米題：The Apprehensive Dog）のみである（第4作の *The Bishop's Crime* についてはごく簡単に触れられている）。

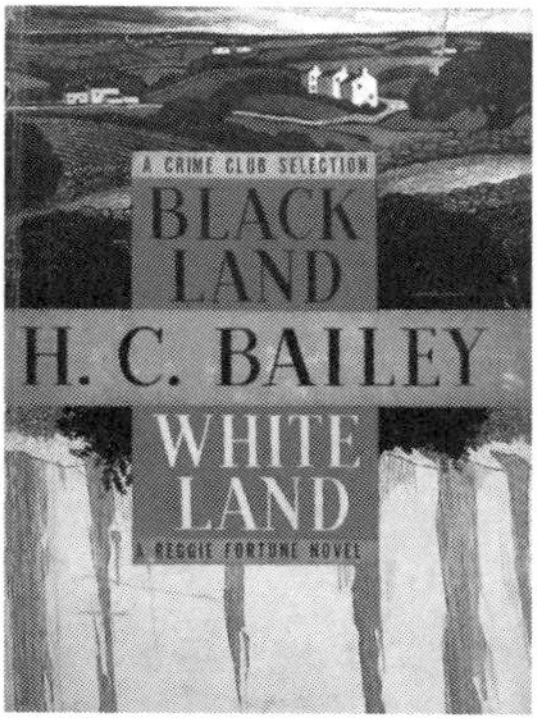
米初版 Doubleday 社 Crime Club 叢書。1937 年刊行

かく言う私も、実は、これまでベイリーの長編を原書で読んだのは、本作と「死者の靴」こと*Nobody's Vineyards*だけだったので、大きなことは言えない（もっとも、私が読んだ原書2作がいずれも翻訳される運びとなったことについては喜びを禁じ得ない）。したがって、当初、解説の依頼があった際には、私が引き受けてよいのか大いに迷ったが、幸いにして、ベイリーのミステリ長編と短編集の原書は全て入手していたので、それなら、フォーチュン氏物の長編をもう少し読んでみればよいかと考えて、引き受けることにした次第である。

② フォーチュン氏物の長編の概要

フォーチュン氏物の長編は、以下のとおり、全部で9作ある。

1 *Shadow on the Wall*（1934）
2 *Black Land, White Land*（1937）（本作）
3 *The Great Game*（1939）
4 *The Bishop's Crime*（1940）
5 *No Murder*（米題：The Apprehensive Dog）（1942）
6 *Mr.Fortune Finds a Pig*（1943）

7 *Dead Man's Effects*（米題：The Cat's Whisker）（1944）
8 *The Life Sentence*（1946）
9 *Saving a Rope*（米題：Save a Rope）（1948）

ベイリーの長編ミステリは、１９３０年刊行の *Garstons*（米題：The Garston Murder Case）が処女作ということになるが、それまでに多数のフォーチュン氏物の短編を発表していたにもかかわらず、これはジョシュア・クランク物であり、続いて刊行された *The Red Castle*（米題：The Red Castle Mystery）もクランクものであることを踏まえると、ベイリーは、当初は、短編にはフォーチュン氏を、長編にはクランクをと、キャラクターの使い分けをしていたものと思われる。その後は、フォーチュン氏物とクランク物の長編がほぼ交互に発表されている。我が国においては、従前はフォーチュン氏の人気ばかりが高いが、作者は、フォーチュン氏物の長編にも、部分的にクランク弁護士を登場させたりしており、独特の個性と人生観を持つ悪徳（？）弁護士クランクに対する思い入れにも強いものがあったように思える。

さて前述のとおり、フォーチュン氏物の長編を読むに当たって、どれを取り上げるか悩んだが、どうせ読むなら、これまで全く紹介されていないもののうち、最初と最後の第１作と第９作にトライすることにした。最初と最後にその作家の本質が一番よく現れるといいますからね。

そこで、まず第１作の *Shadow on the Wall* の概要を紹介する。

国王や国会議員が集まる社交パーティーに招待されたフォーチュン氏は、幾重にも重なる連続死事件に関わることになる。まずは、突然明かりが消えるとともに、パーティーの主催者である富豪未亡人ロスネイ夫人が階段から転落し、ダイヤモンドのティアラが盗まれ、フォーチュン氏は壁に映った犯人の巨大な影を目撃する。その直後に、情報屋の社交評論家がバルコニーから転落して死体となって発見される。事件の直前には、美貌の夫人が自殺し、その遺児に母の不貞をほのめかす匿名の手紙が送られた陰惨な事件が話題になっていて、その裏には社交界に不穏な動きをもたらす陰謀の存在があると噂され、その後、空軍パイロットの夫が操縦する飛行機も墜落して、夫は死亡する。パーティーには女たらしの若手議員オズモンドも参加し、その愛人であった女優が麻薬中毒者特有の瞳で出現していたが、やがて、この女優は、分量を倍加されたヘロインを飲んで死んでいるのが発見され、交際相手をこの女優から富豪未亡人の娘アリックスに乗り換えたオズモンドが、その頃、現場を訪れていたことから、厄介払いを試みた犯行かと思われる。さらに、その後もロスネイ夫人のペットの猿がヘロインを注入されたバナナを食べて毒死し、さらにはフォーチュン氏自身が銃撃されるなど、事件は続発する。麻薬を巡る陰謀の手掛かりを得るためにスイスを訪れたフォーチュン氏は、複雑な麻薬取引ルートを探り出すが、帰国するやいなや、オズモンドとアリックスがこっそり結婚して赴いたハネムーン先で、麻薬入りのシャンペンを飲まされて意識不明となった上に、バンガローに放火されたところを危機一髪で救出する。その間に、麻薬事件容疑者の議員夫人が喉を切り裂かれた死体となって発見され、事件は混乱を極める。最後に真相が明らかにされると同時に一発の銃声が全ての騒ぎにけりをつける。

ヤードのローマス部長やベル警視、さらには、もう一人のシリーズ・キャラクターであるクランク弁護士といったその後のシリーズにも登場してくるバイプレイヤーたちが早くも登場するが、あらすじを読んでいただいたとおり、事件は前例がないほど多発し、落ち着いて考える暇もない。言い換えれば、プロットが十分整理されていなく、散漫な印象を与え、辻褄が合わなくなってくるように思われることは否めない。うわべの影だけを見ても人の心の深淵は分からないということがテーマとなっている（後述のとおり、この辺りは、作者お得意のテーマとして、その後、何度も繰り返し用いられることになる）。真犯人はかなり意外な人物だが、伏線が充分張られているとはいい難く、本格ものとしての謎解きがあまり意識されていないので、唐突な感じがする。結末の付け方も、この作者独特のものである。

続いて、第9作の *Saving a Rope* の概要を紹介する。

寒村の山小屋に療養にやってきたバトラー夫妻は、峡谷上部の湖のほとりで人骨を見つけてしまう。頭蓋骨と衣服が見つからないことから、身元を隠すために首を切断して、衣服をはぎ取り捨てたものと考えられる。この地域は、鉱山で成り立つ貧しい村であったが、水利開発をもくろむファームハム地区と電源開発をもくろむリブランド地区が接する位置にあり、水没の可能性がある鉱山主一家と地主の老人はいずれの計画にも反対することが予想されていた。ファームハム地区の担当官の女性が失踪していたことから、人骨はこの女性のものかと推測される。同地の警察は、リブランド地区の関係者にたぶらかされて殺されたものとにらむが、リブランド地区の警察がこれに真っ向から反対したことから、ヤードのマーデイル警部とフォーチュン氏が隠密に出馬することになる。やがて、峡谷地帯でほぼ同時に2件の暴行事件が発生し、さらに、突然、鉱山用のダムが決壊し、村は洪水で甚大なる被害を受けたが、原因究明のためにダムの決壊現場を訪れたフォーチュン氏は、ダム底から頭蓋骨を発見し、歯形によって失踪中の女性のものとわかる。鉱山主が鉱夫らから嫌われていたことから、ダムの決壊は爆破によるものではないかと憶測されるが、今度は、鉱山主とその息子が村から失踪し、犯行の発覚を恐れて逃げ出したものと噂される。ところが、偽電話でダム湖まで誘き出された二人が雪崩で凍死寸前になっているところを発見され、フォーチュン氏はようやく犯罪の全貌を把握して、最後の決戦に臨む。

ストーリーが普通の本格もののように進んでいかず、章立てもされないまま、バトラー夫妻の視点、マーデイル警部の視点、フォーチュン氏の視点を次々と交差させながら、話が進んでいき、話者が明記されない形での会話のやり取りが非常に多いため、誰が何をしているのかよくわからなくなる。しかも事件が起こるたびに話は堂々巡りとなり、フォーチュン氏の推理も様々な可能性を自問自答するだけで、一向に進んでいかない。最終盤になって、なし崩し的に真相が見えてくるが、これも明確に説明されるわけではなく、神の摂理による自然解決のような落ち着きになる。真犯人には意外性があり、結末の付け方もあまり例を見ない。

というわけで、それぞれ若書きと晩年の1冊という感じで、いかにも第1作と最終作という位置づけにふさわしいものであるが、目論見どおり、最初と最後にその作者の特徴がよく現れるという意味では、ベイリーの特色や問題意識が浮き彫りになっている。

これだけでは寂しいので、原書のblurb（冒頭に付される広告文）等から読み取れる他の作の内容についても触れてみよう。

第3作の *The Great Game* では、ハースト教区で繰り返された三重殺人に挑んだフォーチュン氏が、不規則に2回鳴らされた鐘や鐘撞堂で見つかった蝙蝠の死体をヒントにして、教区に潜む悪を暴き出す。第4作の *The Bishop's Crime* では、浮浪者の死を契機にして、フォーチュン氏は、バドンの主教とその僧団が事件に関係していることを知り、大聖堂の窓の灯りやダンテの古文書に係る知識を基に真相を探り、犯罪の奥に潜む善悪を判断するに至る。第5作の*No Murder*（米題：The Apprehensive Dog）では、マーストウ村で発見された女性の死体を巡り、フォーチュン氏は、その死因を明らかにするとともに、続発する事件を決着させるが、現場をたむろする黒いスパニエル犬の秘密を解明し、弱者への温かい眼差しを持って、彼独特の正義を悪に振り向ける。第6作の*Mr.Fortune Finds a Pig*では、ウェールズの児童疎開先で発生した腸チフスの感染を巡り、悪意により菌が持ち込まれたものと確信したフォーチュン氏は、なぜか豚の関与を主張し、アメリカの機密捜査官としのぎを競う。第7作の*Dead Man's Effects*（米題：The Cat's Whisker）では、戦時色が濃厚な中、火事の発生を契機に、少女が急流に飲まれ、見分けがつかないほど焼けただれた男の死体が発見されるなど事件が続発する中、フォーチュン氏が文句ばかり言いながらも謎を解明する。第8作の*The Life Sentence*（1946）では、金持ちの未亡人の養女となった少女の精神状態が不可解なので様子を見てほしいと、教え子の女医から依頼されたフォーチュン氏は、危機一髪のところで殺害の襲撃から少女を救うが、終身刑から仮釈放された義理の娘が容疑者となっている８０代の老人殺人事件も並行して担当するうちに、両事件のつながりに気づき、真相を解明する。

③　フォーチュン氏物長編の特色

既に述べたフォーチュン氏物長編のあらましから見て取れるその特色は、善悪、強者と弱者、倫理観、道徳観、宗教観等を積極的に取り上げ、複雑な人間模様や心理的葛藤を描きながら、作者独自の正義の概念を明らかにすることに固執しているということであろうか（読了した作にはそれほど当てはまらないが、児童問題を積極的に取り上げることもよく指摘されている）。そのような意味では、説教臭い面が無きにしもあらずで、特にキリスト教的宗教観とは縁遠い我が国の読者には敬遠されがちな面があるといえる。

しかし、作品自体が持つ深みはさすがというほかなく、結局、作者は、トリック重視の推理劇を書きたかったわけではなく、階級格差や警察の対立等を背景にして様々に展開される人間模様を描きたかったのであろう。それだけに、作者の筆は、どんどん進んでしまい、多数の登場人物が必ずしも十分に説明されないまま、並行して描かれ、事件が次々と続発して、それらが絡み合う展開となって、退屈しない反面、筋についていくのが精いっぱいということになってしまう。おそらく、書きたいことが多すぎたということであろうし、聖書や古典からの引用も非常に多いから、読了後の疲労感はそれなりにある。これを救うのは、テーマが晦渋《かいじゅう》な割には、読みやすい単語と文体の使用ということになる。さらに言えば、個々のエピソードや人物の描写は淡白で、あっさり読めるのである。結末は、司法の手を借りるのではなく、神の摂理に基づく独特の運命が待ち受けることが多く、名探偵による細かな謎の解明とは縁遠いが、これが意外に微妙な余韻を残し、作品の雰囲気にマッチしているようにも思える。フォーチュン氏や登場人物の個性はあまり感じられず（そういう意味では、クランクの方に作者の強烈な感情移入が見られるように思える）、むしろ選ばれた作品テーマやその環境描写、社会システム描写に冴えが見られる。

クランク物の *Nobody's Vineyards* も、豊かな上流階級と貧しい漁村地区を対比する中で、事件が起こり、保険詐欺事件と市政の腐敗が暴露されて、最後に驚愕の真相が明らかになるとともに、クランクらしい皮肉な結末が付けられるという展開であって、推理の要素には乏しいが、ベイリーの視点は、推理より社会的な善悪に注がれていることは明らかであり、その点は、フォーチュン氏物と変わらない。なお、英国のミステリーでは、弁護士というとバリスター（法廷弁護士）による法廷劇ばかり取り上げられがちだが、クランクはソリシター（事務弁護士）であり、依頼人らとともに行動する点が特徴的である。

以上のように分析してみると、クランク物も含めたベイリーの長編ミステリについては、名探偵による謎解き譚を期待するとやや肩透かしを感じることになるわけで、社会派的な推理小説の嚆矢という位置づけがふさわしいのであろう。

④　本作について

私が最初に本作を原書で読んだ時の印象は以下のようなものであった。

「特別なトリックは存在しないが、次々と起こる怪事件に息をつぐ間もない。例によって、ベイリーの視点は階級対立や歴史的因縁等に注がれ、その辺りの描写は実に巧みである。真犯人の登場は唐突で動機に説得力がないが、その死刑宣告後、最後にフォーチュンと法務次官の対話の中で、予想どおりの真相も暴露され、全体として味わい深い作品に仕上がっている。渋い中年向けの一冊というところか。明確で分かりやすい英語の下、41章にも細分化された構成は日本人向けといえよう。」

このような印象は、今回の翻訳を読んでも変わらない。③で述べたフォーチュン氏物長編の特色が極めて明確に表れた作であり、米初版ジャケットが描くモチーフのとおり、ブラックとホワイトが象徴する様々な対立関係が常に話の軸になる中で、深い余韻を残すストーリーが展開されていく、この作家ならではの秀作といえる。必ずしも好感を与えないフォーチュン氏の性格や地元警察との対立模様もよく描かれている。次は、本作と並ぶ代表作と評されるThe Bishop's Crimeが陽の目を見ることを祈りたい。

結局、フォーチュン氏は、黒と白のクッキーの間に挟まれて、いつまでももがき続ける運命なのである（決して、ＡＫＢのファンというわけではありません。笑）。

〔著者〕
H・C・ベイリー
ヘンリー・クリストファー・ベイリー。1878年、英国ロンドン生まれ。オックスフォードのコーパス・クリスティ・カレッジ在学中に歴史小説"My Lady of Orange"（1901）を執筆し、英米両国で出版された。卒業後はロンドンの新聞社へ就職し、『デイリー・テレグラフ』紙で劇評を執筆、従軍記者や論説委員としても活躍した。1920年刊行の短編集『フォーチュン氏を呼べ』は、エラリー・クイーンが歴史的価値のある短編集をまとめた〈クイーンの定員〉に採用されている。1961年死去。

〔訳者〕
水野恵（みずの・めぐみ）
翻訳家。訳書にハリー・カーマイケル『アリバイ』、アンソニー・アボット『世紀の犯罪』（以上、論創社）、ロバート・デ・ボード『ヒキガエル君、カウンセリングを受けたまえ』（CCCメディアハウス）、ロバート・リテル『CIAカンパニー』（共訳・柏艪舎）などがある。

ブラックランド、ホワイトランド
——論創海外ミステリ　293

2022年12月15日　初版第1刷印刷
2022年12月25日　初版第1刷発行

著　者　H・C・ベイリー
訳　者　水野恵
装　丁　奥定泰之
発行人　森下紀夫
発行所　論創社
〒101-0051　東京都千代田区神田神保町2-23　北井ビル
TEL:03-3264-5254　FAX:03-3264-5232　振替口座 00160-1-155266
WEB:https://www.ronso.co.jp

組版　加藤靖司
印刷・製本　中央精版印刷

ISBN978-4-8460-2211-2
落丁・乱丁本はお取り替えいたします。

論　創　社

クロームハウスの殺人◉G. D. H & M・コール
論創海外ミステリ 283　本に挟まれた一枚の写真が人々の運命を狂わせる。老富豪射殺の容疑で告発された男性は本当に人を殺したのか？　大学講師ジェームズ・フリントが未解決事件の謎に挑む。　本体 3200 円

ケンカ鶏の秘密◉フランク・グルーバー
論創海外ミステリ 284　知力と腕力の凸凹コンビが挑む今度の事件は違法な闘鶏。手強いギャンブラーを敵にまわした素人探偵の運命は？〈ジョニー＆サム〉シリーズの長編第十一作。　本体 2400 円

ウィンストン・フラッグの幽霊◉アメリア・レイノルズ・ロング
論創海外ミステリ 285　占い師が告げる死の予言は実現するのか？　血塗られた過去を持つ幽霊屋敷での怪事件に挑むミステリ作家キャサリン・パイパーを待ち受ける謎と恐怖。　本体 2200 円

ようこそウェストエンドの悲喜劇へ◉パメラ・ブランチ
論創海外ミステリ 286　不幸の連鎖と不運の交差が織りなす悲喜交交の物語を彩るダークなユーモアとジョーク。ようこそ、喧騒に包まれた悲喜劇の舞台へ！　本体 3400 円

ヨーク公階段の謎◉ヘンリー・ウェイド
論創海外ミステリ 287　ヨーク公階段で何者かと衝突した銀行家の不可解な死。不幸な事故か、持病が原因の病死か、それとも……。〈ジョン・プール警部〉シリーズの第一作を初邦訳！　本体 3400 円

不死鳥と鏡◉アヴラム・デイヴィッドスン
論創海外ミステリ 288　古代ナポリの地下水路を彷徨う男の奇妙な冒険。鬼才・殊能将之氏が「長編では最高傑作」と絶賛したデイヴィッドスンの未訳作品、ファン待望の邦訳刊行！　本体 3200 円

平和を愛したスパイ◉ドナルド・E・ウェストレイク
論創海外ミステリ 289　テロリストと誤解された平和主義者に課せられた国連ビル爆破計画阻止の任務！「どこを読んでも文句なし！」（『New York Times』書評より）　本体 2800 円

好評発売中